KB019198

동사일기

통신사 사행록 번역총서 6

동사일기

박 재 지음
김성은 옮김

東槎日記

보고사
BOGOSA

東槎日記

歲萬曆四十四年某月日

朝廷以日本關伯蕩滅讐賊思修舊好使對馬島特書契以通

廟堂特 稟差遣回答使兼刷還被虜人口事丁巳正月二十

七日差上使及從事官累月遷延未差副使同年三月十三日

始為差出檸自丙辰七月退居忠原之墓下四月十八日始聞

除拜之奇同月二十一日乘船二十五日入城翌日 肅拜自

上命賜節鉞又令退定行期初擇於五月初一日退於十二日以

拜

表又退於同月二十八日是日辭

朝回答兼刷還上使僉知知製教假銜兵曹參議吳允謙 己未 汝益

규장각 소장본 동사일기

丁未年回答使日記

二月

二十九日壬戌晴辰初臣等一行自釜山戡蠻浦發船倭格十二名分

諸船操舟候風纔及水宗西風大作巨浪掀天檣帆顛倒諸船之在先

後者皆落帆有回泊之意倭子操舟者亦遑遑因知所爲來言于譯官

朴大根曰初不料風勢之至此遽甫開洋及今風浪甚惡欲直向馬島則

風逆如是欲還泊釜山則海路已遠勢極狼狽何以則可臣等問我國

水師等曰彼落帆之船欲何爲哉水師曰事無可爲必欲試爲回棹以求

一分生道耳臣等曰卽今回船船將泊於何地耶水師等曰似泊於平海

蔚珍之間矣臣等答曰風浪雖如此到此後奈何惟當急急施措人力以

到泊馬島爲期而乃敢妄言驚衆杖水師足跟數度卽促格手

執檣而不許落帆諸船亦見臣等所乘船猶張帆促櫓亦急上帆[illegible]

死力牽而無事船過過小宗距六十許里臣等所騎船底板破折水

[illegible]勝載至淪死賴迎送倭十三十餘隻來救得[illegible]到泊馬島豊[illegible]

[illegible]

운계 후손가에 전해오던 정미년회답사일기

丁巳正月初三日

備邊司 啓曰 備忘記 橘倭發怒入去云 備邊司何如是緩處置乎 回答使亦何至今不爲差出乎 書契答書付與留館倭速令傳授 橘倭事令備邊司當日內從長議處事 傳敎矣 當此國家艱虞之日 臣等待罪籌邊之列 奉職無狀 致勤 聖敎 無任殞越之至 但遣使一事 所關非細 必須齋會熟講然後可無未盡之事 而橘倭出來之初 適因朝家多事 本司堂上未能齋會 累次啓稟 批下後還 啓定奪之際 自至遲延 而回答使差出事 則已令該曹擧行矣 大槩橘倭以信使之行不行 決一邊存亡歟 因甚重內 不能無疑 猶恐信使之或未准許 也恐帶還官 以爲催督之地 其所以發怒也 欲去也 皆詐也 非真也 今見沈讚狀啓 二十八九日間 當設宴接慰云 黃汝一等更不以橘倭開洋過海馳啓 橘倭之不去似無疑也 設使去之 渠必還來 保無他虞 且日本書契回答文書 則自當依舊例付送回答之行矣 眞光書契回答 則似聞該曹付送於接慰官之行云云 應傳授矣 敢啓

운계 후손가에 전해오던 정사년회답사일기

운계 박재 묘소(충주시 동량면)

박재 선생 묘소 표지석(충주시 동량면) ▲

◀ 박재 선생 묘소 비문(충주시 동량면)

아지리(阿枝里) 재실(현 경기도 광주시 장지동)

박재가 사행중에 성묘한 아지리(阿枝里) 진언(眞言) 문간(文幹) 선조 묘소(현 경기도 광주시 장지동)

박재가 사행중에 성묘한 아지리(阿枝里) 인효(仁孝) 선조 묘소(경기도 광주시 장지동)

충주 박씨 집성촌이 있는 남한강 샘개(泉浦)나루(충주시 앙성면)

지곡(枝谷) 선조 재실(현 안동시 풍산읍)

박재가 사행중에 성묘한 지곡(枝谷) 조부 묘소(안동시 풍산읍)

머리말

임진왜란이 끝난 뒤, 조선에서는 '회답 겸 쇄환사'라는 명칭으로 일본에 통신사를 파견하였다. 명칭에서 알 수 있듯이, 임진왜란에 잡혀갔던 피로인을 쇄환하고 아울러 일본의 상황을 관찰하여 혹시 모를 재침에 대비하는 것이 통신사 파견의 목적이었다. 그리하여 1607년, 1617년, 1624년 총 세 차례에 걸쳐서 회답 겸 쇄환사가 파견되었다.

박재는 1617년 부사의 임무를 지니고서 당시 관백이 있던 복견성(伏見城)을 다녀왔다. 박재는 당시에 함께 사행길에 올랐던 정사 오윤겸, 종사관 이경직과 달리 조금 늦게 차출되었는데, 부사에 제수되기 이전인 그해 5월부터 귀국하여 한성에 올라온 10월까지의 일들을 기록하여 『동사일기』로 남겼다.

정사와 종사관의 사행록과는 달리, 박재의 『동사일기』에는 많은 수의 시문이 기록되어 있다. 앞의 두 사람은 임진왜란이 끝난 지 얼마 지나지 않은 시기에 시문을 기록으로 남기는 것을 저어했을 것이라 추측되는데, 박재는 그에 비해 비교적 자유롭게 사행 중에 지은 시문들을 일기에 다수 수록하였다. 여기에는 정사와 종사관의 시문도 상당수 포함되어 있어, 세 사신이 여정 중에 어떤 시작품을 지었는지를 총체적으로 살펴볼 수 있다.

뿐만 아니라 조선과의 외교 교섭을 담당했던 일본의 승려 기하쿠 겐보와 사신 일행들이 꽤 오랜 시간에 걸쳐 적극적인 교류를 맺었음을 이 자료를 통해 확인할 수 있다. 그는 통신사 일행을 맞이하는 접반승으로 활약하기도 하였을 뿐 아니라 일본의 사신으로서 조선에 파견되기도 하였는데, 이 일기는 그가 본격적으로 조선과의 외교에 관여하기 시작하는 초기의 상황을 구체적으로 보여준다. 따라서 이 일기는 애초에 『해행총재』에 수록되지는 않았지만, 사행록으로서도 중요한 위치를 지니고 있다고 할 수 있다.

끝으로 박재의 문집이 전해지지 않는 상황에서, 『동사일기』뿐만 아니라 그가 이 일본 사행을 가기 전에 조선의 지인 및 친족들과 주고받은 시문 등이 함께 전해지고 있어, 박재의 당시의 행적을 살펴볼 수 있게 한다.

차례

일러두기

1. 서울대학교 규장각(古 4254-46) 소장 필사본을 저본으로 하여 번역하였다.
2. 번역문, 원문, 영인본 순서로 편집하였는데, 영인본도 필사본을 저본으로 하였다.
3. 가능하면 일본의 인명이나 지명을 일본어 발음으로 표기하였다.
4. 시문이나 편지글 혹은 부득이한 경우에는 한자음 표기를 그대로 두었다.
5. 고증할 수 없는 인명이나 지명도 한자음으로 표기하였다. 재판을 낼 때마다 수정 보완하고자 한다.

해제

임진왜란 이후 포로로 잡혀갔던 조선인들을 쇄환하는 문제로 1617년(광해군 9) 조선에서 일본으로 사신을 파견했다. 공식적인 명칭은 회답 겸 쇄환사(回答兼刷還使)로, 5월 28일 사은숙배하고 떠나 10월 하순에 귀국하는 여정이었다. 사행이 있기 이전에, 일본의 도쿠가와 이에야스(德川家康)가 조선에 침략해 임진왜란을 일으켰던 도요토미 히데요시(豊臣秀吉)의 아들 및 그 세력을 1615년 오사카(大坂)에서 공격해서 완전히 멸망시킨다. 이를 계기로 당시 관백(關白)이었던 도쿠가와 이에야스의 아들 도쿠가와 히데타다(德川秀忠)가 조선에 수교를 맺을 것을 요청하였고, 이에 조선에서는 회답사를 차출하고서 쇄환하는 일을 맡게 했던 것이다. 사신 일행은 1617년 5월 28일 사은숙배하고 떠나 7월 7일 쓰시마에 도착하였고, 8월 18일 대판성(大坂城)에 들어가 같은 달 26일 복견성(伏見城)에서 관백을 만나고 귀국하여, 10월 18일 부산에 도착해 한성으로 올라왔다. 이 사행으로 약 200여 명의 조선인들이 송환되었다.

『동사일기(東槎日記)』는 이 시기에 부사(副使)로 일본에 갔던 박재(朴梓, 1564~?)의 사행일기로, 현재 서울대학교 규장각(古 4254-46)에 소장되어 있으며 1책 59장의 필사본이다. 박재는 본관은 고령(高靈), 자는 자정(子貞)이며, 조부는 박영석(朴永錫), 아버지는 박대용(朴大容)이다. 1602년(선조 35)에 별시문과에 을과로 급제하고, 공조좌랑, 사간원 정언(司諫院正言), 사헌부 장령(司憲府掌令), 홍문관 부응교(弘文館副應

敎) 등을 역임하였고, 1615년 김제남(金悌男)의 옥사(獄事)를 다스린 공으로 궁자(弓子) 1정(丁)을 하사받았다. 1616년 7월부터는 선친의 묘가 있는 충주에 내려와 있다가, 부사(副使)로 차출되어 일본으로 사행길에 올랐다.

이 책에는 먼저 사신의 명단으로 상사(上使) 이하로 35인의 이름이 실려 있고, 이어서 1617년 5월 28일부터 11월 16일까지의 일기가 수록되어 있으며, 권말에는 일본의 국도산천(國都山川), 시정(市井), 풍속(風俗), 관복(冠服), 상장(喪葬), 절일(節日) 등에 대한 견문(見聞)이 실려 있다. 일기에는 날짜 아래에 날씨를 기록하고 일정이나 견문을 서술하였는데, 여정 중에 지은 자신의 시문(詩文) 및 상사나 종사관의 시도 함께 적어두었다. 일본 승려가 준 시나 먼 외조부인 정몽주의 시에 차운한 예도 보인다.

함께 사행을 다녀온 상사 오윤겸(吳允謙)과 종사관 이경직(李景稷)도 각각 사행록을 남겼는데, 둘 다 7월부터의 기록만 남긴 반면 이 일기는 5월 말부터 기록을 시작하였으며 더불어 상사와 종사관의 사행록에서는 수록하지 않았던 삼사(三使)의 시문(詩文)들도 실어두었다는 것이 특징이다. 뿐만 아니라 기하쿠 겐보(規伯玄方)의 초기 접반승(接伴僧)으로서의 행적 및 그와 삼사(三使) 일행 간의 교류를 구체적으로 살펴볼 수 있는 자료라는 데에서 이 책의 독자적인 의의를 찾을 수 있다. 박재의 문집이 남아있지 않은 상황에서, 그가 남긴 저술로서도 가치가 있다고 하겠다.

동사일기
東槎日記

만력 44년(1616, 광해군 8) 모월 모일에 조정에서 일본의 관백(關白)이 수적(讐賊)을 탕멸해 준 일[1]로 인해 옛 우호를 다시 맺고자 하였다. 이에 쓰시마로 하여금 서계(書契)를 가지고 와 묘당(廟堂)과 통교하게 하여 특별히 회답사(回答使)를 차임하여 보내고, 임진왜란 때에 포로가 되었던 사람들을 쇄환(刷還)하는 일을 겸하게 하였다. 정사년(1617, 광해군 9) 정월 27일에 상사(上使)와 종사관(從事官)을 차출하였는데, 몇 달 동안 지체하면서 부사(副使)는 차출하지 못하다가 같은 해 3월 13일에 비로소 이 박재(朴梓)를 차출하였다. 병진년(1616) 7월부터 조정에서 물러나 충원(忠原 충주)에 있는 부모님의 묘에서 지내다가, 4월 18일에 비로소 제수되었다는 뜻밖의 소식을 듣게 되었다. 같은 달 21일에 배에

---

1 일본의 ~ 일 : 당시 일본의 도쿠가와 이에야스(德川家康, 1543~1616)가 조선에 침략해 임진왜란을 일으켰던 도요토미 히데요시(豊臣秀吉, 1536~1598)의 세력을 공격해서 멸망시킨 것을 말한다. 도요토미 히데요시의 부하였던 도쿠가와 이에야스는 도요토미 히데요시가 죽은 뒤 정치적 실권을 지니게 되었고, 1600년 반대파와의 싸움에서 이겨서 1603년에 에도(江戶)에 막부를 개설하고 정이대장군(征夷大將軍)이 되었다. 이후 1615년 오사카(大坂)에서 도요토미 히데요시의 아들 도요토미 히데요리(豊臣秀頼)와 그 세력을 공격하여 섬멸시켰다. 그 와중에 도요토미 히데요시가 자신이 조선을 침략하는 일에 가담하지 않았던 것을 증거로 삼아 조선과 다시 수교를 맺을 것을 요청한 것이다.

올랐고, 25일에 도성에 들어가 그 다음날 사은숙배하였다. 상께서 절월(節鉞)을 내리도록 명하시고, 또 물러나 떠날 날짜를 정하게 하셨다. 처음에는 날짜가 5월 1일로 정해졌었는데, 12일로 미루어졌다가, 배표(拜表)[2]로 인해 다시 같은 달 28일로 미루어져, 이날 조정에 하직 인사를 올렸다.

회답 겸 쇄환상사(回答兼刷還上使) : 첨지 지제교(僉知知製敎) 가함 병조참의(假銜兵曹參議) 오윤겸(吳允謙) [기미년(1559, 명종 14)생으로 자는 여익(汝益), 임오년(1582, 선조 15)에 사마시에 합격하였고, 정유년(1597, 선조 30)에 별시에 합격하였다.] 호는 추탄(秋灘)이며, 본관은 해주(海州)다.

부사(副使) : 군직(軍職) 가함 군기시정(假銜軍器寺正) 박재(朴梓) [갑자년(1564, 명종 19)생으로 자는 자정(子挺)[3], 기축년(1589, 선조 22)에 사마시에 합격했고, 임인년(1602, 선조 35)에 별시에 합격하였다.] 호는 운계(雲溪)이며, 본관은 고령(高靈)이다.

종사관(從事官) : 군직(軍職) 가함 예조정랑(假銜禮曹正郎) 이경직(李景稷) [정축년(1577, 선조 10)생으로 호는 상고(尙古), 경자년(1600, 선조 33)[4]에 사마시에 합격하였고, 병오년(1606, 선조 39)에 별시에 합격하였다.] 호는 석문(石門)이며, 본관은 전주(全州)다.

---

2 배표(拜表) : 중국에 표문(表文)을 보낼 때, 임금이 문무백관을 거느리고 배송(拜送)하는 의식을 말한다.

3 자정(子挺) : 『국조문과방목(國朝文科榜目)』에는 자(字)가 자정(子貞)으로 되어 있다.

4 경자년 : 『국조문과방목』에는 신축(辛丑)년인 1601년에 식년시(式年試)에 합격한 것으로 되어 있다.

역관(譯官) : 동지(同知) 박대근(朴大根), 동지(同知) 정언방(鄭彦邦)

상사 군관(上使軍官) : 선전관(宣傳官) 이진경(李眞卿), 전 첨사(僉使) 정충신(鄭忠信), 전 현감(縣監) 유시건(柳時健), 전 주부(主簿) 송덕영(宋德榮), 훈련주부(訓鍊主簿) 우상중(禹尙中), 훈련봉사(訓練奉事) 이경란(李景蘭), 전 참봉(參奉) 이안농(李安農)

부사 군관(副使軍官) : 선전관(宣傳官) 안경복(安景福), 전 감찰(監察) 최호(崔昊), 전 선전(宣傳) 신경기(申景沂), 전 사과(司果) 박제(朴霽), 전 사과(司果) 박응운(朴應雲), 훈련봉사(訓練奉事) 박성현(朴成賢), 전 직장(直長) 유윤(柳潤)

종사관 군관(從事官軍官) : 전 주부(主簿) 이영생(李瀛生), 훈련봉사(訓練奉事) 유동기(柳東起), 참봉(參奉) 김철남(金哲男)

역관(譯官) : 전 정(正) 최의길(崔義吉), 전 정(正) 강우성(康遇聖), 전 정(正) 정순방(鄭純邦), 전 정(正) 한덕남(韓德男)

사자관(寫字官) : 전 주부(主簿) 송효남(宋孝男)

의원(醫員) : 전 첨정(僉正) 정종례(鄭宗禮), 전 봉사(奉事) 문현남(文賢男)

화원(畫員) : 전 사과(司果) 유성업(柳成業)

사자관(寫字官) : 엄대인(嚴大仁)

기패관(旗牌官) : 김적(金迪)

별파진(別破陣) : 최의홍(崔義弘), 정의일(鄭義逸)

마대(馬隊) : 김사길(金士吉)

5월

28일[신묘]

비가 오다가 진시(辰時)에 갬. 이날 새벽에 비를 무릅쓰고 상사·부사·종사관과 일행의 각원들이 대궐에 나아가 하직 인사를 올렸다. 상께서 명하시어 인정전(仁政殿)의 행랑에서 술을 하사하고, 사신들에게 마장(馬裝) 한 부씩을 하사하도록 하셨다. 숙배하기 전에, 경상 감사가 다치바나 도모마사(橘智正)[5]가 먼저 돌아간 일에 대해 올린 장계(狀啓)를 보았다. 사신들이 이로 인하여 아뢰기를,

"신들이 삼가 듣건대, 다치바나 도모마사가 신들이 행차를 지체하고 있다는 이유로 심지어 노하여 먼저 돌아갔다고 합니다. 그가 관직을 받은 왜인[6]으로서 교만하게 속이고 협박하며 조정을 우습게 아는 정상

---

5 다치바나 도모마사(橘智正) : 전기 에도 시대의 무사이다. 쓰시마 도주인 소 요시토시(宗義智)의 가신(家臣)으로, 소 요시토시의 명을 받아 여러 차례 임진왜란에 포로로 잡힌 조선인들을 송환하는 일을 맡았으며, 조선과의 국교회복에 있어서 절충하는 역할을 담당하며 조선에 왕래하였다. 1601년, 1603년에 강화요청이 담긴 서계를 전달하고 피로인(被虜人)을 송환하였으며, 1605년 4월에는 조선의 유정(惟政) 일행이 귀국할 때 동행하였고, 피로인 3천여 명을 송환하였다. 1606년 11월에는 도쿠가와 이에야스(德川家康)의 국서와 범릉적(犯陵賊)을 묶어서 조선에 데리고 왔다.

6 관직을 받은 왜인 : 조선으로부터 관직을 받은 왜인을 뜻하며, 수직왜인(受職倭人)이라고도 한다. 조선 정부는 건국 초부터 왜구에 대한 회유책으로 왜구가 투항해 오면 이들 향화왜인(向化倭人)에게 관직을 수여하고, 토지와 가옥, 식량 등을 하사했으며 취처(娶妻)를 허용했다. 또 왜구 토벌에 공이 있는 자, 왜구의 두목이나 조선술, 제련술 등 특수한 기술을 가진 자에게도 관직을 제수하였다. 수직왜인은 그 공로나 신분에 따라 미관말직에서부터 당상관에 이르기까지 여러 계층이 있었으며, 이들 중에는 조선에 그대로 거주하는 자들도 있었고, 일본으로 돌아가서 사송왜인(使送倭人)이나 흥리왜인(興利倭人)으로 조선에 도항하는 자도 있었다. 자세한 내용은 한문종, 『조선전기 향화·수직왜인 연구』, 국학자료원, 2001 참조.

이 이 지경에 이르렀습니다. 만약 귤왜(橘倭 다치바나 도모마사)가 앞장서 인도하여 가기를 기다리지 않고 가벼이 스스로 바다를 건넌다면, 체면을 손상시킬까 염려됩니다. 묘당으로 하여금 정확하게 지휘하여 입계하게 하소서."[7]

하였다.

영의정과 예조판서가 상사(上使)와 동년에 급제하였으므로, 동년배들끼리 만나 장악관(掌樂館)에서 전별회를 열고, 음악을 크게 연주하였다. 아울러 부사(副使)와 종사관도 재차 초청하였지만, 동년에 급제한 사람들끼리의 모임이라 하여 사양하고 가지 않았다. 그러다가 결국 영상(領相)이 사람을 보내왔기에 부득이 대궐에서 나와 참석하였는데, 영상과 예조판서의 전별주만 마시고 먼저 사양하고 나왔다. 먼저 판서(判書) 형님[8]의 집으로 가서 사당에 절하였고, 형님께 이르자 형님께서 병든 몸으로 문 밖에 나와 눈물을 흘리기까지 하시니, 비통한 마음을 이루 말할 수가 없었다. 결국 집에는 가지 못하고, 곧장 남대문을 나왔는데, 재상들이 전별사(餞別辭)로 남관왕묘(南關王廟)[9]에 있다는 말을 듣고 가서 전별주를 받았다. 밀창(密昌 박승종(朴承宗))과 병조참판 이각(李覺), 동지(同知) 이형욱(李馨郁), 동지 윤중삼(尹重三), 제학(提學) 신

---

7 신들이 ~ 하소서 : 이날 오윤겸과 박재가 왕에게 청한 내용이 『광해군일기』 9년(1617) 5월 28일 2번째 기사에도 보인다.

8 판서(判書) 형님 : 형조 판서를 지낸 박재의 형 박건(朴楗, 1560~1617)을 말한다.

9 남관왕묘(南關王廟) : 중국 삼국시대의 명장인 관우(關羽)를 모시기 위하여 세운 묘당(廟堂)으로 임진왜란 당시에 명나라 장수 진유격(陳遊擊)이 건립한 우리나라 최초의 관왕묘이다. 1598년 서울의 숭례문 밖에 처음으로 관왕묘가 건립되었는데, 이후 1602년에 동대문 밖에 또 하나의 관왕묘가 건립되자 그 위치가 남쪽에 있었다 하여 이를 남관왕묘라 불렀다.

흠(申欽), 보덕(輔德) 유효립(柳孝立) 형제, 병조 좌랑 이용진(李用晉)이 그 자리에 있었다. 한강에 이르러 송별해준 이들은 몹시 많아서 다 기록할 수가 없다. 명관(名官)으로는 제학(提學) 유근(柳根), 한림(翰林) 이구(李久) 형제, 이조 참의 유희발(柳希發), 상국(相國) 정창연(鄭昌衍), 첨지(僉知) 김지남(金止男)·김위남(金偉男) 형제, 교리(校理) 유약(柳瀹)이 있었다. 전한(典翰) 박정길(朴鼎吉)은 다른 배에서 사람을 보내 초청하였는데, 끝내 응하지 못했다. 저물녘 강을 건너 가교(駕轎)를 타고 어둠 속에 길을 가서 양재역(良才驛)에서 묵었다. 박 나주(朴羅州) 형제[10], 김수검(金守儉), 진사 정준연(鄭俊衍), 감찰 부자가 따라왔다. 김 나주(金羅州) 족장은 송별하는 글을 보내어 "병으로 인해 가서 전별치 못한다."고 하였는데, 시세를 겁내어 목을 움츠린 것이었다.[11] 상사(上使)는 본가의 농사(農舍)에서 투숙하였는데, 본 역과의 거리가 5리 남짓이었다. 상사의 지대(支待)[12]는 과천 현감이 하였고, 부사는 김포 현령 황재중(黃再中)이 하였다. 인마도차사원(人馬都差使員)은 양재 찰방 박홍미(朴弘美)이다.

29일[임진]

흐림. 박 나주(朴羅州) 형제와 김 생원(金生員), 박중엽(朴中燁)이 하직

---

10 박 나주(朴羅州) 형제 : 나주 목사를 지낸 박동열(朴東說)과 그의 아우 박동량(朴東亮)을 말한다.

11 김 나주(金羅州) ~ 것이었다 : 김 나주 족장은 김상복(金尙宓)을 말한다. 당시 박재가 형 박건(朴楗)과 함께 계축옥사의 원흉으로 지목되는 등 탄핵을 받고 있었기에 이와 같이 말한 것이다. 『光海君日記』 8年 1月 23日.

12 지대(支待) : 지방에 출장 나간 관원(官員)에게 필요한 음식물이나 일용품 등을 지방 관아에서 공급하는 일을 말한다.

하고 서울로 돌아갔다. 상사(上使)께 정종례(鄭宗禮)를 보내어 문안을 드렸는데, 상사가 군관(軍官) 우상중(禹尙中)을 보내어 답하였다. 감찰(監察)과 별좌(別坐)가 상사께 가서 인사를 올렸다. 상사의 아우 병조정랑 윤해(允諧)와 진사(進士) 윤성(允誠)이 찾아왔는데, 상사가 있는 곳과 멀리 떨어져 있어 상사를 만나 뵙지 못하였다. 바로 광주(廣州)로 갔는데, 목사(牧使) 김두남(金斗男)이 지대(支待)하였다. 식후에 목사를 만났는데, 목사가 전별연을 열어주었다. 양재(良才)에서 40리 거리이다.

아지리(阿枝里)[13]에 있는 선영(先塋)에 전배(奠拜) 드리는 일로 광주 목사에게 청하자, 전배 올릴 물품을 대략 준비해 주었다. 오시(午時)에 비가 흩뿌렸다. 저녁에 묘소에 도착하니 양근 군수(楊根郡守) 권곤(權鵾)이 지대하였으나 형편없어서 군관 등이 모두 굶주렸다. 박원(朴源)에게 쌀을 청하여 먹였다. 광주에서 여기까지 40리이다.

30일[계사]

아침에 가랑비가 내림. 새벽에 현현조(玄玄祖)[14][박진언(朴眞言)]의 묘에 전배고, 그 다음으로 현조(玄祖) 광양 현감(光陽縣監) 공[박인효(朴仁孝)]의 묘에 전배하고, 그 다음에 교리(校理) 공[박문간(朴文幹)]의 묘에 전배하였다. 전배를 마치고서 막사로 돌아와 아침을 먹었다. 감찰과 박공(朴珙)이 하직하고 서울로 돌아갔다. 최의홍(崔義弘)으로 하여금 양근의 색리(色吏)를 붙들어 오게 하여 이천(利川)으로 이송시켰다. 오

---

13 아지리(阿枝里) : 현 경기도 광주시 장지동을 말한다.

14 현현조(玄玄祖) : 현조(玄祖)는 오대조(五代祖)를 뜻하는데, 박진언(朴眞言)은 박재의 6대조이므로 현현조라 한 것으로 보인다. 『韓國系行譜』 地卷, 보고사, 1992 참조.

후에 이천에 도착하자 수령 신성기(辛成己)가 지대하였다. 점심을 먹은 후에 전별주를 올렸다. 양성(陽城)에서 벌써 와서 안부를 물었다. 죽산(竹山) 박[기영(耆英)] 네 형제와 이선(李瑄), 박규영(朴葵英) 등이 와서 만났다. 양근 색리는 형추(刑推)한 뒤에 풀어 주었다. 저녁에 여주(驪州)에 도착하였는데, 목사(牧使) 김용(金涌)이 명엽(名燁 박재의 둘째 아들)을 내보내 맞이하였다.

6월

초1일[갑오]

맑음. 진시(辰時)에 길에 올라 안평역(安平驛) 천변(川邊)에서 점심을 먹었다. 김응해(金應海)[15]가 도갑(島甲)으로 왔다. 윤 생원(尹生員)·조 장수(趙將帥)·민인서(閔仁恕)가 와서 만났다. 천포(泉浦)[16]의 하인들 또한 와서 맞이하였다. 오후에 천포에 도착하여 선조의 묘에 절하였다. 저녁에 김 첨지(金僉知)가 와서 전별하였다. 사돈인 김 생원(金生員)과 중방동(中邦洞)의 여러 사람들이 모두 와서 만났다. 민함(閔涵)·조공숙(趙公淑)·이분(李蕡)이 산계(山溪)로부터 와서 만났다. 말마리(秣馬里)의 김 참봉(金參奉)이 와서 전별하였다. 지대관(支待官)인 제천 현감(提川縣監) 신맹경(申孟慶), 지대도차사원(支待都差使員)인 영춘 현감(永春縣監) 이

15 김응해(金應海) : 1588~1666. 박재의 사위. 조선 후기의 무신으로, 병자호란이 일어났을 때 황해도 황주의 정방산성을 지키다 적병이 서울로 진격하자 맞서 싸웠다가 패한 인물이다.

16 천포(泉浦) : 현 충청북도 충주시 앙성면 남한강변에 있는 마을인데, 현지에서는 '샘개'라고 한다. 고령박씨 박재 후손들이 살고 있는 집성촌이다.

배적(李培迪), 인마차사원(人馬差使員)인 율봉 찰방(栗峯察訪) 신준(申埈) 등이 와서 인사하였고, 서울에서 온 인마(人馬)를 체송(遞送)하였다. 여주에서 천포까지는 50리이다. 이날은 외사(外舍)로 나가 재계하였는데, 내일 전배를 해야 하기 때문이었다.

초2일[을미]

일찍 전배를 올리고 전배가 끝난 후 곧장 출발하였다. 미시(未時)에 산계(山溪)에 도착하였다. 유지(有旨)가 두 번 있었는데, 하나는 '지난번에 도주(島主)의 차왜(差倭)[17] 등이 왔는데, 회답사의 발송이 지연되고 있다고 하기에, 서계를 발송하여 수답(修答)해 보내었다. 지금은 다시 답송(答送)할 수 없으니, 이미 길을 떠났다는 뜻을 그대들은 서계를 가지고 왜인들이 있는 곳으로 가서 글로 적어 잘 타이르고 입송(入送)하라'는 유지였고, 또 하나는 '귤왜(橘倭)가 비록 바다를 건넜다고 하였으나 아마 필시 절영도(絶影島) 근처에 정박해 있을 것이다. 만약 이미 바다를 건너갔다고 하더라도 사신의 행차가 이로써 나아가거나 물러나서는 안 된다. 동래에 도착하면 큰 소리로 귤왜가 머물러 앞장 서 인도하지 않으면 결코 바다를 건널 수 없다고 하여라. 혹 양산(梁山)과 밀양(密陽) 사이에 물러나 있다면, 그는 반드시 헐레벌떡 나와 맞이할 것이다. 그러나 때가 늦어 배를 타는 날이 늦어지면 길일이 너무 멀기에, 그들로 하여금 오래 머물게 할 수 없다. 이 난처한 걱정을 그대들은 잘 알고 있으라'는 내용의 유지였다. 5월 29일에 동부승지(同副承旨) 이

---

17 차왜(差倭) : 일본에서 우리나라에 보내오는 사신을 말한다. 그 주어진 임무에 따라 대차왜(大差倭)·별차왜(別差倭)·재판차왜(裁判差倭)·심상차왜(尋常差倭)·표차왜(漂差倭)·예송사(例送使) 등의 구별이 있었다.

차지(李次知)가 적은 것이다.

초3일[병신]

맑음. 아침에 조 참판(趙參判) 숙모님과 조 감역(趙監役) 숙부님을 뵈었다. 조 감찰(趙監察)의 집에 가서 사당에 절하고, 인하여 묘소에 가서 청풍(淸風)의 제물로 외조부모님의 묘에 전(奠)을 올렸다. 막사로 돌아와서 아침을 먹은 후에 김 정승(金政丞)의 묘에 차례대로 절하고 정랑(正郞) 김기원(金期遠)을 조문하고 또 조순우(趙純祐)의 영좌(靈座)에 조문하였다. 고개를 넘어 가서 명엽(名燁)의 처를 만났다.

가마로 북진(北津 남한강)을 건너 미시(未時)에 충원(忠原 충주)에 도착해, 상사와 종사관에게 인사하였다. 공홍 도사(公洪都事) 김진(金縉)이 감사(監司)를 대신하여 연향을 맡아 이미 도착해 있었다. 상사의 지대관은 청안 현감(淸安縣監)이고, 부사의 지대관은 충원 현감(忠原縣監) 이경전(李慶全)이었다. 서원현감장(西原縣監將)과 충원 연향병판사(忠原宴享竝辨事)가 와 있었다. 저물녘에 생원(生員) 정의온(鄭毅溫), 김응해(金應海), 문엽(文燁 박재의 맏아들) 형제와 군관을 만나 작은 술자리를 마련하였다. 별감 정종영(鄭宗榮)이 먼저 당돌하게 들어가 군관의 윗자리에 앉았는데, 군관 안경복(安景福)이 체면이 이와 같아서는 안 된다고 고하기에, 내가 말하길,

"이 사람은 나와 친한 사람입니다."

하고, 정종영에게 명하여 먼저 나가 일을 보게 하고서 장난치며 말하길,

"이와 같아야 군관이 체면을 잃지 않을 것이다."

라고 하였다. 술이 세 번 돌고 군관 등이 돌아갔다.

초4일[정유]

맑음. 사시(巳時)에 연향을 베풀었다. 상사가 동벽에 앉고 차례대로 부사, 종사관이 앉았다. 공홍 도사(公洪都事)가 서벽에 마주 앉고, 박대근(朴大根)과 정언방(鄭彦邦)은 뒷줄로 차등을 두어 동벽의 말석에 앉았다. 군관 등은 삼사(三使)의 뒤에 앉고, 역관들은 도사(都事)의 뒤에 앉았다. 별파진과 기패관은 남쪽 기둥 밖에 앉았다. 공주와 서원(西原 청주), 충원(忠原)의 기악(妓樂)들이 모두 모였다. 거상악(擧床樂)[18]은 여민락만(與民樂慢)[19]으로 시작해서, 그 다음은 보허사(步虛辭) 무동(舞童), 그 다음은 상발(尙鉢) 춤, 그 다음은 영산회산(靈山會散) 처용무(處容舞), 그 다음은 계면조(界面調) 파연곡(罷宴曲)으로 하였다. 같이 온 노비들도 중문 밖에서 연향을 즐겼다. 해질 무렵에 상사가 와서 만났다.

초5일[무술]

안개. 묘시(卯時) 초엽에 종사관이 먼저 출발하였는데, 일찍 움직여 더위를 피하려 한 것이었다. 상사가 문을 나서 5리 쯤 갔을 때 이어서 출발했다. 문엽(文燁)이 작별인사를 하니 서글픈 마음을 이루 말할 수 없었다. 사시(巳時)에 운무가 모두 걷히고 찔 듯이 더워졌다. 30여 리를 가서 안보역(安保驛)에서 점심을 먹었다. 상사의 지대(支待)는 괴산 군수(槐山郡守)가 맡았다. 정언(正言) 윤성임(尹聖任)이 와서 만났다. 부사의 지대는 청산 현감(靑山縣監) 강우문(姜遇文)이 맡았다. 지나는 길의

18 거상악(擧床樂) : 연회(宴會) 때에 상을 받기 전에 아뢰던 음악을 말한다.

19 여민락만(與民樂慢) : 여민락의 한 갈래. 임금의 거둥 때 연주되었으며 줄여서 '만(慢)'이라고 한다.

수석(水石)이 맑고 기이하여 자못 더위가 가시는 느낌이 있었다. 고개를 지나 용추(龍湫)에서 쉬었다. 안보에서 여기까지는 35리이고, 충원에서 용추까지는 80리이다. 상사의 지대는 상주 목사(尙州牧師) 정호선(丁好善)이, 부사의 지대는 금산 군수(金山郡守) 유중룡(柳仲龍)이 맡았다. 상하의 지대가 몹시 훌륭했다. 상사 일행의 인마차사원(人馬差使員) 유곡 찰방(幽谷察訪) 김녕(金寧), 부사 일행의 인마차사원 창락 찰방(昌樂察訪) 정등(鄭騰), 인마도차사원(人馬都差使員) 안기 찰방(安奇察訪) 이승형(李承馨) 등이 모두 여기에 와서 공홍도(公洪道)의 인마(人馬)와 교대했다. 찰방은 안보(安保)에서 뒤처졌었다. 저녁에 문경(聞慶)에 도착했다. 상사 일행의 지대는 본현 현감 심종직(沈宗直)이 맡았고, 부사 일행의 지대는 함창 현감(咸昌縣監) 김선징(金善徵)이 맡았다. 함창 이안(里安)에 사는 김취공(金就恭)의 아들 덕기(德起), 예천 유천(柳川)에 사는 장언방(張彦邦)의 아들 대인(大仁), 안동 풍산(豊山)에 사는 이섬(李暹)이 와서 만났다. 용추에서 50리이다.

초6일[기해]

아침부터 비가 내림. 종사관이 또 먼저 출발했다. 진시(辰時)에 도롱이를 입고 길을 가는데 비바람이 그치지 않아 옷이 온통 젖었다. 견탄(犬灘)에서 점심을 먹었다. 문경에서 여기까지 40리이며, 전부터 출참(出站)[20]했던 곳이다. 상사의 지대는 선산 부사(善山府使) 유시회(柳時會)가, 부사의 지대는 개령 현감(開寧縣監) 민여침(閔汝沉)이 맡았다. 비를

---

20 출참(出站) : 사신이나 감사(監司)를 영접하고 전곡, 역마 등을 대어 주기 위해 숙역(宿驛) 부근의 역에서 역원(驛員)을 내던 일을 말한다.

맞으며 용궁(龍宮 예천)으로 가는데 길에 고인 물이 무릎까지 찼고 미끄럽기가 기름 같아서 하인들이 계속 넘어졌다. 신시(申時)에 용궁에 도착했다. 상사는 객사로 들어가고 부사 일행은 향사당(鄕射堂)에서 접대를 받았다. 상사의 지대는 본현 현감 이사언(李思顔)이, 부사의 지대는 비안 현감(庇安縣監) 이종문(李宗文)이 맡았다. 풍산(豊山)의 박승엽(朴承燁)과 박로(朴櫓), 이정로(李廷老)·이정립(李廷立) 형제가 와서 맞이했다. 본현의 고상정(高尙程), 참군 윤섭(尹涉), 강여발(姜汝馛), 좌랑 전이성(全以性), 이영(李澋), 이흠백(李欽伯)과 예천의 권득평(權得平)이 와서 만났다. 견탄에서 용궁까지 40리이다.[이함열(李咸悅)에게 보낸 편지의 답장이 왔다. 고 울산(高蔚山)[21]에게 답장을 썼다.]

초7일[경자]

맑음. 앞에 개천이 하나 있었는데 물이 불어나 건너기 어려웠다. 별파진(別破陣) 정의일(鄭義逸)을 보내어 수세(水勢)를 살펴보도록 하니, 돌아와 건너도 좋다고 답하였다. 이에 출발해 예천(醴泉)으로 향하여, 오시(午時)에 예천군에 도착하였다. 상사의 지대는 본군 군수 홍서룡(洪瑞龍)이, 부사(副使)의 지대는 봉화 현감(奉化縣監) 박상현(朴尙賢)이 맡았다. 두 수령이 문 안에서 지영(祗迎)하였는데, 물리치고 들어가서 예방(禮房)의 지영례(祗迎禮)를 여쭙지 않은 이들을 장을 치게 했다. 신시(申時)에 상사부터 종사까지 함께 쾌빈루(快賓樓)에 올라, 술자리를 벌였다. 유동기(柳東起)로 하여금 금(琴)을 치게 하여, 거의 이경(二更)에 이르러서 술자리가 파하였다. 이날 김락(金洛) 족장·권척(權惕)의

---

21 고 울산(高蔚山) : 울산 판관을 지낸 고상안(高尙顔, 1553~1623)을 말한다.

손자 권열(權說)·첨지 안위(安渭)·권진(權溱)·권현(權誢)·권현(權鉉)·허시(許蒔)·김여정(安汝正) 등이 와서 만났다. 용궁에서 예천에까지 40리이다.

초8일[신축]

동틀 무렵 비가 내리다가 곧 다시 갬. 안기역(安奇驛)의 역졸이 앞내에서 익사해서 발견했을 때에는 이미 목숨이 끊어져 있었다는 소식을 듣고 경악스러웠다. 별파진 최의홍(崔毅弘)을 보내어, 가서 사천(沙川)이 얼마나 깊은지 살펴보도록 하였는데, 최의홍이 와서는 물이 얕아 건널 수 있다고 하였다. 삼사(三使)가 출발하여 십삼여 리를 가 사천에 이르렀는데, 말의 배 부분까지 물에 잠겼다. 이에 상사, 부사와 종사가 함께 앉아 최의홍을 장 6대를 쳤다. 본군(本郡)의 향소(鄕所) 관리는 끌고 왔지만 장을 치지는 않았다. 나무 받침대를 받쳐 들게 하고 국서(國書)와 예단, 복물(卜物)을 먼저 옮겼다. 군관 등의 무리는 옷을 벗고 물을 건너가고, 차례대로 가교(駕轎)를 타고서 물을 건너갔다. 상사와 종사는 곧장 풍산(豊山)으로 갔고, 우리 일행은 조상의 무덤에 가서 전배(奠拜)하는 일 때문에 지곡(枝谷)[22]으로 갔다. 진보현(眞寶縣)에서 지대해야 했지만 현감인 신순일(申純一)이 목수승군차사원(木手僧軍差使員)으로 상경하였기에 향소에서 읍에 남아있는 사람들을 데리고 왔는데 완악하여 지공(支供)을 제대로 하지 못해 일행 모두가 저녁밥을 먹지 못했다. 향소에 끌고 가서 도색(都色)을 형추(刑推)한 후에 본도 감사(監

---

22 지곡(枝谷) : 현 경상북도 안동시 풍산읍에 있던 마을인데, 이 일대에 경상북도 도청이 들어서면서 고령박씨 선산을 이전하였다.

司)에게 공문을 보내 지금 본부(本府)의 지대를 겸하게 하였다. 사천부터 여기까지 20여 리이다.

초9일[임인]

비가 내리다 개다 함. 권호연(權浩然) 네 형제와 김두일(金斗一), 이정로(李廷老)·이정립(李廷立) 형제, 김의원(金義元), 이약(李鑰) 등이 각각 다과를 가지고 왔기에, 군관과 역관 등에게 음식을 나누어 주게 하였다. 이날 지곡(枝谷)에서 머물렀다.

초10일[계묘]

아침에 비가 흩뿌리다가 식사 후에 갬. 먼저 사당에 제사를 지내고, 그 다음으로는 유서(柳湑)의 묘, 권 사예(權司藝)의 묘, 좌랑(佐郎)의 묘, 진잠(鎭岑) 현감의 묘, 도승지의 묘, 조부모님의 묘, 감찰 숙부의 묘에 차례대로 전(奠)을 올렸다. 전배를 마친 뒤, 안동의 공방(工房)과 도색(都色)을 장을 쳤다. 점심을 풍산(豊山)[23]에서 먹었고, 첩모(妾母)를 뵙고 괴정(槐亭)에 앉아 있었다. 이경(李璟)·권순(權詢)·이진(李珍)·김사공(金士恭)·김사검(金士儉)·오윤(吳奫)·정헌(鄭憲)·김사득(金士得)·이태(李珆)·권강(權杠)·권득여(權得與)·이평(李坪)·권천민(權天民)·황진경(黃振經)·남희정(南希程)·이진(李瑱)·이약(李鑰)·이익(李釴)·이광원(李光遠)·이연(李璉)·이명원(李明遠)·정유번(鄭維藩)·김광한(金光漢)·김광택(金光澤)·김광옥(金光沃)·김광현(金光灦)·이정로(李廷老)와 이연립

---

23 풍산(豊山) : 현재 경상북도 안동에 속해 있는 풍산읍을 말한다. 1018년(현종 9) 안동의 속현으로 하였다가 1172년(명종 2) 감무(監務)를 두었다가 뒤에 다시 안동에 귀속시켰다. 사행 당시에는 풍산이 아직 다시 안동의 속현이 되지 않았을 때이다.

(李廷立) 형제가 와서 만났다. 그중에 오직 이약 및 10여 명만이 글을 가지고 와서 전별하였다. 점심을 먹은 뒤 안동으로 향했는데, 역관 최의길(崔義吉) 등이 나와 서정자(西亭子)에서 맞이하였고, 들어가 서상방(西上房)에 처소를 정하였다. 상사의 지대관인 안동부 판관 임희지(任羲之)와 부사(府使) 고용후(高用厚)가 이때 아직 임소에 도착하지 못하였고, 부사의 지대관인 영해 부사(寧海府使) 조집(趙濈)은 병으로 오지 못하여 향소(鄕所)의 관리만을 보냈는데, 지공(支供)이 형편없었다. 향소의 관리는 잡아 오되 장을 치지는 않았고, 도색(都色)만 장을 쳤다. 영천(榮川)의 박성범(朴成範)이 어제 본도(本道)에 왔고, 감사(監司) 윤훤(尹暄)은 어제 본부(本府)에 왔는데, 무학당(武學堂)에 처소를 정하였다.

11일[갑진]

맑음. 이호(李瑚) 형님·이연(李璉)·박문범(朴文範)·박승립(朴承立)·김두일(金斗一)·김창선(金昌先)·김기선(金起先)·김영(金瑛)·이연로(李廷老) 형제·오여방(吳汝榜)의 손자 윤조(胤祖)·권득평(權得平)·이경배(李敬培)·이득배(李得培)·이진(李瑱)·이익(李釴)·신석무(申碩茂)·안귀수(安貴壽)·정항(鄭伉)·정숙(鄭俶)·이광위(李光煒)·정삼선(鄭三善)·오윤(吳奫)·권태정(權泰精)·이위(李暐)·이여빈(李汝馪)·권포(權誧)·강종서(姜宗瑞)·진사(進士) 배득인(裵得仁)·박호신(朴好信)·권항(權恒)·김득칭(金得稱)·권흘(權忔) 등이 와서 만났다. 참의 이지(李遲)와 아우 이형(李逈)이 서헌(西軒)에서 연회를 베풀었다. 금(琴)과 노래를 번갈아 연주하고, 춤추는 대열이 쌍쌍이 짝을 이루었다. 아울러 군관 등을 초대해서 함께 마셨다. 이지(李遲)가 취한 중에 북을 치려 했는데, 상사가 있는 곳에서 북을 치기에 불편한 마음에 제지했다. 오후의 연향에서 상사 이하는 동벽의 교의(交倚)에 앉았는데, 자리의 차례는 충원에서 연향했을 때의 자리와 같았다. 거상악(擧床樂)은 여민락만곡(與民樂慢曲)으로 하였고, 그 다음에 보허사(步虛辭) 무동(舞童), 영산회산(靈山會散)과 처용무(處容舞), 탕장곡(盪漿曲), 헌선도(獻仙桃), 계면조(界面調) 연파곡(宴罷曲)을 차례대로 연주하였다. 칠작례(七酌禮)를 마친 뒤에, 감사(監司)가 편하게 앉아서 잔을 올리기를 청했다. 상사와 부사, 종사관 및 감사가 자리를 마주하고 술을 마셨다. 상사가 먼저 일어나 나가고, 잠시 뒤 이어서 일어났다. 이날 밤 비가 장마처럼 내렸다.

12일[을사]

맑음. 앞 내의 물이 불어나 안동에 머물렀다. 좌수(座首) 이진(李珍)과 별감(別監) 안귀수(安貴壽)가 주관하여 술자리를 마련했다. 경주 제독(慶州提督) 권위(權暐)·안동 제독(安東提督) 이여빈(李汝馪)·전 별감(別監) 이호(李瑚)가 다과를 가지고 와서 참여하였고, 군관과 원역(員役)도 아울러 참여하였다. 참의 이지(李遲)가 자신의 집으로 청하여, 군관과 원역을 모두 데리고 갔다. 술을 따르고 음악을 연주하였으며 등불이 휘황찬란하였다. 거의 이경(二更)에 이르러서야 관부로 돌아왔다.

13일[병오]

맑음. 종사가 아침 일찍 먼저 길을 나섰다. 명엽(名燁)이 뒤따라와 하직하고 돌아갔다. 묘시(卯時)에 감사를 뵙고 출발했다. 영해(寧海)의 하인들이 병기(兵器)와 의장(儀仗)을 내버리고 달아났기에 두 사람을 잡아왔다. 남문교(南門橋) 앞에서 행차를 멈추고 각각 곤장 5대를 치고서, 말 앞에서 몰아서 가게 했다. 박성범(朴成範)과 박승엽(朴承燁)이 와서 나루터에서 하직했다. 작은 고개를 넘어 독천원(禿川院)을 지나 일직현(一直縣)[24]에 도착했다. 안동에서 여기까지 30리이다. 상사의 지대는 본부(本府)가, 부사의 지대는 예안 현감(禮安縣監) 이계지(李繼祉)가 맡았다. 전적(典籍) 이봉춘(李逢春)·충의(忠義) 이건(李健)·권 생원(權生員)이 와서 만났고, 박로(朴櫓), 유현(柳炫)이 따라왔다. 출발할 즈음에 예안 수령을 초대하여 만났다. 더위가 찔듯하여 용광로 안에 있는 것 같았다. 미시(未時) 말엽에 의성(義城)에 도착했다. 일직현부터 여기까지의 거리는 40리이다. 상사의 지대는 본현 현감 양사해(梁士海)가, 부사의 지대는 청송 부사(青松府使) 허민(許旻)이 맡았는데, 초대하여 함께 이야기 나누었다. 이섬(李暹)이 따라왔다.

14일[정미]

맑음. 종사는 아침에 먼저 길을 나섰다. 이른 아침에 청로참(青路站)[25]을 향해 출발했다. 의성현에서 여기까지 30리이다. 청로참 서쪽 7리쯤에 금성산(金城山)이 있는데, 소문국(韶文國)[26]의 옛터이다. 산의 남쪽에 이민성(李民宬) 형제의 집이 있어서 삼사(三使)가 함께 방문했다. 작은 술자리를 열었는데, 곧 파하고서 청로참에 도착하였다. 상사의 지대는 의성(義城)이, 부사 지대는 인동 부사(仁同府使) 여상길(呂相吉)

---

24 일직현(一直縣) : 현재 경상북도 안동시 일직면을 말한다.

25 청로참(青路站) : 청로(青路)는 현재 경상북도 의성군 금성면에 있는 리로, 이곳에 참(站)이 있었다.

26 소문국(韶文國) : 경상북도 의성군에 존재했던 국가였다고 전해진다. 『삼국사기(三國史記)』 권2 벌휴이사금(伐休尼師今)조에 "2월에 파진찬 구도와 일길찬 구수혜를 좌우군주로 삼아 소문국을 정벌했는데, 군주라는 이름이 이때 처음 시작되었다.[二月, 拜波珍仇道、一吉仇須兮, 爲左右軍主, 伐召文國, 軍主之名, 始於比.]"라는 기록이 보인다.

이 맡았는데, 족친(族親)이어서 초대하여 만났다. 의흥(義興)을 향해 출발했는데, 어제처럼 무더웠다. 오시(午時)에 의흥에 도착했다. 청로(靑路)에서 여기까지 25리이다. 상사 지대는 현감 이유청(李幼淸)이, 부사 지대는 군위 현감(軍威縣監) 황득중(黃得中)이 맡았다. 선산(善山)의 박홍경(朴弘慶)·박이경(朴履慶) 형제와 박간(朴侃)이 와서 만났다.

15일[무신]

맑음. 진시(辰時)에 출발하였다. 오시(午時)가 끝날 무렵에 신령(新寧)[27]에 들어갔다. 의흥에서 여기까지 43리이다. 상사는 서헌(西軒)으로 들어가고 나는 동헌(東軒)에 자리 잡았는데, 서헌에 천석(泉石)과 죽림(竹林)의 경치가 있기 때문이었다. 상사의 지대는 본현 현감 권위(權暐)가, 부사의 지대는 신안 현감(新安縣監) 김중청(金中淸)이 맡았다. 부사 일행의 하인이 비가 오기에 대문 안에 가교(駕轎)를 들여 놓았는데, 감영의 아전들이 대문에서 비를 피하고자 하여 역졸(驛卒)을 위협해 가교를 내놓도록 하였으나 역졸이 응하지 않았다. 감영의 아전들이 상사에게 들어가 하소연하니 상사가 가교를 옮기라고 명하였다. 아전들이 역졸이 양마(養馬)[28]에게서 나무를 징수했다고 무고하여, 종사(從事)에게 들어가 아뢰었다. 그러자 종사가 간교한 아전들을 엄히 형추(刑推)하였다. 저물녘에 신안(新安)과 신령(新寧)의 두 수령이 삼사(三使)에게 술을 올리고자 하였는데, 간절히 청하기에 함께 참석하였다.

---

27 신령(新寧) : 현재 경상북도 영천 지역을 말한다.

28 양마(養馬) : 양마(養馬)는 사복시(司僕寺)의 하급 관리로서 직접 말을 관리하는 책임을 맡았다.

16일[기유]

아침에 흐림. 종사가 먼저 출발하였고, 상사와 부사가 이어서 길을 나섰다. 진시(辰時) 말엽에 비가 흩뿌리다가 다시 개었다. 오시(午時)가 끝날 무렵 영천(永川)에 도착했는데, 신흥과의 거리는 50리이다. 상사는 객사로 들어갔고, 부사는 서쪽 별관으로 들어갔다. 상사의 지대는 본군(本郡) 수령 남발(南撥)이, 부사의 지대는 영덕 현감(盈德縣監) 이정(李挺)이 맡았는데, 지공(支供)이 매우 훌륭했다. 상사의 인마차사원(人馬差使員) 장수 찰방(長水察訪), 부사 일행의 인마차사원(人馬差使員) 송라 찰방(松羅察訪) 김덕일(金德一), 도차사원(都差使員) 자여 찰방(自如察訪) 송영업(宋榮業)이 모두 와서 안부를 여쭈었다. 이날 밤에 비가 내렸다. 송라 병방(松羅兵房)에서 군관(軍官) 신경기(申景沂)에게 비단 1필을 뇌물로 주어 역마(驛馬)를 꾀하고자 하였다. 이에 신경기가 종사에게 고하여 그 사람을 형추(刑推)하였다.

17일[경술]

맑음. 판서 선조께 제사를 올리는 일로 동틀 무렵 말을 타고 상사보다 먼저 출발했다. 앞 내를 건너고 시골길을 따라 유령(柳嶺)을 넘어 원곡(原谷)에 도착했다. 의흥현에서 여기까지는 25,6리이다. 산세가 웅장한 건좌손향(乾坐巽向)[29]의 땅에 비석이 그대로 남아 있었다. 유학(幼學) 정완윤(鄭完胤)과 첨지 정희윤(鄭希胤), 희윤의 아들 현도(顯道), 헌도(憲道), 미도(味道) 등이 와서 제사에 참석했다. 송라 찰방과 영덕 현

---

29 건좌손향(乾坐巽向) : 집터나 묏자리 같은 것이 건방(乾方), 곧 서북방을 등지고 손방(巽方)을 바라보는 좌향(坐向)을 말한다.

감이 모두 수행하여 왔는데, 제물은 영덕에서 준비한 것이었다. 동쪽으로 6,7리를 가서 아화역(阿火驛)에서 점심을 먹었다. 상사와 종사관은 먼저 떠나고 없었다. 상사의 지대는 청도 군수(淸道郡守) 임효달(任孝達)이 맡았고, 부사 일행의 지대는 하양 현감(河陽縣監) 채형(蔡亨)이 맡았다. 전 도사 정담(鄭湛)이 와서 만났는데, 원곡묘 근처에 투장(偸葬)한 자였기 때문이다. 배행 차사원 신령 현감 권위(權暐)가 인사하고 돌아갔다. 미시에 경주(慶州)에 도착했다. 아화역에서 여기까지 50리이다. 상사의 지대는 본부(本府)의 부사(府使)가 맡았다. 대원군(帶原君) 윤효전(尹孝全)[30]과 판관 허경(許鏡)이 이때 아직 임소에 도착하지 않았다. 부사의 지대를 맡은 경산 현감(慶山縣監) 이변(李忭)과 종사의 지대를 맡은 흥해 군수(興海郡守) 정호관(丁好寬)이 모두 와서 안부를 물었다.

18일[신해]

맑음. 군관들과 백율사(伯栗寺)를 보러갔다. 절은 경주부 북쪽 5리에 있는데 별로 볼 것이 없었다. 다만 절 뒤의 어린 소나무 한 그루가 이미 잘려나갔는데 다시 새 가지가 나는 것이 기이했다. 오후의 연향 때에 동벽의 자리는 지난번과 같았고, 부윤(府尹)과 흥해 현감은 서벽에 앉았다. 연향 음식은 안동만 못했지만 기악은 더 나았고, 아백황(牙白黃)을 추었다. 제랑(諸郎)들이 또 채익(彩鷁)[31] 한 척을 관아에 가져다 두고

30 대원군(帶原君) 윤효전(尹孝全) : 1563~1619. 본관은 남원(南原), 초명은 효선(孝先), 자는 영초(詠初), 호는 기천(沂川)이다. 1613년(광해군 5) 익사공신(翼社功臣) 2등에 책록되어 대원군에 봉해졌고, 사행이 있었던 1617년 2월 경주부윤을 제수받았다.

31 채익(彩鷁) : 화려하게 꾸민 배를 뜻한다. "익(鷁)"은 물새인데 뱃머리에 이 새를 그려 넣었으므로 배를 가리키는 말이 되었다.

소기(小妓)들에게 노 젓는 흉내를 내게 하였고, 군의 기생들이 다 같이 탕장곡(盪槳曲)을 부르는데 그 소리가 탄식하는 듯했다. 칠작례(七酌禮)를 행한 후, 부윤이 편하게 앉아 마시기를 청했다. 군관과 역관들 또한 주량에 따라 마시고, 두 사람이 마주보고 춤추게 했다. 잔치 후에 연이어 가마를 타고 봉황대(鳳凰臺)에 오르니, 날이 이미 어두워져있었다. 세 줄로 기생들이 늘어서 있었고 온갖 횃불이 밝게 빛났으며, 노랫소리는 구름도 멈출 듯 아름답고 긴 피리소리는 맑았다. 거의 이경(二更)이 되어서 기생들에게 가무를 청하게 하고 돌아왔다. 이에 율시 한 수를 읊었다.

만촉(蠻觸)의 흥망성쇠 꿈 속 일이니,[32]	蠻蜀興止一夢中
나그네 와서 말없이 비껴 부는 바람에 서 있네.	客來無語立斜風
첨성대는 푸른 안개 속에 예스럽고,	瞻星臺古孤烟碧
반월성은 붉은 낙조 속에 비어있네.	半月城空落照紅
황폐한 땅에 교목은 얼마나 남겨졌나.	喬木幾多遺廢地
퇴락한 궁엔 어지러운 쑥대머리만 무수히 덮여있네.	亂蓬無數罨頹宮
지난날의 문물은 지금 어디 있는가.	昔年文物今何在
금오산 비낀 가에 물은 절로 동으로 흐르네.	鰲峀橫邊水自東

[금오산(金鰲山)은 경주부 안에 있다.]

32 만촉(蠻觸)의 ~ 일이니 : 신라의 흥망 등 분분한 세상일이 모두 부질없음을 나타낸 말이다. 만촉은 달팽이의 왼쪽 더듬이에 나라를 세운 촉씨(觸氏)와 오른쪽 뿔에 나라를 세운 만씨(蠻氏)가 영토를 넓히기 위해 서로 싸운다는 우화에서 나온 말로 작은 일로 다투는 것을 비유한다. 『莊子 則陽』

19일[임자]

맑음. 손자 윤조(胤祖)가 인사를 하고 돌아갔다. 진시(辰時) 초엽에 길을 나서, 구허역(鳩虛驛)에서 점심을 먹었다. 경주부에서 여기까지는 48리이다. 상사의 지대는 장기 현감(長鬐縣監) 신팽로(申彭老)가, 부사의 지대는 청하 현감(淸河縣監) 이상원(李象元)이 맡았다. 지대차사원 경산 현감 이변(李忭)과 인마차사원 송라 찰방 김덕일(金德一)이 배행(陪行)에서 제외되어 돌아갔다. 신시(申時)에 좌병영(左兵營)에 이르렀다. 구허역에서 여기까지는 40리이다. 상사는 병영 객사에 들어가고 부사 일행은 울산 관아의 건물에 들어갔는데, 본군(本郡)이 왜적에게 불타 관사를 아직 수리하지 못했기 때문이다. 상사의 지공은 울산부 판관 최전(崔沺)이, 부사 일행의 군관과 역관의 지공은 연일 현감(延日縣監) 박이검(朴而儉)이 맡았다.

20일[계축]

맑음. 병마절도사 이시영(李時英)이 삼사(三使)를 남문루(南門樓)에서 전별하였다. 상사의 군관이 일행과 편을 나누어 활쏘기를 하였는데 군관 안경복(安景福)이 오순(五巡)에 23분으로 일등을 차지하여 활을 받았다.

21일[갑인]

맑음. 울산에서 새벽을 틈타 출발하였다. 용당(龍堂)에서 점심을 먹었는데 온 거리가 이미 60리였다. 용당에서 동래부까지 70리인데, 여름해가 하늘에 있어 사람은 지치고 말은 괴로워하기에, 그늘에 나아가 물가에 임해서 거듭 쉬고서 떠났다. 신시(申時)에 동래부에 들어가 서헌(西軒)에서 묵었다.

22일[을묘]

맑음. 동래에 머물렀다. 통제사 정기룡(鄭起龍), 좌수사 김기명(金基命), 수세관 윤민일(尹民逸)이 부산에서 와서 만났다. 종사관에게 편지를 써서 말하기를,

"귤왜(橘倭)가 지레 돌아가 버린 것은 모두 부산 훈도(釜山訓導)가 말을 잘하지 못하였기에 생긴 일이니, 훈도에게 진실로 죄가 없을 수 없습니다. 국경에 도착하면 즉시 군관을 보내어 붙잡아 와서 끝까지 힐책하고, 장을 치거나 가두는 것이 옳습니다. 그렇지 않으면 변경 사람들을 격려하고 왜인을 진압할 수가 없어서 앞으로 변괴가 갖가지로 일어나 장차 이루 다 말할 수 없을 것이니, 어찌 몹시 근심스러운 일이 아니겠습니까. 청컨대 상사에게 아뢰어 의논해서 조처하는 것이 심히 마땅할 것입니다. 삼가 생각건대 고명(高明)께서는 굽어 살펴서 보이십시오."라고 하였다.

아침에 상사, 종사관과 함께 앉아 부산 훈도 한상(韓祥)과 동래 부사의 군관을 뜰에 끌어 왔다. 한상은 장을 세 대 치고서 가두었고, 소통사(小通事) 박춘(朴春)은 장을 다섯 대 쳤으며, 부사의 군관은 교수(教授)하여 환방(還放)하였다. 정오에 통제사를 만났는데 중군(中軍)이 급히 달려와 보고하기를 다치바나 도모마사가 다시 나갔다고 하였다. 김해 부사 조계명(曺繼明), 곤양 군수 이유칙(李維則), 남해 현령 이효훈(李孝訓), 웅천 현감 배홍록(裴弘祿), 고성 현감 이일장(李日章)이 지응관(支應官)으로 와서 문안하였다. 동래의 병정지응관(竝定支應官)은 양산 군수 조엽(趙曄)이었다. 고성의 유학(幼學) 이산립(李山立)이 와서 만났는

데, 철성(鐵城) 밖의 먼 족친이었다.

25일[무오]

맑음. 부산에 머물렀다. 조도사(調度使) 한덕원(韓德遠)이 경상우도(慶尙右道)에서 와서 만났다. 동래 부사 황여일(黃汝一)이 각 병정관(竝定官)에게 술자리를 마련하도록 분부하였는데, 밤이 되어서야 끝났다. 수세관(收稅官) 윤민일(尹民逸)이 배 위에서 증별시를 주었는데 다음과 같다.

영욕(榮辱)의 부침이 얼마나 되는가.	榮辱昇沈問幾何
지난 인간사는 괴롭게 마찰을 빚었네.	向來人事苦相磨
사신의 배를 타고 교룡(蛟龍)의 굴로 건너가니,	乘槎試涉蛟龍窟
험악하기가 거친 세상 벼슬살이와 같다오.	險惡爭如宦海波

상사와 함께 의논하여, 최의길(崔義吉)로 하여금 다치바나 도모마사가 있는 곳에 먹을 것을 보내도록 하였다.

연향(宴享)을 위해 부산에 온 경주 기생 옥부용(玉芙蓉)에게 준 증별시[贈別慶州妓玉芙蓉以宴享事來釜山]

한 떨기 아름다운 꽃향기 흡족히 풍겨오는데,	一朶閒花滿意香
광풍(狂風)이 곳곳에서 제멋대로 드날리네.	狂風隨處任飄揚
그림의 떡이라 끝내 소용없음을 알겠으니,	自知畵餠終無用
이별에 임하여 어찌 부질없이 애 태우겠는가.	臨別何須枉斷腸

상사가 읊은 시[上使所吟]

봉산(蓬山)을 이별한 뒤 몇 해나 되었는가.[33]	一別蓬山歲幾除
벽 사이를 바라보니 내 글씨가 있구나.	壁間開眼是吾書
내일 아침 다시 부상(扶桑)[34]을 향해 가면	明朝更向扶桑去
병주(幷州)를 바라보며[35] 전원을 그리워하리라.	却望幷州戀田居

삼가 차운하다[敬次]

예부터 인간사에는 성쇠가 있으니,	古來人事有乘除
나그네 책상에서 공연히 돌돌(咄咄)이라 쓰고 있네.[36]	旅榻空勞咄咄書
비로소 알겠네, 큰 천지에서 떠도는 인생이니	始覺浮生天地大
이 몸 가는 곳이 곧 편안한 거처라는 것을.	此身隨處是安居

또 한 수 차운하다[又次右韻]

거울 보아도 흰 머리 없앨 길이 없으니,	覽鏡無由白髮除

---

33 봉산(蓬山)을 ~ 되었는가 : 봉래(蓬山)는 봉래산으로, 부산 동래구의 옛 이름이다. 정사(正使) 오윤겸(吳允謙)은 경술년인 1610년 동래부사를 지낸 적이 있다.

34 부상(扶桑) : 동방의 해가 뜨는 바다 속에 있다는 신목(神木)의 이름으로, 전하여 일본(日本)을 가리킨다.

35 병주(幷州)를 바라보며 : 병주를 바라본다는 말은 동래를 바라보며 그리워하리라는 뜻이다. 후한(後漢) 때에 곽급(郭伋)이 왕망(王莽) 때 병주목(幷州牧)으로 있었다가, 광무(光武) 때 재차 병주목으로 부임하였는데, 이때 옛날 은혜를 입었던 고을사람들이 나와 환영했다는 고사가 있다. 『後漢書 郭伋傳』 여기에서 병주는 오윤겸이 부사를 지냈던 동래를 뜻한다.

36 돌돌(咄咄)이라 쓰고 있네 : 괴이히 여기며 탄식한다는 뜻이다. 돌돌은 돌돌괴사(咄咄怪事)의 약칭으로, 뜻밖의 놀랄 만한 괴이쩍은 일을 의미한다. 진(晉)나라 때 은호(殷浩)가 일찍이 조정에서 쫓겨난 뒤로는 집에서 종일토록 공중에다 '돌돌괴사' 네 글자만 쓰고 있었다는 고사에서 온 말이다. 『晉書 卷77 殷浩傳』

고심함에 오거서(五車書)가 무슨 소용이리. 苦心何用五車書
맑고 고요하여 편안히 지낼 곳을 알고자 하니, 欲知淸淨安身地
무한한 영대(靈臺)[37]에 넓은 거처[廣居][38]가 있다오. 無限靈臺有廣居

상사의 시에 차운하여 동래부사에게 드리다[次上使韻呈東萊府使]

새 대나무로 엮은 창에 이끼는 계단에 가득하고, 新竹篩窓苔滿除
바닷가 하늘엔 보슬비 내려 금서(琴書)를 적시네. 海天微雨潤琴書
붉은 꽃 비춘 땅에 음악소리 울리니, 紅粧照地歌鍾咽
누가 도성(都城) 지나면 들판에 거하는 것과 같다 하였나. 誰道過城似野居

26일[기미]

맑음. 부산에 머물렀다. 동래부에서 사청(射廳)에 전별연을 열어 주었는데, 조도사(調度使), 수사(水使), 수세관(收稅官)이 모두 참석했다. 제장(諸將)들이 군관(軍官)과 활솜씨를 다퉜는데, 제장들은 모두 수령(守令)과 변장(邊將)들이었다. 동래부에서 일을 잘 처리하지 못하는 바람에, 제장들이 연회에 참석하지 못하여 모두 불쾌해했다고 한다. 유지(有旨)가 두 차례 있었다. 하나는 '선조(先朝)께서는 으레 어사(御史)

---

37 영대(靈臺) : 주나라 문왕(文王)의 대 이름이다. 문왕이 선정을 베풀었으므로 백성들이 모두 돌아와 드디어 풍(豐)에다 도읍을 정하고 영대(靈臺)를 지어 백성들과 함께 즐겼는데, 이것을 말한다. 『詩經 大雅 靈臺』

38 넓은 거처[廣居] : 넓은 거처는 인(仁)을 뜻하는 말로, 맹자(孟子)가 인을 '천하의 넓은 집[天下之廣居]'과 '사람의 편안한 집[人之安宅]'이라는 말로 표현한 데서 나온 것이다. 『孟子 滕文公下, 公孫丑上』

를 보내지 않으셨다'는 것이었고, 다른 하나는 '검찰(檢察)하는 일을 그대들이 하라'는 것이었는데, 상사와 부사에게 각기 보낸 것이었다.

27일[경신]

맑음. 부산에 머물렀다. 종사관이 병을 앓아 병문안을 갔다. 동성(東城)의 누대 위에 오르니 진실로 빼어난 경치였다. 산이 우뚝 솟은 것이 솥[釜] 모양과 같으니, 부산(釜山)이라 이름 지은 것은 이 때문이다. 임진년에 왜적(倭賊)들이 그 위에 성을 쌓았는데, 이덕형(李德馨)이 체찰사(體察使)가 되었을 때에 그 제도를 증수(增修)하여 성문에 누(樓)를 세우고 그 안에 각(閣)을 만들어 단청을 했다. 그 후 10년쯤 이어지면서도 조금도 훼손된 부분이 없으니 경탄할만한 일이다.

28일[신유]

맑음. 부산에 머물렀다. 충원(忠原)의 노비 말복이 돌아갈 때, 천포(泉浦)로 가서(家書)를 보냈다. 강릉 부사 홍경신(洪慶臣)이 복정물(卜定物)을 보내주었을 때에, 서신으로 답하였고 노자는 보낸 것이 없었으며, 사천(泗川) 하 봉사(河奉事)에게 답서를 쓰고 입모(笠帽) 한 건을 보내주었다.

29일[임술]

맑음. 부산에 머물렀다. 의관(醫官) 정종례(鄭宗禮)의 노비가 돌아가는 때에, 감찰 형님 및 별좌 수손(壽孫)의 어머니가 계신 곳에 편지를 보냈다. 수사(水使)가 전별연을 마련하였고, 함안부(咸安府)에서도 전별연을 열어주었다.

7월

1일[계해]

진시(辰時)부터 비바람이 크게 일어 천지를 흔들었고 파도는 산처럼 높았다. 전선(戰船) 한 척이 침몰되었다고 한다.

본 것을 기록하다[記所見]

어룡(魚龍)이 울부짖고 성난 우레 소리 울리는데, 魚龍叫嘯雷霆怒
북소리 요란한 곳에 만마(萬馬)가 달려가는 듯하네. 鼙鼓喧邊萬馬奔
양후(陽侯)[39]가 장대한 광경을 자랑하고자 應想陽侯誇壯景
일부러 비바람을 천지에서 다투게 한 것이리라. 故敎風雨鬪乾坤

상사가 차운하다[上使次]

큰 바람이 비를 몰아와 햇빛은 어둑어둑 大風驅雨日光昏
험한 물결 허공에 치솟고 성난 우레 달려가네. 險浪掀空怒雷奔
바다 사람 뱃사공 모두 피하는데 海子舟人渾辟易
홀로 부절(符節) 들고 천지간에 서 있노라. 獨持苦節立乾坤

39 양후(陽侯) : 수신(水神) 또는 풍랑을 뜻한다. 『회남자(淮南子)』 남명훈(覽冥訓)에 "무왕(武王)이 주(紂)를 치러 가는 길에 맹진(孟津)을 건너는데 양후의 파도가 흐름을 거스르며 격렬히 일어났다." 하였고, 그 주(註)에 "양후는 능양국(淩陽國)의 제후로서 물에 빠져 죽은 뒤 수신(水神)이 되어 큰 물결을 일으킬 수 있다." 하였다.

상사가 장난삼아 읊다[上使戲吟]

그대는 풍류란 모두 희롱일 뿐이라 하지만	君道風流都戱爾
연분임을 실로 의심할 바 없다고 사람들은 말한다네.	人言緣分實無疑
비단 휘장 침침하고 밤은 깊었는데,	錦帳沈沈深夜後
일생(一生)의 속마음을 누가 안단 말인가.	一生眞僞有誰知

[일생(一生)은 동래의 기생 이름이다.]

삼가 차운하다[敬次]

풍류를 얻어 바닷가 고을에 퍼뜨리니,	贏得風流播海郡
양대(陽臺)의 운우지정(雲雨之情)[40]을 의심해볼 만하네.	陽臺雲雨摠堪疑
봉래산은 점점 멀어지고 부용(芙蓉)이 지는데	蓬山漸遠芙蓉落
이 밤 외로운 회포를 아는가 모르는가.	此夜孤懷知不知

[부용(芙蓉)은 경주의 기생 이름이다.]

2일[갑자]

종일 어둡고 비. 부산에 머물렀다. 남평 현감(南平縣監) 권현(權俔)이 노자(路資)를 보내왔다.

---

40 양대(陽臺)의 운우지정(雲雨之情) : 양대(陽臺)는 무산(巫山)에 있는 누대의 이름으로, 춘추 시대 초(楚)나라 회왕(懷王)이 고당(高唐)에 노닐다가 꿈속에 신녀(神女)를 만나 동침을 하였는데, 신녀가 떠나면서 "첩은 무산 남쪽 높은 봉우리에 사는데, 아침에는 구름이 되고 저녁에는 비가 되어 매일 아침저녁 양대 아래에 있습니다." 하였다 한다. 『文選 宋玉 高唐賦』

3일[을축]

부산에 머물렀다. 바람이 조금 멎었다. 유 고령(柳高靈) 부자[41]가 여식을 쇄환하는 일로 부산에 왔다. 그들이 돌아갈 때에, 충원(忠原)의 본가에 편지와 어물(魚物)을 부쳤다. 좌병사(左兵使) 이시영(李時英)이 군관을 보내 죽립(竹笠)과 화복(花鰒) 등의 물품을 보내주었다.

초4일[병인]

맑음. 신시(申時)에 배를 타고 가까운 바다에 나갔다가 돌아와 정박했다. 오늘은 어머니의 기일(忌日)이어서 예법에 근거해 굳이 사양하였지만, 상사가 국가가 정한 날이므로 오지 않아서는 안 된다고 하였다. 따라서 부득이 검은 관대(冠帶)를 하고서 기둑(旗纛)과 절월(節鉞)[42]을 갖추어 배에 올랐는데, 영후(迎候)할 왜인들이 보는 곳이라 매몰되어서는 안 되기 때문이었다. 배에서 내려 지은 시이다.

동래 부사 황여일(黃汝一)이 읊은 시[東萊府使黃汝一所吟]

기개에 산도 물러서고,	氣岸山還讓
위풍에 바다도 얼어붙으려 하네.	風稜海欲氷
오래전부터 공이 시를 읊는 줄 알고 있었으니,	知公誦詩舊
내 그 사람 만나게 됨을 진작 기뻐하였다오.	喜我得人曾
방장산에 노을은 멀리 들려 있고,	方丈霞遙擧

41 유 고령(柳高靈) 부자 : 고령 현감을 지낸 유시영(柳時英) 부자를 가리킨다.

42 기둑(旗纛)과 절월(節鉞) : 기둑은 깃[羽]으로 장식한 기며, 절월은 임금이 명을 받들고 떠나는 신하에게 생살권(生殺權)의 상징으로 주는 절부(節符)와 부월(斧鉞)을 말한다. 모두 사신임을 드러내는 의장이다.

부상(扶桑)에 해는 가까이 오르네. 扶桑日近昇
이번 행차 성상의 교화에 힘입었으니, 玆行憑聖化
섬들이 모두 서쪽 향해 복응할 것이네. 列島盡西膺

삼가 차운하다[敬次]

항아리만한 부상(扶桑)의 누에고치[43] 如甕扶桑繭
금빛이 옥과 얼음 같네. 金輝襯玉氷
오색실[色絲][44]은 들어 익숙히 알았다지만, 色絲聞已熟
하늘에 솟은 광염[天焰][45]은 언제 일찍이 보았던가. 天焰見何曾
기개는 가을 파도를 압도하듯 장대하고, 氣壓秋濤壯
광채는 바다 해와 다투어 높이 오르네. 光爭海日昇

---

43 항아리만한 부상(扶桑)의 누에고치 : 『술이기(述異記)』에 "원객(園客)은 제음(濟陰) 사람인데, 얼굴이 예쁘면서도 장가를 들지 않고 항상 오색 향초(香草)를 가꾸며 살았다. 10여 년이 지난 어느 날 오색 나방이 향초 위에 앉기에 베에다 받아놓았더니 누에가 되었다. 그때 마침 한 여인이 나타나 양잠을 도와 향초로 먹여 누에고치 1백 20개를 땄는데, 크기가 항아리만 하였다. 이 여인은 그 고치를 다 켜서 실을 뽑은 뒤에 원객과 함께 신선이 되어 떠나갔다."라고 하였는데, 이 고사에 따라 소식(蘇軾)의 시 〈조영안최백대도폭경삼장(趙令晏崔白大圖幅徑三丈)〉에 "부상의 누에고치는 크기가 항아리만 한데, 천녀가 은하수 가에서 비단을 짠다네.[扶桑大繭如甕盎, 天女織綃雲漢上.]"라고 하였다.

44 오색실[色絲] : 동래 부사의 절묘한 글 솜씨를 칭찬한 말이다. 후한(後漢)의 채옹(蔡邕)이 조아비(曹娥碑)에 '황견유부 외손제구(黃絹幼婦外孫虀臼)'라고 써 두었다. 후에 삼국시대 양수(楊修)가 이를 파자하여 "황견은 색이 있는 실[色絲]이므로 절(絕) 자가 되고, 유부(幼婦)는 소녀이므로 묘(妙) 자가 되고, 외손(外孫)은 딸의 아들[女子]이므로 호(好) 자가 되고, 제구(虀臼) 즉 절구는 매운 것을 받아들이는[受辛] 것이므로 사(辭)가 된다. 따라서 '절묘호사(絕妙好辭)' 즉 절묘한 좋은 글이란 뜻이다."라고 풀이하였다. 『世說新語·捷悟』

45 하늘에 솟은 광염[天焰] : 이 역시 동래 부사의 시가 훌륭함을 칭찬한 말이다. 한유(韓愈)의 시 〈조장적(嘲張籍)〉에 "이백 두보의 문장은 지금도 남아 있어, 만 길이나 높은 광염을 내뿜는다.[李杜文章在, 光焰萬丈長.]"고 한 데서 온 말로, 문장이 대단히 뛰어남을 뜻한다.

읊을수록 웅건하니, 吟來轉雄建
한 글자 한 글자 마음에 새길 만하네. 字字可銘膺

동래 부사의 초1일 큰 비를 읊은 시에 차운하여 종사관에게 보내다[次萊伯初一日大雨韻, 送於從事官]

바다제비 바람 따라 춤추니, 海鷰隨風舞
양후(陽侯)[46]가 성난 파도 일으켰네. 陽侯作怒波
놀란 우레 밤들어 더욱 급해지고, 驚雷夜更急
날아드는 빗방울 새벽녘 더욱 많아지네. 飛湪曉尤多
멀리 섬들은 용궁에 기울고, 遠嶼傾蛟室
가까이 배들에는 노 젓는 노랫소리 끊겼네. 隣船斷棹歌
누워서 선원들의 소란스런 소리 듣노라니, 臥聽黃帽鬧
배의 키며 노는 끝내 어찌 되려는가. 椳櫓竟如何

동래의 벽에 걸려있는 시에 차운하다[次東萊壁上韻]

태종대(太宗臺)

깃 일산 펼친 신선의 수레 이 산에 머물렀으니, 羽蓋仙幢駐此山
하늘같은 용모 옥 같은 안색 높은 산을 비추었네. 天容玉色暎孱顔
백운은 천고에 그대로인데 대만 부질없이 남았으니, 白雲千古臺空在
방검(方劍)은 어느 해에 떠나 부여잡지 못하였나.[47] 方劍何年去不攀

---

46 양후(陽侯) : 각주 39) 참조.

47 방검(方劍)은 ~ 못하였나 : 태종대가 신라 태종무열왕 사후(射侯)의 장소였다는 전설에 근거하여 이렇게 말한 것이다. 방검을 부여잡지 못하게 되었다는 것은 임금의 승하를

정과정(鄭瓜亭)

황량한 마을의 교목에 석양이 비끼는데	荒村喬木夕陽斜
저녁 모래톱에 흐느끼는 조수 소리 시름 속에 듣네.	愁聽鳴潮咽晩沙
끝없는 연군과 우국의 마음	無限戀君憂國意
지금까지 뻗어와 시든 꽃에 남아 있네.[48]	至今餘蔓帶殘花

초5일[정묘]

맑음. 이날 오경(五更)에 흑대(黑帶)를 갖추고 해신에게 제사를 올렸다. 부산 남항(南港)의 조산(造山) 위에 제단을 마련해 지대 수령(支待守令) 및 각 포의 만호들이 여러 집사로 충원되었다. 알자(謁者)가 세 사신을 인도하여 위차(位次)로 나아가고 당상 역관(堂上譯官)과 군관들을 인도해 자리로 나아가 각각 사배(四拜)를 했다. 알자가 상사를 인도하여 신위(神位) 앞으로 가서 향을 사르고 폐백을 올리고 술 한 잔을 바쳤다. 알자가 인도하여 내려와 제자리로 돌아왔다. 자리에 있는 사람들이 모두 사배를 하고 마친 뒤에, 좌병사 이시영이 병영에서 음식을 마련하여 수영(水營)의 누선(樓船)에서 음악을 연주했다. 조도사(調度使) 한덕원(韓德遠), 수사(水使) 김기명(金基命), 수세관(收稅官) 윤민일(尹民

가리킨다. 황제(黃帝)가 형산(荊山)의 정호에서 정(鼎)을 주조하여 완성하자 하늘에서 용이 내려와 황제를 태우고 승천하였는데, 이때 신하와 후궁 70여 명이 용을 타고 하늘로 올라가고 나머지 사람들은 용의 수염을 잡으니 수염이 뽑혀 떨어지면서 황제의 활과 검이 함께 떨어졌다. 이에 남은 백성들은 그 활과 검을 끌어안고 우러러 하늘을 바라보았다는 고사가 전한다.『史記 卷28 封禪書』

48 끝없는 ~ 남아 있네 : 정서(鄭敍)의 연군지정을 떠올리고 말한 것이다. 고려 의종(毅宗) 때 정서가 참소를 입고 동래(東萊)에 귀양 와서 임금을 그리워하여 거문고를 타며 지은 가곡으로 〈정과정(鄭瓜亭)〉이 전한다.『高麗史 樂志』

逸)이 모두 와서 모였다. 신시(申時) 쯤에 경상 방백(慶尙方伯)도 상도(上道)에서 와 전별하였다. 특별히 와서 함께 참석하였기에 음악을 연주하고 가기(歌妓)를 불러서 해가 저물고서야 파했다. 다치바나 도모마사의 배가 가까이 있어 병사(兵使)에게 말하여 소다리 두 짝과 술 두 동이를 가져다주었다. 다치바나 도모마사가 감동하여 기뻐했다고 한다. 바람이 없어 배 위에 습기가 많아 해촌(海村)에 내려와 머물렀다.

초6일[무신]

맑음. 방백이 조산(造山)에서 전별연을 마련하였다. 수사, 조도사, 밀양 부사, 수세관, 동래 부사가 모두 참석하였다. 미시(未時)에 배에 올라 감만포(戡蠻浦)에 도착해서 유숙하며 바람을 기다렸다. 여러 공들이 모두 배에 올라 작별인사를 하고 갔다.

초7일[기사]

맑음. 구름의 조짐을 살펴보니 필시 바람이 불 것 같았다. 새벽에 돛을 올리고 노를 저어 대양(大洋)으로 나갔다. 바람이 너무 약해 노젓기로만 배가 나아가기가 어려워서 뱃사람들이 의심하며 걱정하였다. 그러다 사시(巳時)와 오시(午時) 사이에 순풍이 크게 일어나 배가 나는 듯이 갔다. 신시(申時)에 쓰시마 완이포(完伊浦)['완로(完老)'라고도 하고 '악포(鰐浦)'라고도 한다.]에 도착해 배를 대었다. 포구의 동남쪽에 사원(寺院)의 관사가 있어 그곳에서 접대했다. 도주(島主) 평의성(平義成)[49]

---

49 도주(島主) 평의성(平義成) : 당시 쓰시마 도주였던 소 요시나리(宗義成, 1604~1657)를 가리킨다. 쓰시마의 2대 번주로, 아버지인 초대 번주 소 요시토시(宗義智)의 뒤를 이어 1615년(광해군 7)에 제2대 번주가 되었다. 1617년(광해군 9) 3월에 종4위하(從四位下)에

[평의지(平義智)의 아들이다. 나이는 14세이다.]과 부젠(豐前) 평조흥(平調興)[50][시게노부(調信)의 손자이며 도시나가(智永)의 아들이고 요시나리(義成)의 매부이다. 권력을 부려 도주에게 미움을 받았다. 나이는 13세이다.]이 사람을 보내 문안하고 5일치의 지공(支供)을 주었다. 완이포에서 10여 리 정도 떨어진 곳에 왜인이 소선(小船) 30여 척을 보내 맞이하고 배를 끌면서 인도했다. 부산에서 완이포까지는 400리이다.

저녁에 다치바나 도모마사와 평지장(平智長)을 만났는데, 교의(交倚) 앞으로 내려와 서서 도모마사의 무리가 들어와 절할 때 읍(揖)하여 답하였다. 그리고는 도모마사가 지레 돌아온 잘못을 나무랐더니, 그 또한 잘못을 알고 있다고 승복했다 하였다. 악포(鰐浦)의 오른쪽 가에 한 기슭이 굽이져 둘러 있는데 가운데 항구가 있다. 항구의 동남쪽에 골짜기가 있는데, 그곳이 바로 사원의 관사가 있는 곳이다. 앞에는 인가가 20여 채 있는데 좌우로 비좁게 붙어있다. 겨우 틈새에 땅이 있으면 토란을 심어놓았는데 줄기와 잎이 짧고 듬성듬성하여 우리나라에서 나는 것과는 몹시 달랐다. 절 뒤에는 종려나무가 있는데 나뭇잎이 부채를 펼쳐놓은 것 같다. 동백에 열매가 열렸는데 오얏과 비슷하지만 먹을 수는 없다. 가을에 열매의 껍질을 벗겨내고 그 기름만 짜서 쓴다고 한

서임되었으며, 그 후 조선통신사 접대의 간소화에 의한 재정 절감, 은광산 개발 등을 적극적으로 추진하여 번정(藩政)의 기초를 다지는 일에 힘썼다.

50 부젠(豐前) 평조흥(平調興) : 야나가와 시게오키(柳川調興, 1603~1684). 에도 시대 초기의 가로(家老)이다. 1613년 아버지 야나가와 도시나가(柳川智永, 혹은 柳川景直이라고도 한다.)의 뒤를 이어 쓰시마 도주(對馬島主) 종가(宗家)의 가로직(家老職)을 이어받았고, 1635년 국서개작 폭로사건으로 쫓겨날 때까지 조선과의 외교 관계를 담당했다. 1611년(광해군 3) 아버지 도시나가(智永)대에 조선으로부터 도서를 지급받고, 1622년(광해군 14)에는 조부 야나가와 시게노부(柳川調信)의 원당(院堂)인 유방원(流芳院)이 도서를 받음에 따라 시게오키는 두 개의 도서를 가지고 조선과 통교 무역할 수 있는 특권을 가지고 있었다.

다. 이날 새벽에 점주(粘酒) 반 보시기를 마시고 아침에 소주 한 잔과 율무죽 반 사발을 마셨는데, 배가 너무도 심하게 흔들려서 속이 불편하여 다 토했다. 오후에 허기를 느껴 꿀을 넣지 않은 율무죽을 먹으니 불편한 기운이 꽤 가셨다. 이어서 저녁밥을 올렸다. 배를 타서 술을 마시는 것은 가장 금기할 일이다.

초8일[경오]

맑음. 식후에 출발하려고 다시 항구로 나왔다. 다치바나 도모마사가 앞에서 인도하였고, 소선(小船)에 왜인 격군(格軍)들을 싣고서 좌우에서 끌면서 갔다. 풍기포(豊崎浦), 천포(泉浦), 서박포(西泊浦)를 지났는데 역풍이 불어 나아갈 수 없었다. 염포(鹽浦)에 정박하고 배에서 유숙했다. 악포에서 여기까지는 80리이다. 도주가 안부를 물었고, 시게오키가 찾아와 안부를 물어 배 위에서 만났다. 이날은 아프지 않았다. 부산의 사후선(伺候船 정찰선)이 돌아가는 편에 장계와 문엽(文燁) 등에게 쓴 편지를 부쳐 보냈다. 섬을 따라 나아가는데 솔숲이 울창하고 바위 절벽이 기이한 곳이 많았다.

초9일[신미]

맑음. 염포에서 배에 올랐다. 도주(島主)가 편지를 보내 안부를 묻고 술과 과일을 보내 주었기에, 편지를 써서 사례했다. 보내준 술 한 통과 행장(行裝)에 가지고 있었던 과자(果子) 70개를 나누어 주었다. 왜인 격군(格軍)이 아직 선월포(船越浦)에 도착하지 않았다. 두 산이 바다를 끼고 있고, 항구에서 10리쯤 떨어진 곳에 해구(海口)가 하나 있는데 배가 겨우 다닐 수 있는 크기로 이름은 하뢰(下瀨)라 하니, 뱃사공들이 조심

해서 지나간다. 오른편으로 모래톱을 넘어 판잣집 한 칸이 있는데 바로 스미요시 진자(住吉神社)[51]라고 하니, 뱃사공들이 왕래하며 기도하는 곳이다. 이곳을 지나 우측으로는 쓰시마의 산이 있으며, 좌측으로는 하늘에 닿도록 푸르기만 하니, 강원도와 함경도가 접하는 바다인가 싶다. 스미요시신(住吉神)을 모신 천년의 신사는 그 신이함이 만고에 전해져 홀연 바람이 가는 길을 도와주니, 신의 도움에 힘입은 것임을 알겠다.

하뢰를 지나며 지은 시[過下瀨辭]

종사관

닻줄 풀고 염포(鹽浦)를 떠나	解余纜兮鹽浦
돛 하나 달고 긴 바람을 타노라.	掛片帆兮駕長風
해는 부상(扶桑)에 떠오르고,	日出兮扶桑
금빛 파도 용솟음쳐 푸른 하늘을 적시도다.	金波湧兮涵碧空
왜추가 누선(樓船)을 띄우니,	蠻酋泛兮樓船
옥절(玉節)을 인도하여 동으로 가네.	導玉節而東兮
고래만한 파도가 난간을 치니,	鯨濤兮欄干
만 리가 아득해 끝이 없도다.	渺萬里兮無際
천오(天吳)와 망상(蝄象)[52]이	天吳兮蝄象
방불하게 서로 집어 삼키네.	來髣髴兮相吞噬

---

51 스미요시 진자(住吉神社) : 바다의 신이자 항해의 신인 스미요시(住吉) 세 신을 제신으로 삼는 신사이다.

52 천오(天吳)와 망상(蝄象) : 둘 다 수신(水神)의 이름이다.

양후(陽侯)가 앞서고 풍이(馮夷)가 뒤서면서,[53]	陽侯先兮馮夷後
안에서 번쩍이며 천번 만번 변화한다.	內爍恍惚兮萬化而千變
배 요동치며 닿을 곳이 없으니,	舟搖搖兮靡所屆
정신이 얼어붙고 눈은 어지럽구나.	愯予神兮目眩轉
큰 골짝의 커다란 물결을 임하여,	臨巨壑之駭浪
곡포(曲浦)의 평온한 물결을 생각하네.	思曲浦之穩流
뱃사공들 나에게 아득한 곳 가리키며,	舟人指予以杳靄
"이곳이 하뢰(下瀨)의 긴 물가입니다." 한다.	曰此下瀨之長洲
북치고 나발 불며 노 젓는 사공들 음악을 연주하니,	鼓角鳴鳴兮櫂夫奏歌
내 홀연 포구에 이르렀구나.	忽予至乎浦之口
쌍도(雙島)를 갈라 물속에서 나누었는데,	劈雙島兮水中分
층층의 산을 좌우로 자른 모습이라.	削層巒於左右
붉은 벼랑이 암벽에 기댄 모습 기절(奇絶)하고 아름다우니,	丹崖攀壁兮奇絶而明媚
삼신산(三神山)이 떠와서 이곳에 머물렀구나.	三山浮來兮此停留
분분한 기이한 풀들 무성하니,	紛奇卉異草之蓊蔚兮
낭원(閬苑)과 현포(玄圃)[54]와 같아 비할 바가 없도다.	閬苑玄圃兮不可與儔
조수가 흩어져 두 언덕을 감싸니,	潮水散兮包絡兩岸

53 양후(陽侯)가 ~ 뒤서면서 : 양후와 풍이(馮夷)는 모두 수신(水神)의 이름으로 큰 파도를 뜻한다.

54 낭원(閬苑)과 현포(玄圃) : 모두 곤륜산(崑崙山)에 있다는 선경(仙境)으로 신선이 사는 곳을 이르는 말이다.

물굽이 구불구불 수십 리나 이어졌네.	曲迤延兮幾數十里
수세는 용과 뱀이 달려가는 듯하고,	水勢則龍走而蛇奔
섬들은 봉이 날고 고니가 솟구치는 듯하다.	島嶼則鳳翥而鵠峙
서쪽으로 산언덕을 바라보니,	西望兮山阿
스미요시(住吉)를 모신 사당이 있도다.	若有祠兮住吉
장사꾼들의 배가 이곳을 지나며,	商船賈舶之過此兮
응당 신에게 기도해 복을 구한다네.	亦也祈神而要福
층계 앞뜰에 옥석과 맑은 모래 있으니,	淨階庭玉石兮明沙
신선들이 이곳에서 나는 방술을 배운다오.	列仙於焉兮學飛術
팔 들어 노오(盧敖)에게 작별 인사 하려하고,[55]	擧臂兮欲辭盧敖
옷을 끌어 동황(東皇)[56]을 잡을 만하네.	牽衣兮可把東皇
선녀를 맞이해 내 패옥을 풀고,	要仙女兮解予佩
맑은 물에 비추고 노를 씻어내네.	鏡淸流兮蕩桂槳
고개 돌려 종전 물이 솟구치던 물가를 보니,	回首向來之浡潏滃洊兮
하늘에 들어가 천상에 이르렀도다.	入諸天兮到上方
신선이 사는 산이 동해에 있다고 하는데,	聞仙山之在東海兮
봉래지(蓬萊池)가 바로 그곳이 아니던가.	蓬萊池兮無乃是

---

55 팔 들어 ~ 하고 : 속세를 떠나 신선 세계에 노니는 상황을 가리킨다. 진시황(秦始皇) 때 연(燕)의 방사(方士)인 노오(盧敖)가 북해(北海)에서 노닐다가 몽곡산(蒙轂山) 꼭대기에서 선인(仙人)인 약사(若士)를 만났는데, 노오가 벗하려 하자 그가 웃으며 "나는 남쪽으로 망량(罔兩)의 들판에서 노닐고 북쪽으로 침묵(沈默)의 고을에서 쉬며 서쪽으로 요명(窅冥)의 마을을 다 다니고 동쪽으로 홍몽(鴻濛)의 앞을 꿰뚫은 다음 구해의 위에서 한만(汗漫)과 노닐려 하오."라고 하고는 팔을 들고 몸을 솟구쳐 구름 속으로 들어갔다고 한다. 『淮南子 道應訓』

56 동황(東皇) : 봄을 관장하는 천신(天神)의 이름이다.

대 위의 남녀가 몇이나 있는가.	臺男女兮在何許
문성(文成)과 오리(五利)[57]를 그리워하네.	懷文成與五利
시야 끝까지 완상하고자 하니,	目極兮貪玩
가벼운 바람 밤에 불어오네.	蘋風兮夕起
하늘가에 있는 미인을 바라보니,	望美人兮天一方
우리 땅이 아닌지라 애가 끊는구나.	非吾土兮欲斷腸
어찌 조물주는 장난치기를 좋아하여,	何造物之多戲劇
오랑캐 땅에 빼어난 경치를 만들어 두었는가.	甄勝槩於蠻鄕
소금의 짠 기운을 변화시켜,	變斥鹵之醎鹺
따로 바다 가운데 한 구역에 자리 잡았도다.	別一區兮海中央
만일 빼어난 기운으로 만분이라도 훈도시킨다면,	倘此精英之鍾毓萬一兮
사람들이 어찌 도마뱀과 같이 되겠는가.	人胡爲乎虺蜴
밝음은 산이 되며 고움은 물이 되고,	明爲山兮麗爲水
찌꺼기를 추얼(醜孽)에게 주었네.	稟渣滓於醜孽
이 권병을 누가 잡고 있는가.	此權柄兮誰執持
진실로 사물의 이치를 알기 어렵도다.	信物理兮難識
다만 나그네 시름겨운 심사를 위로할 뿐,	祇足以慰羈旅之愁思兮
이 땅에서 사치하고자 하는 것이 아니라오.	非欲侈於玆域

57 문성(文成)과 오리(五利) : 문성은 제(齊)나라의 방술사(方術士)로 문성장군(文成將軍)에 봉해진 소옹(少翁)을 가리키고, 오리는 역시 제나라의 방술사로 오리장군(五利將軍)에 봉해진 난대(欒大)를 가리킨다. 이들은 모두 한 무제(漢武帝)에게 신선술(神仙術)을 가르쳐 주고 봉작(封爵)되었으나, 문성장군 소옹은 끝내 거짓말을 한 죄로 처형되었다. 『史記 卷28 封禪書』

내 이 국서를 경외하니, 顧余之畏此簡書兮
이곳에 오래 머물러서는 안 됨을 알겠노라. 知不可乎久於此
나아갈 길 물어 해구를 나서니, 問前路兮出海門
다시 바람과 물에 시름겹다. 復愁風兮愁水

종사 족하의 하뢰를 지나며 지은 시에 차운하다 [次從事足下過下瀨辭]

옥절(玉節)을 받들어 일역(日域)으로 향하니, 奉玉節兮向日域
날 듯한 배 단장하고 편풍을 빌렸네. 粧飛艎兮借便風
천오(天吳)가 몰아가고 자봉(紫鳳)은 뒤서니[58], 驅天吳兮殿紫鳳
깊은 골짜기에 내려갔다가 푸른 하늘로 올라가네. 下深谷兮上青空
큰 고래와 악어가 날카로운 이빨을 들쭉날쭉 드러내고, 長鯨巨鰐兮釖齒參差兮
눈과 서리 뿜어대니 동서(東西)가 헷갈리네. 噴雪霜兮迷西東
돛은 물에 나왔다 잠기기를 그치지 않으니, 孤帆出沒兮靡所止
구름과 물속으로 떨어져 아득히 끝이 없구나. 落雲水兮杳無際
우레 속 놀란 파도 바위를 치니, 驚濤觸石以雷裏兮
잠겼다 솟구치며 다투어 집어 삼키려 한다. 櫛汨崩騰兮爭噏噬
아침에 해 떴다가 저녁에 안개 껴 잠깐 사이 기후 달라지니, 朝暾夕靄兮頃刻異候
자줏빛 붉은 빛 얽혀서 괴이한 기운 紫赤輪囷兮怪氣萬變

58 천오(天吳)가 ~ 뒤서니 : 천오(天吳)는 전설 속에 나오는 수신(水神)의 이름이고, 자봉(紫鳳)은 바다에 산다고 하는 신조(神鳥)의 이름이다.

갖가지로 변화하네.	
홀연 한 항구가 텅 비어있는데,	忽一港兮谽呀
회전하는 해류를 휘감았네.	縈海流之回轉
두 협곡을 쪼갠 것이 문과 같으니,	劈兩峽兮如門
하뢰(下瀨)의 급류라 하네.	云下瀨之急流
뱃사공들은 경계하여 떠들지 않으면서	舟人相戒以無譁
한편에 있는 모래섬을 가리킨다.	指一邊之沙洲
이는 스미요시(住吉)의 신사라 하니,	曰此住吉之神社
천년 동안 포구를 지켜왔도다.	羌千年兮鎭浦口
청송은 우거지고 동백은 푸른데,	靑松掩靄兮冬栢蒨蔥
창벽(蒼壁)과 단애(丹崖)가 좌우를 묶은 형세라.	蒼壁丹崖兮束左右
해는 어둑어둑 저물려 하는데,	白日翳翳兮將暮
벽지(薜芷)를 뜯고 두형(杜衡)을 캐도다.[59]	撥薜芷兮采芳杜
험한 곳 지나가며 신령의 도움을 입어,	歷險艱兮荷神怜
노 젓는 소리 들으며 이곳에 머물렀네.	聞棹歌兮此淹留
영험한 신을 불러 그와 짝하니,	呼靈神兮與之儔
깃발을 떨치며 만리에 바람 불어오네.	拂旗脚兮吹萬里
나는 새는 허공을 지나	疾飛鳥之過空兮
큰 나루의 높은 산을 넘어가네.	陵大渡之山峙
풍이(馮夷)와 해약(海若)[60]이 서로 지켜주니,	馮夷海若兮相護持

59 벽지(薜芷)를 ~ 캐도다 : 벽지와 두형은 모두 향초(香草)를 가리킨다. 전국 시대 초(楚)나라 굴원(屈原)이 소인(小人)의 참소를 입어 조정에서 쫓겨난 이후에 지은 〈이소(離騷)〉에, "두형과 향기로운 지초도 섞어 심었다.[雜杜衡與芳芷]"라고 하였다.

60 풍이(馮夷)와 해약(海若) : 둘 다 전설 속에 나오는 물의 신이다. 『초사(楚辭)』〈원유(遠

화복을 주관하는 듯하다.	若主張夫殃吉
오직 충신(忠信)과 독경(篤敬)으로 함께하니,	惟忠信篤敬以相將
복을 구함이 삿되지 않도다.	騫不回於求福
순식간에 삼백 정(程)을 가니,	一瞬息三百其程
누가 빼어난 축지법을 자랑할 수 있을 것인가.	誰誇縮池之奇術
쓰시마 가까워지니 북이며 뿔피리 소리 시끄럽고,	馬島邇兮鼓角鬧
장황한 깃발들 화려하다.	爛旗旆之張皇
방주(芳洲)에 내려와 자유로워지니,	下芳洲兮聊自由
노를 거두고 돛을 내렸네.	收蘭棹兮落桂檣
놀란 파도 속에 있는 듯하니,	若驚濤浪之在耳
마음이 황황하여 방향조차 헷갈리네.	心怳怳兮迷方
해국(海國)을 바라보니 아득하기만 한데,	盻海國兮微茫
장안(長安)을 바라봄에 어느 곳이던가.	望長安兮何處是
보국할 겨를도 없으니,	惟報國之未遑
어찌 명예와 이익에 골몰하겠는가.	豈營營於名利
앞길이 아직도 아득하니,	想前道猶渺渺
푸른 파도에 임하자 저녁 바람 불어오네.	臨滄渡兮夕風起
북극은 멀고 남명은 깊으니,	北極遠兮南溟深
하루에도 아홉 번 애가 끊네.	嗟一日兮九迴腸
백년의 우환과 즐거움 반반이니,	百年憂樂兮相半
어찌 오랑캐 땅에서 지체하랴.	胡然滯迹於蠻鄉

遊)〉에 "상령으로 하여금 비파를 타게 하고 해약으로 하여금 풍이를 춤추게 하도다.[使湘靈鼓瑟兮, 令海若舞馮夷.]"라고 하였다.

금침(衾枕)을 물리치고 달빛 아래 걷노라니, 推衾枕兮步庭月
심사가 요동쳐서 밤에도 다하지 않는구나. 思搖搖兮夜未央
안위를 쉽게 꾀할 수 없으니, 在夷險兮不可易圖
호랑이 꼬리를 밟고[61] 뱀을 만지는 형세로구나. 履虎尾兮觸蛇蝎
돛은 신의 있고 노는 용감하니, 碇信美兮楫膽勇
한 마디 말로 흉도들 복종시킬 것을 생각하노라. 思一言兮服凶孼
천지는 망망한데 이 길이 통하니, 天地茫茫然此路通
승제(乘除)를 알기 어려워라. 抑乘除之難識
배타고 불사약 캐고자 했던 진시황을 따르니,[62] 船采藥兮追秦皇
어찌 이역(異域)에 떠도는 것을 꺼리겠는가. 亦何憚浮遊於異域
미인을 그리워하며 잊을 수가 없으니, 懷美人兮不可忘
옥패(玉珮)를 어루만짐에 어찌 이곳에 오래 머무르랴. 撫玉珮兮寧久此
또렷또렷 잠들지 못하니, 魂耿耿兮無寐
근심이 물처럼 일렁거리누나. 愁洋洋兮如水

염포에서 선월포까지 130리이다. 선월포에서 관부까지는 70리이다. 유시(酉時)에 배에서 내려, 관대를 갖추고 의물(儀物)을 상사 앞에 펼쳐

---

61 호랑이 꼬리를 밟고 : 재앙이 올 형세임을 말한 것이다. 『주역(周易)』 〈이괘(履卦) 육삼효(六三爻)〉에 "호랑이 꼬리를 밟아 사람을 물게 할 것이니, 흉하다.[履虎尾, 咥人, 凶.]"라고 하였다.

62 배타고 ~ 따르니 : 진시황이 서복(徐福)에게 동해의 삼신산(三神山)으로 가서 불로초(不老草)를 캐 오라고 하면서 동남동녀(童男童女) 3천 명을 데리고 가게 하였는데, 서복이 일본에 도착하여 그곳에 살면서 돌아오지 않아 일본의 시조가 되었다고 한다. 『史記 卷6 秦始皇本紀』

놓았다. 삼사의 군관이 국서를 모시고 길을 인도하여 관부 서쪽의 숙소에 도착하였는데, 새로 지은 판옥으로 사신을 맞이하는 곳이었다. 상과 휘장을 늘어놓은 것이 모두 정결하였다. 저녁밥을 올리겠다고 하기에 허락하여 일행 원역(員役)들을 모두 먹였다. 쟁반은 흰색을 쓰고, 그릇은 꽃무늬 자기와 칠그릇을 쓴다. 도금한 토기잔에 술을 올리고 나무 젓가락으로 수저를 대신하는데, 쓰고 난 뒤에는 훼손하여 다시 쓰지 않음을 보여주니 존귀한 자를 대접하는 예이다. 먼저 식사를 올릴 때에는 그릇 안에 소량만 담고, 먹기를 기다렸다가 다시 올린다. 식사를 마치면 술상을 올리고, 거두면 다과를 올린다. 이로부터 양식의 지공을 날마다 이어 올렸다.[숙소에 이르니, 시게오키(調興)가 먼저 사람을 보내어 안부를 물었고 이어서 찬반을 갖추어 올렸다. 도주(島主)는 술시(戌時)에야 비로소 사람을 보내어 문안하였다. 통역관에게 꾸짖게 하니, "이미 보냈는데 오지 않았습니까?"라며 운운하였다. 밤 이경(二更)에 비가 쏟아붓듯이 내리고, 천둥과 번개가 함께 쳤다.]

初10일[임신]

아침 내내 비가 내리다가 오후에는 쾌청함. 관사에 머물렀다. 미시(未時)에 도주 평의성(平義成)과 평조흥(平朝興) 등이 함께 관대를 갖추고 알현을 청하였다. 삼사 역시 관대를 갖추고, 먼저 고족상(高足床)을 차려서 국서와 예단을 그 위에 두었다. 시게오키(調興)는 스스로 대대로 국은을 받았다 하여, 국서를 받고 사배(四拜)한 뒤 나갔다. 의성은 관직을 받지 못했으므로, 예식에 들어오지 않았다. 시게오키가 배례(拜禮)할 때 사신 등은 교의(交倚) 앞에 서 있었다. 다음으로 다치바나 도모마사가 관대를 갖추고 영내(楹內)에서 사배(四拜)하고 국서를 받아

나갔다. 다음으로 수직왜인(受職倭人) 원신안(源信安)·신시로(信時老)·세이소(世伊所)[63] 역시 관대를 갖추고 사배(四拜)하였다. 도모마사 등이 배례할 때에, 사신들은 일어서 있었다.

예를 마친 뒤 상견례를 하였다. 의성이 먼저 들어오고 시게오키가 다음으로 들어와 좌탁 앞에 서서 재읍례(再揖禮)를 하자, 사신들도 답읍(答揖)하고 교의에 마주해 앉았다. 통역관 박대근에게 말을 전해 제호차(醍醐茶)를 올리게 하고 파하고서 나왔다. 예를 행할 때 수직왜인 마당고라(馬當古羅)는 병으로 오지 않았다. 겐소(玄蘇)[64]의 제자 종방승(宗方僧)[65]도 병을 핑계로 예단 등의 물품을 사람을 시켜 전하도록 하였다. 서계를 담당하는 사람인 내장(內匠)[관직명이다.]이 와서 알현했다.

관부(官府) 안에는 여염집들이 비늘처럼 이어지고, 백성들의 물산은 넉넉하였다. 좁은 길의 좌우에 문들이 마주보고 세워져 있었으며, 담장 안쪽에는 대나무가 우뚝 솟아 있고 기이한 나무들이 울창했다. 길가

---

63 원신안(源信安)·신시로(信時老)·세이소(世伊所) : 세 사람 모두 관직을 받은 기록이 『동래부접왜장계등록가고사목록초책(東萊府接倭狀啓謄錄可考事目錄抄冊)』에 보인다. 그중 신시로, 세이소는 마당고라(馬當古羅)와 함께 1597년 가토 기요마사(加藤淸正)의 진영에 들어가 군기(軍旗)와 군량(軍糧)을 불태우고 왜병을 유인해 온 공으로 수직왜인이 되었다.

64 겐소(玄蘇) : 게이테쓰 겐소(景轍玄蘇, 1537~1611). 아즈치모모야마(安土桃山) 시대부터 에도 시대 초기까지의 임제종(臨濟宗) 중봉파(中峯派) 승려로 이정암(以酊庵)을 개창하여 일본국왕사(日本國王使)로서 조선외교를 담당했다. 임진왜란 당시에는 도요토미 히데요시(豊臣秀吉)의 명으로 조선과 강화 교섭을 추진했으며, 도쿠가와 정권이 수립된 후 1609년에 기유약조(己酉約條)를 성사시켰다. 조선 정부로부터 『선소(仙巢)』라는 도서(圖書)를 하사받았다.

65 종방승(宗方僧) : 기하쿠 겐보(規伯玄方, 1588~1661). 호는 자운(自雲)이며, 방장로(方長老)·종방(宗方)은 이칭이다. 아즈치모모야마 시대부터 에도 시대 전기까지의 대(對) 조선 외교승으로, 쓰시마 이정암(以酊庵)의 2대 암주(庵主)였다. 1617년, 1624년 회답 겸 쇄환사의 접반승(接伴僧)으로 활약하였다.

에 남녀들이 빽빽하게 서 있는 것이 마치 담장과도 같았는데, 모두 채색 옷을 입고 있었다. 휘장을 가리고서 보는 사람도 있었고 옷으로 얼굴을 가리고 선 사람도 있었는데, 자못 얼굴이 희고 살결이 고운 사람도 있었다. 저녁에 가랑비가 내리다가 밤이 깊어지자 크게 퍼부었고, 천둥 번개가 함께 쳤다.

이 섬의 주산(主山)은 높고 웅장하여 앞으로는 큰 포구에 임하였고, 포구는 드넓어 조수가 빠지면 육지가 만들어진다. 돌을 쌓아 둑을 만들었는데, 세 군데를 열어 왕래하며 배를 댈 길을 통하게 하였다. 인가는 모두 판잣집이었는데 더러 기와집이 있었다. 섬의 인가(人家) 수는 천여 호에 달했다. 거리는 사방으로 통해있고, 시전(市廛)이 이어져 있었다. 도주(島主)는 쓰시마의 서북쪽에 살며, 바깥으로 성벽을 설치했는데 아주 높고 크지는 않았다. 산 정상에 산성(山城)을 만들어 두었고, 성벽 아래의 서쪽 기슭에는 국분사(國分寺)가 있는데 도주의 사찰이었다. 동쪽 기슭에는 팔번궁(八幡宮)이 있고, 포구의 서쪽 언덕에는 유방원(流芳院)이 있는데 평경직(平景直)의 아버지 시게노부(調信)를 모신 사당이었다. 유방원의 북쪽에는 경운사(慶雲寺)가 있고, 북쪽으로 서산사(西山寺)가 있는데 제도가 몹시 정교했고 단청을 하지 않았다. 포구 동쪽에는 백 길의 바위 언덕이 있는데 입귀암(立龜巖)이라 한다.

쓰시마는 남북으로 3일 일정이고, 동서로는 1일이나 반일 일정만큼의 거리이다. 속군은 8개인데, 풍치(豊崎), 도이사기(都伊沙其), 두(豆)[두두(豆豆)], 이단(伊那)[이내(伊乃)], 괘로(卦老), 여량(與良)[요라(堯羅)], 봉(峯)[미녀(美女)], 진고(進古)[쌍고(雙古)]이다. 지금은 8군(郡)을 합해 상현(上縣)과 하현(下縣)이 되었고, 속포(屬浦)는 82개이다. 산에는 돌밭이 많으며, 토지가 척박하여 백성들이 가난하고 논은 거의 없다. 산

정상이더라도 토란을 심어두었는데, 혹 기근을 만나면 뿌리를 캐어 잘게 찧고 물에 담갔다가 끝부분을 취하고 미면(米麵)에 섞어 아침저녁으로 끼니를 채운다. 대미(大米) 등의 곡식은 모두 서해(西海) 여러 곳에서 취해 온다. 쓰시마 백성들은 산에서 채집하고 바다에서 낚시하여 생계를 꾸린다. 곡식을 먹는 사람들은 드물며, 대부분 굶주린 기색이 있다. 전답에는 실지로 조사하여 수세(收稅)하는 법이 있다. 도주(島主)의 식읍은 지쿠젠슈(筑前州)에 있으며 1년 동안 거두는 양이 거의 만 석에 이르는데, 전에 이를 삭탈하였다가 지금은 다시 준다고 한다.

11일[계유]

새벽에 비가 잠깐 그쳤고 아침에는 흐렸다가 오후에 갬. 관사에 머물렀다.

상사가 읊은 시[上使所吟]

포구에 내려[66] 굽은 포구에 의지하니,	落浦依曲浦
닻 내리고 깊고 맑은 물 바라보네.	下碇瞰深淸
물위에서 숙박하니 잠들기 어렵고,	水宿難成夢
배타고 가니 거리를 헤아리지 못하네.	船行不計程
가을이 어젯밤 이르니,	秋從昨夜至
달은 고향 달처럼 밝구나.	月似故鄕明

66 포구에 내려[落浦] : "낙포(落浦)"의 "포(浦)"는 정사 오윤겸(吳允謙)의 『동사상일록(東槎上日錄)』에 실린 〈경주도중차부사운(慶州途中次副使韻)〉에는 "범(帆)"으로 되어 있다. 우선은 원문에 맞게 번역해 두었음을 밝힌다.

노쇠하고 병든 몸 오직 일편단심 지니고서 衰病惟丹悃
삼경(三更)에 북두성을 바라보네. 三更望北星

종사관이 차운하다[從事官次韻]

달 떴는데 금빛 파도 고요하고, 月出金波靜
구름 걷힌 지붕은 맑구나. 雲收玉宇淸
나그네 혼은 머나먼 포구에서 헤매고 旅魂迷極浦
고향을 꿈꾸지만 돌아갈 여정은 막혀있네. 鄕夢阻歸程
힘써서 충신(忠信)을 다하고자 하니, 努力須忠信
신령스러움은 성명(聖明)에 힘입었네. 威靈荷聖明
내일 아침 다시 돛을 달 것이니 明朝又卦席
뱃사람은 밤에 별보며 길흉을 점치도다. 舟子夜占星

상사의 시에 차운하고 겸하여 종사관에게 드리다 [次上使韻兼呈從事官]

가을바람이 더위를 쓸어내니, 高風刷炎瘴
이슬 내려 맑은 가을 이루었네. 零露釀秋淸
바다는 삼천리에 드넓고, 海闊三千里
구름은 구만리에 열렸네. 雲開九萬程
남방 하늘 아래서 양 귀밑머리 세는데, 南天雙鬢白
북쪽 대궐 향한 이 마음은 밝아라. 北闕寸心明
홀로 지새는 밤 잠들기 어려우니, 獨夜難成夢
봉창 밀치고 새벽별을 바라보네. 推篷看曉星

상사가 비점을 찍으면서 말하기를,

"훌륭한 작품을 보니, 정신이 십분 청건(淸建)해질 뿐만이 아닙니다. 고인(古人)들은 시를 가지고 길흉을 점치는 경우가 있었으니, '바다는 삼천리에 드넓고, 구름은 구만리에 열렸네.[海闊三千里, 雲開九萬程.]' 라는 10글자에서 앞으로의 길이 평탄하고도 원대하리라는 것을 점칠 수 있으니, 매우 경하할 일입니다."

하였다.

상사가 읊은 시. 쓰시마 관사에서 빗소리를 듣다 [上使所吟馬島館中聽雨]

판잣집 빗소리 읊은 포은(圃隱)의 시를[67] 板屋雨聲圃隱詩
평소 읊은 적은 있지만 알지 못했었네. 平生曾詠未曾知
지난밤 오랑캐 관사에서 그 정경을 만나니, 昨來蠻館逢其境
비로소 당시가 곧 이때와 같았음을 알게 되었네. 始覺當時卽此時

[포은의 시에 "매화 핀 창에는 봄빛 일찍 오고, 판잣집이라 빗소리 많이 들리네.[梅牕春色早, 板屋雨聲多.]"라는 구가 있다.]

상사의 시에 차운하다[次上使韻]

포은께서 동으로 사행 가며 이 시를 지으셨으니, 圃老東行有此詩
하늘에 닿은 높은 절의를 오랑캐가 알 것이네. 薄雲高義外夷知

67 판잣집 ~ 시를 : 포은은 정몽주(鄭夢周, 1337~1392)의 호로, 고려 우왕(禑王) 2년(1376)에 일본 규슈(九州)에 사신으로 다녀온 적이 있다. 정몽주의 이 시는 『포은집』 권1 〈홍무정사봉사일본작(洪武丁巳奉使日本作)〉에 보인다.

지금 사신의 부절 가지고 선조의 자취를 따르니, 如今持節尋先躅
판잣집 차가운 빗소리는 옛 적과 같구나. 板屋寒聲似舊時
[포은은 나에게 있어 먼 외조부이시므로 '선조'라 한 것이다.]

12일[갑술]

아침에 비가 와 관사에 머물렀다. 오후에 날이 개자 도주(島主)가 잔치를 마련하였는데, 청하기에 가서 참석하였다. 일곱 잔을 마신 뒤에 파했다.

13일[을해]

어제부터 마른기침을 하느라, 밤새도록 평온하지 못했다. 시게오키(調興)가 잔치를 마련하여 참석하기를 청하였는데, 국서(國書)를 앞에 진설하는 예를 하지 않았기에 의식을 갖추어 행하고자 하였다. 그런데 박대근이 큰 소리로 화를 내면서 방약무인 하였으니, 몹시 통탄스러웠다.

상사에게 올린 편지[上上使書]

조정에서 저 박재(朴梓)를 형편없다 여기지 않고 사행을 보좌하는 직임에 충원하여 사신의 절월(節鉞)과 기독(旗纛)을 주어 의물(儀物)을 갖추었습니다. 국서의 전도(前導)가 없었지만 그래도 의식을 갖추어 행하는 것이 옳겠기에, 제가 간절히 앞서 진설하고자 했던 것은 체면을 보존하기 위한 것이었습니다. 먼저 체면을 잃고서 능히 자신의 지조를 지킬 자는 없기 때문입니다. 저의 소견은 스스로를 높이고자 했던 것이 아니니, 이와 같았던 데 불과할 뿐입니다. 그런데 어제 박대근이 크게 소리치고 발을 구르며 방약무인했던 것은 이 무슨 도리란 말입니까. 설령 제가 전후를 돌아보지 않고 편안히 행하려 한다면, 그가 수역(首譯)으로서 오히려 면대해 의논하고 헤아리더라도 가할 것입니다. 그런데 어찌 실성하고 전도(顚倒)되어 먼 곳의 사람의 이목을 놀라게 한단 말입니까. 이것이 몹시 마음에 불편한 바입니다. 그는 용렬하고 수만 채우는 사람에 불과한데도 그에게 업신여김을 당하는 것이 이 지경에 이르렀으니, 어찌 명(命)을 욕되게 하는 행동이 타국 사람에게 있는 것이 아니라 도리어 일행의 통역관에게서 나올 줄을 알았겠습니까. 기강이 무너지는 것이 근래 더욱 심하니, 어찌 말로 할 수 있겠습니까. 통탄할 뿐입니다. 바라건대 살펴 주십시오.

병들어 쓰시마의 관사에 누워있던 중 포은 선생의 <숙등주(宿登州)> 시에 차운하다[病臥馬島館中次圃隱先生宿登州韻]

깊은 바다는 남과 북을 갈랐는데,	重溟限南北
아득히 물가가 보이지 않네.	森森無津涯
경계는 봉래산에 이어졌는데,	境界連蓬壺
풍기(風氣)는 화이(華夷)를 나누었네.	風氣判夷華
생사(生死)를 배 한 척에 부치고	死生寄一帆
장대한 유람함은 내 자랑하는 바라.	壯遊吾所誇
해국은 초목(草木)이 다르니,	海國草木殊
봄 지나자 기이한 꽃 많구나.	經春多異花
놀란 파도는 갖가지로 험하고,	驚濤萬重險
바닷길은 천리로 멀다네.	水程千里賒

일편단심 품고 또렷또렷 잠 못 드니,	丹心謾耿耿
백발은 이미 쇠하였네.	白髮已蹉跎
그대에게 말하노니, 이 행차 한번 해봄이	謂君試此行
험한 벼슬살이와 비교해 어떠한가.	何如宦海波
한잔 술은 쉽게 얻을 수 있지만,	一樽雖易得
첩고(疊鼓)는 누가 함께 쳐주겠는가.	疊鼓誰相撾
마음 속 시름 내려놓기 어렵지만,	愁城苦難降
가슴 속 품은 뜻은 높고 높도다.	胸裏猶峨峨
밤들어 판잣집에 깃드니,	夜來棲板屋
등불에서 공연히 홀로 신음한다.	桃燈空自哦

포은 선생의 <봉래관(蓬萊館)> 시에 차운하다[次圃隱先生蓬萊館韻]

바람 잦아들어 한 척 배로 노한 파도를 가르니,	風薄孤舟劈怒波
하늘에 닿은 구름과 물에 아득히 물가도 없네.	接空雲水森無涯
하늘이 쓰시마에 닿으니 붉은 해 가깝고,	天抵馬島紅輪近
몸이 오랑캐 땅에 들어가니 검은 머리 세었네.	身入蠻鄉綠髮華
밤비는 무심히도 나그네의 꿈을 깨우고,	夜雨無端驚客夢
가을 나방 수선스럽게 등불을 스쳐간다.	秋蛾多事掠燈花
어느 때에나 노를 돌려 귀로(歸路)를 따라가서	何時回棹沿歸路
봉래산 바라보며 고운 노래 들으려나.	却向蓬山聽艷歌

다치바나 도모마사가 병합(餠榼)을 보내고, 쓰시마 도주가 과일과 떡 두 그릇과 술 두 병을 보냈다. 아침에 야나가와(柳川)에게 대하(大蝦)

한 마리와 도미 두 마리를 보내고, 저녁에 은어를 각각 5미(尾)씩 보내주었다.

14일[병자]

맑음. 관사에 머물렀다. 야나가와가 자신의 집에 한번 오기를 청하여 거절하지 못하고 미시(未時)에 가마를 연이어 타고서 갔다. 시게오키가 인도해 중당(中堂)에 들어가 도주, 종방(宗方)과 나란히 앉아 접대했다. 먼저 반구(飯具)를 차리고 이어서 찬을 내었다. 금은을 뿌려서 휘황찬란했다. 술과 다과를 올리는 법식은 모두 첫 의례와 같았다. 술 5번이 돈 뒤에 파했다. 또 내당(內堂)의 욕실, 연지(蓮池), 과원(果園) 등을 구경할 것을 청하기에, 상을 못가로 옮겨서 더위를 식히며 거닐었다. 연꽃향이 진동하고 대나무 빛이 옷에 스며드는데 가깝고 먼 송백(松柏)들이 울창하게 둘러 있었으니, 진실로 빼어난 경치였다. 소당(小堂)에 돌아오니, 시게오키(調興)가 젓대 소리를 듣고 가수를 부르길 청하기에 일행으로 하여금 젓대를 불어 여러 곡을 연주하게 하고, 또 문현남(文賢男)과 김적(金迪)으로 하여금 노래를 부르게 했다. 도주와 시게오키 등이 기쁜 마음을 가누지 못하였다. 저물었기에 파하고 돌아왔다. 종사관이 욕실에 들어가 목욕하고 나서, 함께 만나 종방에게 물었다.

"술은 우리가 경계하는 것 중 하나인데, 어떻게 마시겠습니까?"

종방이 웃으며 대답했다.

"비록 마실 수 없지만, 빈객을 대접할 때에는 폐할 수 없지요."

종사관이 또 말하길,

"바람과 파도가 만 리에 있어 배로 가기가 몹시 어려우니, 바다를 건널 수 있는 술잔을 얻고자 합니다."

하니, 종방이 이해하지 못했다. 앓던 기침이 아직도 낫지 않아, 정기(正氣) 한 첩을 복용했다.

15일[정축]

맑음. 인시(寅時)에 망궐례(望闕禮)를 하였다.

종방에게 답한 편지

[종방이 먼 외조부이신 정 포은(鄭圃隱)의 기행시 세 수를 써서 보여주었는데, 이는 내가 먼 외조부 포은께서 일본에 사신으로 가셨던 사적(事跡)[68]과 외증조부이신 권 응교(權應教)께서 쓰시마에 와서 효유하신 일[69] 등의 사정을 보고자 해서였다.]

이정암(以酊菴) 규백(規伯)에게

누차 만나 뵈니 안색과 자태가 밝게 빛나고 용모와 풍채가 한아하고 맑아, 고운 풍모를 흠모하여 마음에서 놓아버릴 수가 없었습니다. 작일에 외선조(外先祖)의 기행시 세 수를 써서 보여주신 편지를 받았으니, 이는 저로 하여금 읊고 감상하면서 추념하게 하였을 뿐만이 아니라, 이를 통하여 서재에서 그치지 않고 남은 풍모를 흠모하고 계심을 족히 알 수 있었습니다. 감탄스러운 마음을 금할 수 없습니다. 그중에서 소록(小錄)하여 약간이나마 작은 정성을 드러내 보이니, 살펴 주십

---

68 포은께서 ~ 사적(事跡) : 각주 67) 참조.

69 권 응교(權應教)께서 ~ 일 : 권 응교는 권주(權柱, 1457~1505)를 가리킨다. 1494년 홍문관 부응교(弘文館副應教)로 쓰시마에 경차관(敬差官)으로 다녀온 일이 있다. 『成宗實錄 成宗 24年(1493) 12月 5日, 25年(1494) 3月 26日』

시오. 이만 줄입니다.

백지(白紙) 5권, 황필(黃筆) 10매, 진현(眞玄) 10홀, 봉미선(鳳尾扇) 3자루.

하늘에서 품부 받은 것은 모두 같으니,	天賦皆同得
오랑캐 땅에도 훌륭한 사람이 있다오.	蠻鄉亦有人
정성을 다해 교화되기를 바라고,	馳誠則慕化
예를 다하여 손을 즐겁게 하네.	盡禮解娛賓
금빛 주발에 진수성찬 벌여 놓고,	金椀羅珍饌
은빛 병풍에 여러 겹 자리를 마련하였네.	銀屛設累茵
그 누가 작은 섬 안에	誰云小島裡
풍속이 아직도 인색하다 하겠는가.	風俗尙慳貧

[이상은 포은 선생의 시에 차운한 것이다.]

다시 포은 선생의 시에 차운하다[又次圃隱先生韻]

몹시도 많은 허물을 입었으니,	橫被愆尤十分稠
다만 귀향해 농기구를 다스림이 마땅하다오.	只宜歸去理鋤耰
집에는 많은 꽃과 대나무 봄에 난만하고	宅饒花竹靑春爛
독에는 가득한 포도 술거품 떠오르네.	甕滿葡萄綠蟻浮
끝내 강호에서 버려진 물건이 되려 했더니	終擬江湖爲棄物
어찌 창해에서 멀리 노닐 줄 알았으랴.	那知滄海作遐遊
나그네 혼은 구름과 파도 막힌 줄 모르고서	羈魂不道雲濤隔
밤마다 궁중 향해 임금님께 절하네.	夜夜丹墀拜玉旒

오시(午時)에 종방이 술 두 통과 떡 두 그릇, 만두 한 그릇, 두부 한 그릇, 채소 두 종류를 보냈다.

다시 선생의 시에 차운하다[又次先生韻]

놀란 파도 하늘에 닿도록 용솟음치니,	駭浪兼天湧
돛 매달기 특히나 어렵구나.	揚帆特地難
시야에는 물만 보이고,	眼中惟見水
구름 가에는 아득히 산도 없네.	雲除杳無山
비 지난 뒤 서늘한 기운 움직이고	雨過新涼動
구름 높은데 저물녘 운무 남아 있네.	風高暮靄殘
어찌 읊조리며 다시 괴로워하여	何須吟更苦
잠시의 한가로움을 저버리랴.	辜負片時閑

다시 선생의 시에 차운하다[又次先生韻]

벼슬살이와 나그네 심사 모두 아득한데,	宦情羈思兩茫茫
가을밤 등잔불에는 한 가닥 향불 연기.	秋夜孤燈一縷香
꿈 속 풍광에는 좋은 일 많으니,	夢裏風光多好事
반쯤 열린 창가 밝은 달에 고당(高唐)[70]을 읊노라.	半窓明月詠高唐

70 고당(高唐) : 고당은 전국 시대 초(楚)나라의 누대(樓臺) 이름으로, 운몽택(雲夢澤) 속에 있는데, 초나라 양왕(襄王)이 이곳에서 놀다가 꿈속에서 무산(巫山)의 선녀(仙女)를 만나 놀았다고 한다. 『文選 宋玉 高唐賦』

다시 차운하다[又次]

달수(墶水)와 계산(鷄山)[71] 이미 아득하니,	墶水鷄山已渺茫
타국의 밝은 달빛에 남은 향 연기 대하네.	異鄕明月對殘香
곁에 있는 이들은 나의 근심을 풀어주지 못하니,	傍人不解紓孤憫
시의 격조 성당(盛唐)을 배운다고 잘못 말하네.	錯道詩調學盛唐

16일[무인]

맑음. 관사에 머물렀다. 기운이 편치 않아 정기산(正氣散)을 복용했다. 저녁에 도주(島主)와 시게오키(調興)가 알현하러 와서, 술이 다섯 번 돈 후에 파했다. 시게오키가 잡희(雜戱)를 올리겠다고 청하기에 허락하였다. 무려 50여 명의 왜녀(倭女) 의복을 입은 사람들이 홍백색의 수건으로 얼굴을 감싸고 부채로 땅을 치니, 중들이 경을 읽는 모습과 같았다. 재차 회전하여 춤추는 것이 우리나라의 춤과는 전혀 달랐는데, 중들이 향불을 피우고 도를 닦는 모습과 같았다. 네 차례를 하고 파했는데, 그 모습이 각기 달랐다. 이날 등불을 사르고 창을 들고 도열하였는데[72] 선두에 두왜(頭倭)로부터 다음으로 여리(閭里)의 중인(衆人)에 이르기까지 모두 구경하였다.

---

71 달수(墶水)와 계산(鷄山) : 박재가 부모님의 묘가 있는 고향 충주에 있다가 사행길에 올랐는데, 그곳의 지명을 가리킨 말이다. 달수는 달천(墶川)을 계산은 계룡산을 가리키는 것으로 추측된다.

72 이날 ~ 도열하였는데 : 이날은 일본의 절기로 우란분(盂蘭盆)에 해당된다. 자세한 내용은 뒤에 나오는 절일(節日)조를 참조.

17일[기묘]

맑음. 관사에 머물렀다.[73] 수직 왜인 마당구라(馬堂仇羅)·세이소(世伊所)·신시로(愼時老)·원신안(元愼安)[74] 등이 술과 음식을 보내주었다. 마당구라가 스스로 첨지(僉知)라 하며 이름을 쓰지 않았기에, 단자를 돌려주고서 고쳐 써서 올린 뒤에 받았다. 종방이 시를 써서 보내어 말하였다.

"사신의 위엄 앞에서 당돌하게 구는 것이 실로 분수에 지나친 일임을 알고 있습니다. 그러나 시는 뜻을 말할 수 있기에 저의 졸렬함을 잊고 감히 청람(淸覽)을 더럽힙니다. 삼가 바라건대 여러 사신 상공(相公)께서는 참람함을 용서하고 어여삐 여기셔서 훌륭한 솜씨로 산삭해 주신다면 감사하겠습니다."

윤음(綸音)을 알리러 바다를 건너오시니,	特報綸音超海來
사신께서는 관대한 마음 지니셨으리라.	使華應自且寬懷
지난날의 이런저런 사정들을 의심하지 마시고,	休疑往日情無准
오늘날 일이 잘 이뤄질 거라 믿으소서.	須信今朝事有諧
나그네길 채찍 잡아 재촉하심이 마땅하지만,	宜把客鞭催打着
여정 중 잠자리에 편히 쉬심이 좋습니다.	好將旅枕頓安排
돌아갈 날이 국화 필 때로 정해져 있으니	歸期定在黃花節
망사대(望思臺)에 오르실 필요 없을 것입니다.	不必登臨望思臺

---

73 관사에 머물렀다 : 원문에는 "館中"이라 하였는데, 이 책의 다수의 용례에 근거하여 "留館中"으로 수정하였다. 이를 번역에도 반영하였음을 밝혀둔다.

74 신시로(愼時老)·원신안(元愼安) : 앞서 7월 초10일 기록에서는 "신시로(愼時老)"는 "신시로(信時老)"로, "원신안(元愼安)"은 "원신안(源信安)"으로 표기하였다.

[망향대(望鄕臺)로 고치게 하니, 종방이 머리를 조아리며 떠나갔다고 한다.]

18일[경신]

맑음. 관사에 머물렀다.

종방의 시에 차운하다[次宗方韻]

강절(絳節)[75] 지니고 멀리서 일역(日域)으로 오니,	絳節遙臨日域來
봉래산 만 리에 나그네 회포 트이네.	蓬壺萬里豁覊懷
옛 원한 버리고 화친하니 교린의 돈독함 보았고,	輸平已見交隣篤
폐백의 예 닦으니 사행이 잘 이뤄질 것 알겠네.	修幣應知使事諧
돛 내린 저문 물가에 금빛 기둥 비치고,	帆落暮汀金柱暎
구름 걷힌 저물녘 섬들은 옥비녀처럼 늘어섰네.	雲收晩嶼玉簪排
선사가 청아하게 앉아 읊조리는 곳에,	想師淸坐孤吟處
바람은 성긴 창에 가득하고 햇빛은 누대에 가득하네.	風滿疎櫺日滿臺

상사가 차운하다[上使次]

방사(方師)가 어젯밤 시를 보내오니	方師昨夜送詩來
산사람 좋은 회포 지녔음을 어여삐 여기네.	爲愛山人有好懷
꿈속에선들 어찌 한 번 만났겠는가만,	夢裏何曾一面識
마주해 이야기하니 오랜 마음 맞는 듯하네.	晤言還似宿心諧

75 강절(絳節) : 사신을 상징하는 붉은 절부(節符)를 뜻한다.

항상 예의를 더하여 알아줌을 입으니,	每加禮意知相荷
고향 그리운 마음은 이미 끊어내 버렸다네.	已斷鄕愁不用排

[이 구는 자못 난삽하다.]

잠시나마 송계(松桂)의 길을 찾아	願得暫尋松桂路
약로(藥爐)와 경권(經卷)으로 선대에서 함께 하였으면.	藥爐經卷共禪臺

["통운(通韻)하는 것은 시가(詩家)의 고법(古法)이 아니지만, 말운(末韻)에 보운하여 후의에 답한다."라고 하였다.]

19일[신사]

맑다가 밤에 약한 비가 내림. 관사에 머물렀다. 종방이 술 두 항아리, 다치바나 도모마사가 전유(煎油)와 말병(秣餠)을 한 통씩 보내주었는데 우리나라 떡과 같은 모양이었으니, 다치바나 도모마사가 거느리고 있는 조선인이 만든 것이었다. 삼사(三使)가 함께 앉아 두 개씩 먹었고, 나머지는 군관(軍官)과 하배(下輩)들에게 나누어주었다.

쓰시마를 누가 파도에 막혔다 하였는가.	馬島誰云阻海波
한 조각 돛으로 동쪽 물가에 쉽게 도착하였네.	片帆容易到東涯
각기 풍습을 따라 행동은 비록 다르지만,	各循風習行雖遠
천심(天心)을 함께 받아 같은 점 많도다.	共受天心類處多
사내들 허리에 모두 다 한척 칼을 차고,	男子腰間皆尺水
여자들 옷에는 모두 꽃무늬가 그려있네.	婦兒衣上盡斑花
이로부터 성화(聖化)가 -원문 빠짐-[76]	從知聖化□□□
먼 나라에서도 능히 춤추고 노래한다오.	絶國猶能踏舞歌

이상은 상사가 나의 시에 차운한 것이다.

하늘이 구역을 나누어 파도로 경계 지으니,	天分區域限滄波
작은 섬나라에 탄환이 물가에 있네.	小島彈丸在一涯
예악과 의관에는 인도(人道)가 적고,	禮樂衣冠人道少
도창(刀鎗)과 기예에는 수심(獸心)이 많구나.	刀鎗技藝獸心多
대머리 귀신이 깊은 수풀에 의지한 듯하고,	還如禿鬼依深藪
경망스런 올빼미가 물결을 좇는 듯하네.	更似輕鴟逐浪花
사신 깃발 동으로 와 점차 교화될 것이니,	使蓋東來應漸化
풍속이 변해 노랫소리 들리길 기다리네.	佇聞風俗變謳歌

이상은 종사가 나의 시에 차운한 것이다.

20일[임오]

맑음. 유방원(流芳院)에 옮겨 머물렀는데, 야나가와(柳川)의 조부 시게노부(調信)와 아버지 도시나가(景直)의 재실(齋室)이었다. 벽 너머 감실에는 촉대(燭臺)와 향완(香椀)이 있었으며, 헌묘(軒廟)가 맑고 깨끗하였고 바다를 굽어보고 있었다. 오른쪽에는 폭포와 죽석(竹石)의 빼어난 경치가 있었는데, 오동나무, 치자나무, 소철나무, 삼나무, 소나무 등이 뜰 모퉁이에 쭉 심어져 있었다. 겐소(玄蘇)의 제자 창전(昌傳)이 와서

76 원문 빠짐 : 원문에 "從知聖化□□□"로 끝에 세 글자가 누락되어 있어 누락된 부분은 번역하지 않았다. 오윤겸의 『동사상일록(東槎上日錄)』에 실린 같은 시 〈부사의 시에 차운하다[次副使韻]〉를 살펴보면, 이 구절과 아래 구절이 "원컨대 다 같이 성화에 젖어, 이 땅도 문명으로 변해졌으면.[願言聖化覃無外, 終使蠻區變誦歌.]"이라 되어 있다.

알현했다. 시게오키와 종방이 도주의 부탁으로 와서 맞이하였다.

21일[계미]

맑음. 유방원에 머물렀다. 도주(島主)가 잔치를 베풀길 청하여, 미시(未時)에 가마를 연이어 타고 갔다. 음식을 올린 후 술이 다섯 번 돌고 파하였고 이어서 다과를 올렸다. 또 거닐기를 청하였는데, 기이한 나무들이 무성했고, 소나무와 삼나무가 어우러져 있었다. 뜰에는 배나무, 감나무, 귤과 유자나무를 심었는데, 열매가 가득했다. 보고 나서 돌아와 앉아, 또 술과 다과를 올려 다섯 번 돈 후에 파하고 돌아왔다.

22일[갑신]

아침에 맑았다가 오후에 흐려 비올 징조가 있었다. 다치바나 도모마사가 단병(團餠) 1합을 보내고, 야나가와(柳川)가 소주 2병과 생포(生鮑) 등을 보내주었다. 유방원에 머물렀다.

23일[을유]

오후에 맑다가 저녁에 흐림. 유방원에 머물렀다. 도주와 부젠(豐前)이 와서 만나고, 차를 마시고 파했다. 도주가 떡 세 그릇을 보내주었는데, 군관(軍官)과 하배(下輩), 숙직하는 왜인(倭人) 등에게 나누어 주었다.

24일[병술]

아침에 흐림. 유방원에 머물렀다.

종사가 상사의 시에 차운하다[從事次上使韻]

앉아서 계산(溪山)의 좋은 경치 즐기고서,	坐愛溪山好
시름하며 게을리 망건을 쓰네.	愁慵懶着巾
한가히 자다가 해가 서쪽으로 넘어가니,	閑眠日西夕
누가 멀리 떠도는 몸이던가.	誰是遠遊身

상사의 시[上使韻]

시냇가 이르러 머리를 풀고,	臨流散鬢髮
돌에 앉으니 의복이 맑네.	坐石淸衣巾
정녕 산을 찾는 나그네와 같으니,	正似尋山客
배타는 몸인 줄 모르겠구나.	不知槎上身

상사와 종사의 시에 차운하다[次上使從事韻]

돌에 앉았다가 다시 물가에 임하여	籍石復臨水
옷과 망건을 벗었네.	脫衣兼帨巾
상쾌하여 내 자신이 아닌 듯하니,	蕭然則非我
황홀히 몸을 잊어버렸네.	恍爾忘却身

또 차운하다[又次]

흉금을 터놓고 수죽(水竹)을 비추니,	披襟映水竹
머리 풀고 관과 망건 던져 버렸네.	散髮抛冠巾
창해에 외로이 읊조리는 나그네	滄海孤吟客
천지간에 일엽편주의 신세라오.	乾坤一葉身

또 차운하다[又次]

맑은 옥 같은 기운 뼈에 스며들고,	秀玉淸侵骨
차가운 물 구슬처럼 튀어 올라 망건에 스미네.	跳珠冷透巾
잠시 용상(龍象)의 땅[77]에 노닐다가,	暫遊龍象地
다시 호계(虎溪)에 있는 몸[78] 되었네.	還作虎溪身

또 차운하다[又次]

오랜 객지 생활에 붉던 뺨 시들고,	客久紅凋頰
가을 오자 백발은 망건에 가득하네.	秋來白滿巾
부상(扶桑)은 아득히 어디쯤인가.	扶桑杳何許
근심과 한이 몸에 얽혀있네.	愁恨漫纏身

상사의 시[上使韻]

머무는 곳에서는 한가히 침석을 펴고,	留處閑閑展枕席
떠날 때는 급히 책을 걷네.	行時草草捲琴書
처지 따라 몸을 편히 하여 절로 머물 곳 있으니	隨遇安身自有宅

---

77 용상(龍象)의 땅 : 고승(高僧)이 있는 곳이라는 뜻이다. 불가에서 큰 도인(道人)을 용상(龍象)에 비유하는데, 물에서는 용이 제일이고 육지에서는 코끼리가 제일이라는 의미를 담고 있다.

78 호계(虎溪)에 있는 몸 : 산사(山寺)에서 대접받으며 소요하고 있음을 말한다. 호계는 중국 여산(廬山)의 동림사(東林寺) 앞에 있는 시내로, 진(晉)나라 혜원법사(慧遠法師)가 이곳에 있으면서 손님을 보낼 때 이 시내를 건너지 않았는데 여기를 지나기만 하면 문득 호랑이가 울었다. 그러다가 하루는 도연명(陶淵明), 육수정(陸修靜)과 함께 이야기를 하면서 자신도 모르는 사이에 이를 넘자 호랑이가 울었고, 세 사람은 크게 웃고 헤어졌다는 고사가 있다. 『廬山記 卷2』

고을이 아니라도 내 거처가 된다오.	不須州里是吾居

종사가 차운하다[從事次]

만 리길 행장에 무엇이 있는가.	萬里行裝何所有
한 척 배에 가득한 책들을 점검하네.	孤舟點檢滿群書
밤들어 비바람에 일찍 가을소리 들려오니,	夜來風雨秋聲早
고향을 돌아보며 옛 집을 생각하네.	回首鄉關憶舊居

차운하다[次]

창룡(蒼龍)의 대지팡이와 백록(白鹿)이 끄는 수레[79]	蒼龍飛杖白鹿車
단정(丹鼎)의 기이한 방법 옥상자 속 책에 있네.	丹鼎奇方玉笈書
만촉(蠻觸)[80]을 영영 사직하고 진세를 떠나,	蠻觸永辭塵世去
봉래산에서 광성자(廣成子)[81]의 거처 묻고자 하네.	蓬山欲問廣成居

---

79 창룡(蒼龍)의 ~ 수레 : 창룡의 대지팡이[竹杖]는 다음의 고사에서 유래한 것이다. 후한(後漢) 때 시장에서 약을 파는 한 노인이 병 하나를 걸어 놓고 있다가 시장을 파하고 나서는 그 병 속으로 뛰어 들어가곤 했다. 당시 시연(市掾)으로 있던 비장방(費長房)이 그 사실을 알고 그 노인에게 가 재배하고는 노인을 따라 병 속에 들어갔다가 화려한 곳에서 술과 안주를 잔뜩 먹게 되었다. 돌아올 때에 그 노인이 대지팡이를 주면서 이것을 타고 집에 갈 수 있다고 하기에 비장방이 그 지팡이를 타자 홀연히 집에 당도했고, 그 지팡이를 던져버리고 보니 그것이 바로 청룡(青龍)으로 변화했다고 한다. 『神仙傳 壺公』 백록거(白鹿車)는 선인(仙人)이 타는 흰 사슴이 끄는 수레로, "노자가 흰 사슴을 타고 내려와 이모를 통해 태어났다.[老子乘白鹿, 下託於李母也.]"라는 말이 전한다. 『藝文類聚 卷95 鹿』

80 만촉(蠻觸) : 끊임없이 전쟁하는 작은 나라들로, 속된 세상을 의미한다. 각주 32) 참조.

81 광성자(廣成子) : 황제(黃帝) 때의 신선이다. 공동산(崆峒山)의 석실(石室)에 은거하였으며, 황제가 일찍이 지극한 도의 요체를 물었다 한다. 『莊子 在宥』

또 차운하다[又次]

세상일 분분하여 고치 켜는 물레와 같은데,	世紛其奈若繅車
마음 고요하여 다시 불경을 펼칠 생각을 하네.	心靜還思展貝書
옥절(玉節)이 동으로 오니 그대 탄식치 말라.	玉節東來君莫歎
금오(金鰲)[82] 위에 아름다운 거처가 있다오.	金鰲頭上璨琳居

또 차운하다[又次]

고향 산 멀리 첩첩 바다에 막혔으니,	鄕山逈隔重重海
나그네 책상에서 공연히 애써 돌돌(咄咄)이라 쓰네.[83]	旅榻空勞咄咄書
큰 천지 속에 뜬 인생임을 알았으니,	已見生浮天地大
이 몸이 가는 곳이 바로 편안한 거처라오.	此身隨處是安居

종사가 폭포를 읊은 시[從事詠瀑布韻]

숲 속 중간에 매달린 작은 폭포 바라보고,	林間小瀑望中懸
서쪽 시내 걸어 나오니 나막신 닳으려 하네.	步出西溪幾屐穿
구슬 뿌린 듯 엷은 안개 돌 위에 뿜어내고,	珠散輕霞噴石上
패옥 울리듯 차가운 비 바위 가에 흩뿌리네.	玦鳴寒雨洒巖邊
시냇가 꽃향기 다가오고 푸른 이끼 젖었는데,	澗芳襲氣青苔潤

82 금오(金鰲) : 일본을 가리킨다. 금오는 본래 동해(東海)에 있다는 금색의 큰 거북[巨鼇]을 말한다. 발해(渤海)의 동쪽에는 대여(岱輿), 원교(員嶠), 방호(方壺), 영주(瀛洲), 봉래(蓬萊) 다섯 신산(神山)이 있는데, 이 산들이 조수에 표류하지 않도록, 천제(天帝)의 명에 따라 금색자라[金鼇] 15마리가 이 산들을 머리에 이고 있다는 고사에서 온 말이다. 『列子 湯問』

83 돌돌(咄咄)이라 쓰네 : 각주 36) 참조.

산 빛은 옷에 스며서 푸른 대나무 연해 있네. 嶽色侵衣翠竹連

함께 고향 그리다 해가 저무니, 共設鄕關日已夕

호승은 나그네 위해 명차(茗茶)를 달여 주네. 胡僧爲客茗茶煎

차운하다[次]

은빛 뱀 굽이굽이 숲 속에 걸려, 銀蛇屈曲林間懸

하얗게 얽혀 돌 밑을 뚫네. 霜練縈紆石底穿

흩어진 물방울은 구름 밀치고서 걸상 위를 날고, 散沫排雲飛榻上

차가운 소리 비를 끼고서 상 주변을 시끄럽게 하네. 寒聲挾雨閙床邊

아침노을 옥 같은 폭포와 어우러져 층층이 어지럽고, 朝霞映玉十層亂

달빛은 금빛으로 흘러 만경(萬頃)에 이어지네. 夜月流金萬頃連

답답한 더위 모두 씻어지니, 頓覺煩炎都洗濯

인간 세상 어찌 등잔불처럼 속을 태우랴. 人間膏火詎相煎

포은 선생의 시에 차운하다[次圃隱先生韻]

큰 덕으로 황량한 일본을 감싸, 大德包荒日

이역에서 시속을 바꾸었네. 殊方革面時

새의 말을 어찌 알리오. 鳥言那得解

오랑캐 족속들 가장 알기 어려워라. 蠻屬最難知

바다 건너 고상한 선비를 알리고, 蹈海聞高士

뗏목 타고서 성현을 징험하였네.[84] 乘桴驗聖師

---

84 뗏목 ~ 징험하였네 : 여기서 성현은 공자(孔子)를 가리키는바, 『논어』 〈공야장(公冶

초연히 사방을 경영할 뜻 품었으니,	迢然四方志
어찌 떠도는 신세를 탄식하겠는가.	寧自歎羈離

종방의 이전 시에 차운하다[次宗師前韻]

가을바람에 일엽편주로 바다를 건너오니,	一葉秋風跨海來
도림(道林)[85] 같은 고상한 회포 흠모하네.	道林爭慕有高懷
맑은 글 수차례 훌륭한 시구 거듭하니,	淸詞屢費瓊瑤重
낭랑히 읊자 금석처럼 조화롭네.	琅咏還如金石諧
그윽하고 평온함은 참선의 힘에서 나왔고,	幽穩頗由禪力定
맑고 부드러움은 세속 먼지를 떨쳐 나왔다네.	淸圓端自俗塵排
끊임없이 게송을 외워 여사(餘事)가 없는데,	瀾翻千偈無餘事
삼경에 가을이슬 석대(石臺)에 가득하네.	玉露三更漱石臺

종사가 부젠의 벽에 걸린 노성도(老星圖)[86]에 제하다 [從事題豐前壁上老星圖]

당 위 오동나무에 노옹(老翁)을 보니,	堂上槐梧見老翁
정신이 표일하여 수월(水月)과 같네.	精神洒落如水月

長)〉에, 공자가 난세(亂世)를 개탄하면서 "도가 행해지지 않으니, 뗏목을 타고 바다로나 나갈까 보다.[道不行, 乘桴浮于海.]"라고 말한 내용을 인용한 것이다.

85 도림(道林) : 동진(東晉)의 고승(高僧)인 지둔(支遁)의 자(字)이다. 왕희지(王羲之) 및 허순(許詢) 등과 함께 막역하게 지냈으므로, 선비와 교유하는 승려의 대칭으로 도림이라는 말을 흔히 쓴다.『梁高僧傳 卷4』

86 노성도(老星圖) : 노성(老星)은 노인성(老人星)의 약칭으로, 인간의 수명을 관장한다는 남극성(南極星)을 가리킨다. 즉 노인성의 신선을 그린 그림으로 장수를 기원하는 뜻을 담고 있다.

서리 같은 수염과 눈썹 그리고 훤칠한 이마로	鬚眉霜雪且高頂
좌로 백록(白鹿)을 끼고 우로 섬들을 길들이네.	左挾白鹿右馴嶋
엄연히 신선과 같음에 골법(骨法) 기이하니,	儼若仙翁骨法奇
일찍이 인간세상에서 보지 못한 바라.	曾是人間所罕覩
처음에는 세 사람이 빠진 상산사호인가 하였는데,	初疑四皓少三人
다시 보니 귤옹이 어찌 혼자 앉았는가.[87]	更訝橘翁坐何獨
어느 해에 호두(虎頭)[88]가 기교를 부려서,	何年虎頭運機思
붓끝을 공교히 문질러 조물주를 굴복시켰는가.	毫端巧刮造化屈
남극 노인의 정기를 그려내었고,	寫出南極老人精
흘러든 바다물결은 흰 벽에 걸렸네.	流入海濤掛素壁
우습구나 오랑캐 아이들 이 그림 대하고서,	堪笑夷兒對此圖
찬(贊)을 지어 오복 중 하나를 망령되이 구하는 것이.	作贊妄求五福一
기쁨과 미움을 냄에 재앙과 경사가 따라오는 법이니,	作喜作惡殃慶隨
이 이치는 약속처럼 합치되어 어긋나지 않는다.	此理不爽如契合
너희들이 살육을 일삼으니,	爾以殺戮爲耕作
노인성이 옮겨와 비춘들 무슨 보탬이 있겠는가.	眞星移照亦何益
어찌 풍속을 교화로 바꾸어서,	何不易俗聲敎中
춘대(春臺)에서 고무되어 수역(壽域)을 이루지	鼓舞春臺爲壽域

---

87 다시 보니 ~ 앉았는가 : 귤옹이란 귤 속의 늙은이로, 옛날에 파공(巴邛) 사람이 자기 귤원(橘園)에 대단히 큰 귤이 있으므로, 이를 이상하게 여겨 쪼개어 보니, 그 귤 속에 수미(鬚眉)가 하얀 두 노인이 서로 마주 앉아 바둑을 두면서 즐겁게 담소를 나누고 있었는데, 그중에 한 노인이 말하기를, "귤 속의 즐거움은 상산(商山)에 뒤지지 않으나, 다만 뿌리가 깊지 못하고 꼭지가 튼튼하지 못한 탓으로, 어리석은 사람이 따 내리게 되었다."라고 했다는 고사에서 온 말이다. 『玄怪錄 卷3』

88 호두(虎頭) : 중국 동진(東晉)의 화가 고개지(顧愷之)의 자(字)이다.

않는가.[89]

그렇지 않다면 노인성의 정기가 어찌하겠는가. 不然老精奈爾何
신이한 자태가 부질없이 눈 안의 물건이 될 뿐이도다. 異姿空爲眼中物
내 이를 가져다 바쳐 성왕에게 축수하여 我欲持獻聖王壽
천만년 장수하시길 축원하고자 하노라. 賀祝千千萬萬億

차운하다[次]

축융(祝融)이 다스리는 정녀(丁女)의 방위에[90] 祝融之紀丁女方
상서로운 빛깔 찬란해 달처럼 밝네. 瑞彩璨爛明如月
순정한 빛이 변하여 노신선이 되어, 精光變化作老仙
푸른 난새 이끌고 흰 학을 타고 다니네. 導以青鸞騎白鵠
서리 내린 귀밑머리 눈 같은 눈썹 자태 빼어나고, 鬢霜眉雪蔚奇姿
골격 빼어나고 정신 맑으니 일찍이 보지 못했던 바라. 骨秀神清未曾覿
어느 해에 우연히 용면(龍眠)[91]의 손에 들어가 何年偶入龍眠手
예부터 없던 아름다운 자태를 내었는가. 幻出丰容古來獨
처음에는 태을(太乙)[92]이 천지에 나왔는가 하였다가, 初疑太乙出天地

89 춘대(春臺)에서 ~ 않는가 : 모두 태평성세를 가리키는 표현이다. 춘대는 『노자(老子)』 제20장에 "세속의 중인들은 화락하여 푸짐한 잔칫상을 받은 듯, 봄날 높은 누대에 올라 사방을 전망하듯 즐거워한다.[衆人熙熙, 如享太牢, 如春登臺.]" 한 데서 온 말이다.

90 축융(祝融)이 ~ 방위에 : 축융은 화신(火神)으로 남방(南方)과 여름철을 맡았다 하며, 정녀(丁女)는 불을 가리킨다. 여기서는 곧 남방인 일본을 가리키는 말이다.

91 용면(龍眠) : 송(宋)대의 화가 이공린(李公麟)의 별호(別號)이다.

92 태을(泰乙) : 도가(道家)에서 말하는 천신(天神) 가운데에서 가장 존귀한 신으로, 태을

곧 오강(吳剛)이 월굴(月窟)에서 나왔는가[93] 놀라네.	旋訝吳剛出月窟
상서로운 빛 성대히 한 자 비단에 가득하고,	祥光靉靉滿尺素
자색 기운 은은하게 반벽에 어렸네.	紫氣微微凝半壁
누가 이 그림을 오랑캐 아이에게 맡겼는가.	誰將此圖付蠻童
괴이한 여러 가지 일 중 한 가지라오.	怪事多端此其一
내 들으니 옛 성인께서 인자(仁者)는 장수한다 하였으니,	我聞古聖仁者壽
기주(箕疇)[94] 중 하나로 이치가 서로 합치되네.	一曰箕疇理相合
살육을 좋아하니 어찌 망령되이 복을 구하겠는가.	嗜殺安能福妄要
너희의 그림은 존재한들 백번 무익하도다.	爾畵雖存百不益
우리 왕의 성스러운 교화가 태화를 도야하시어,	吾王聖化陶太和
백성들 화락하게 수역(壽域)에 올랐도다.	民物熙熙登壽域
노인이 스스로 빛을 밝혀서	老人應自炫晶耀
오랑캐의 기이한 완상물이 되려 하는구나.	肯作夷家奇玩物
옮겨와 춘대(春臺)를 비춰 흐르는 빛 밝혀서,	移照春臺炳流輝
우리 군왕께서 천년만년 사시기를 축수하노라.	壽我君王千萬億

진군(太乙眞君), 태일진군(太一眞君), 태일소자(泰壹小子), 태일(泰一)이라고도 한다.

93 오강(吳剛)이 월굴(月窟)에서 나왔는가 : 오강은 한(漢)나라 때 서하(西河) 사람으로 자가 질(質)인데, 그가 일찍이 선술(仙術)을 배우다가 죄를 지어 달 속으로 귀양 가서 계수나무를 채벌(採伐)하고 있다는 전설이 전한다. 『酉陽雜俎 天咫』

94 기주(箕疇) : 기주는 기자(箕子)의 홍범(洪範) 구주(九疇)로, 그중 오복(五福)인 수(壽), 부(富), 강녕(康寧), 유호덕(攸好德), 고종명(考終命)이 포함되어 있다. 『書經 洪範』

종사가 치자를 읊은 시[從事梔子韻]

점점이 맺힌 둥근 금빛 열매	團團結子點金丸
푸른 잎 무성한데 이슬 아직 맺혀있네.	翠葉離披露未乾
시인이 약물로 쓰도록 하고,	擬待騷人供藥餌
아녀자들이 비단을 물들이게 하네.	肯教兒女染羅紈

차운하다[次]

무성한 잎 속 푸르던 열매	葳蕤蜜葉裏青丸
가을 온 뒤 붉은 빛 두르고서 말랐네.	秋後方看紫帶乾
흡사 뜰 가득 달 밝은 밤에	爭似滿庭明月夜
비단을 자른 듯 한 가지 매화 같구나.	一枝梅雪翦霜紈

상사의 시[上使韻]

벽오동 아래로 걸어 나와	步出碧梧下
푸른 대숲 서쪽으로 따라왔네.	相隨蒼竹西
시냇가에 오니 말소리 산만하게 들리고,	臨溪語散漫
돌에 나뉘어 높고 낮게 앉았네.	分石坐高低
울창한 숲 그림자 좋아하였는데,	爲愛樹陰密
갑자기 바람기운 처량함에 놀라네.	忽驚風氣悽
사행 길 아직도 아득하니,	王程猶杳杳
감히 편히 깃들 곳 찾지 못하네.	不敢討幽棲

차운하다[次]

바위에 닿자 구슬 같은 물방울 부서지니, 觸石連珠碎
대 숲 서쪽에 졸졸 냇물 흐르네. 琮琤萬竹西
맑게 젖어든 붉은 노을 비추고, 清涵紅霞暎
차갑게 젖어든 푸른 구름은 나직하네. 冷蘸碧雲低
붉은 해의 더위를 씻어내니, 爲滌朱炎惱
흰 이슬 처연한 기운 느껴지는 듯. 還疑白露悽
잠시 고요치 못한 곳에서, 暫時未靜境
나그네살이 한탄하지 말지어다. 莫自恨羈棲

종사가 소철나무에 대해 읊은 시[從事詠蘇鐵樹韻]

오행은 본래 상생 상극하는 법인데 五行本自相生克
병든 나무가 어찌 철로 꿰어 살아난단 말인가. 病樹如何貫鐵甦
물성도 화이(華夷)에 따라 변하여, 物性亦隨夷夏變
오랑캐 땅에 초목은 품종도 다르구나. 蠻鄉草木品還殊
[일본에 소철나무가 있는데 잎이 봉황 꼬리처럼 생겼다. 혹 때로 병들고 마를 경우에 가려내 말려서 철을 꿰어 다시 심으면 기운이 막 소생한다고 하니, 괴이한 일이다.]

차운하다[次]

철을 박은 푸른 잎 펼쳐지니, 釘鐵方看翠葉展
햇볕에 말려 끝내 푸른 줄기 소생하였네. 曝陽終占碧莖甦
풍기가 본래 화이(華夷) 간에 나뉘는 법이니, 風聲自足華夷別

괴이한 기운으로 초목이 다름을 어찌 논하리오. 怪氣何論草木殊

상사의 시[上使韻]

천지간 우로의 은택을 빌리지 않고 不借乾坤雨露滋
돌아온 혼이 다만 철침을 박기를 기다리네. 還魂只待鐵針爲
그 가운데 절로 상생의 이치 있으니, 箇中自有相生理
시인에게 헐뜯지 말라고 전해 주오. 爲報騷人且莫訾

25일[정해]

맑음. 유방원에 머물렀다. 도주가 떡을 각각 한 그릇씩 보내왔다.

그리움이 있어[有所思]

물결 위 원앙새 동이며 서로 다니니, 波上鴛鴦東復西
초운(楚雲)[95]에 소식은 꿈속에 아득하네. 楚雲消息夢中迷
원통한 새는 괴로운 그리움 풀지 못하고, 寃禽不解相思苦
밝은 달 창 앞에서 밤마다 우네. 明月窓前夜夜啼

종사가 차운하다[從事次]

하나는 하늘 동쪽 하나는 서쪽에 있으니, 一在天同一在西

95 초운(楚雲) : 초운은 초(楚)나라 구름으로, 상강의 물을 뜻하는 상우(湘雨)와 함께 그리움을 나타내는 말로 쓰인다. 명(明)나라 고계(高啓)의 〈제기상(題妓像)〉 시에 "추낭(秋娘)을 보지 못한 지 지금 몇 해나 되었나. 초운과 상우에 그리움 하염없네.[不見秋娘今幾年, 楚雲湘雨思悠然.]"라고 하였다.

오산(吳山)과 초수(楚水)[96]는 시야에 아득하네.	吳山楚水望中迷
하늘 가득한 밝은 달빛 맑은 가을밤에	滿天明月淸秋夜
짝 잃은 원앙새는 포구를 사이에 두고 우네.	失侶鴛鴦隔浦啼

종방의 시[宗方僧韻]

서로 만나 무슨 일로 얼굴 찌푸리며,	相逢何事卽相嚬
옷이며 말이 달라 친할 수 없다 하는가.	異服殊音不可親
다행이도 사해에 글이 같으니,	四海書同唯一幸
아침에 붓을 적셔 꽃다운 자취 이어보세.	朝來染翰襲芳塵

차운하다[次]

멀리 온 객 근심스런 눈썹 금세 펴지니,	遠客愁眉乍展嚬
그대 고상한 뜻과 담박하게 친했기 때문이네.	爲師高義澹相親
사계(沙界)에서 원통(圓通)의 힘[97] 보았으니,	沙場已見圓通力
신령한 경지에 한 점 티끌도 없도다.	靈境應無一點塵

---

96 오산(吳山)과 초수(楚水) : 중국 남쪽 변방인 오나라, 초나라의 산수로, 여기서는 일본의 산수를 가리킨다. 당(唐)나라 가지(賈至)의 〈송이시랑부상주(送李侍郞赴常州)〉 시에 "눈 개고 구름 흩어지고 북풍이 차가우니, 초나라 물 오나라 산은 도로가 험난할 걸세. 오늘 그대 보내면서 실컷 취해야 하고 말고, 내일 아침에 생각하면 그대 가는 길 아득하리.[雪晴雲散北風寒, 楚水吳山道路難. 今日送君須盡醉, 明朝相憶路漫漫.]"라고 한 데서 온 말이다. 『古今事文類聚 別集 卷24』

97 원통(圓通)의 힘 : 원통은 불가(佛家)의 용어로, 원(圓)은 원만하여 치우치지 않은 것이고 통(通)은 통달하여 막힘이 없는 것으로 법성(法性)을 깨달음을 말한다. 『楞嚴經』

또 차운하다[又次]

우리 선사를 만나고서 늘 웃음 지으니,	自得吾師笑不嚬
차 마시며 친밀히 담소하는 정 때문이라오.	爲將雲茗語情親
바람 앞 옥수(玉樹)[98]는 본래 흠이 없고,	風前玉樹元無累
눈 위에 빙호(氷壺)[99] 속세 먼지 멀리 끊었다오.	雪上氷壺逈絶塵

26일[무자]

유방원에 머물렀다.

김 학봉(金鶴峰)의 <비갠 뒤 경치 십운(霽景十韻)> 시[100]에 차운하다 [次金鶴峰霽景十韻]

가을 포구에는 은빛 비 머금은 대나무,	秋浦收銀竹
앞산에는 금빛 병풍 펼쳐졌네.	前山展金屛

---

98 옥수(玉樹) : 자태가 준수하고 재주가 있는 사람을 말하며, 여기서는 종방을 가리킨다. 진(晉)나라 유량(庾亮)이 땅에 묻힐 때에 하충(何充)이 "옥수를 땅속에 묻으니, 사람의 슬픈 정을 어찌 억제할 수 있으리오.[埋玉樹箸土中, 使人情何能已已.]"라고 하였다. 『世說新語 傷逝』

99 빙호(氷壺) : 얼음으로 만든 호로병으로 고결한 인품을 비유하며, 여기서는 종방을 가리킨다. 두보의 〈기배시주(寄裵施州)〉에 "얼음 병과 옥 같은 거울을 맑은 가을에 걸어놓은 듯하다.[氷壺玉鑑懸淸秋]" 하였다.

100 김 학봉(金鶴峰)의 ~ 시 : 김 학봉은 김성일(金誠一, 1538~1593)로 본관은 의성(義城), 자는 사순(士純), 시호는 문충(文忠)이며 학봉(鶴峯)은 그의 호이다. 퇴계의 고제(高弟)로서 성리학에 조예가 깊어 주리론(主理論)을 계승하여 영남학파의 중추 구실을 하였다. 53세 때(1590)에 일본 통신부사(日本通信副使)로 사행을 다녀온 일이 있다. 저서에 『해사록(海槎錄)』 등이 있으며, 1649년(인조 27)에 『학봉집』이 간행되었다. 학봉의 시는 『학봉전집(鶴峯全集) 학봉일고』 권2에 실려 있으며, 참고로 제목은 "오산이 지은 '비갠 뒤 경치 십운' 시의 운을 차운하다[次五山霽景十韻]"이다.

하늘 열려 멀리 시야를 내닫고,	天開遐矚騁
구름 흩어지자 울적한 회포 깨어나네.	雲豁鬱懷醒
늘어선 섬들에 산봉우리 푸르고,	列嶼螺呈碧
서늘한 대나무에 옥 이슬 푸르네.	凉筠玉撼青
모래는 펼친 깁을 머금은 듯 깨끗하고,	沙含鋪練淨
바위는 구슬을 부숴놓은 듯 빛나네.	巖碎亂珠熒
교실(鮫室)은 맑아 채색 무지개 오르고,	鮫室晴騰彩
신대(蜃臺)는 찬란하게 영기(靈氣)가 모였네.[101]	蜃臺爛炳靈
나그네 거처에 상쾌한 경치를 들이고,	羈栖輸爽槩
오랑캐 땅에 비린내 씻어내네.	蠻域刷膻腥
계수나무 노는 맑은 달빛에 머물고,	桂楫停瑤鏡
밝은 노을은 저물녘 정자에 가깝네.	明霞襯晚亭
천지간에 양 귀밑머리 세었고,	乾坤雙雪鬢
창해에 바람 따라 떠다니는 부평초 신세라오.	滄海一風萍
한나라 절부는 위엄과 신의를 매달았고,[102]	漢節懸威信
장건(張騫)의 뗏목은 아득한 곳 가리켰다네.[103]	張槎指杳冥

101 교실(鮫室)은 ~ 모였네 : 교실은 교인지실(鮫人之室)의 준말이다. 교인 즉 전설상의 인어(人魚)가 남해 바닷 속에서 베를 짜면서 울 때마다 눈물방울이 모두 진주로 변했다고 하는데, 세상에 나왔다가 주인과의 이별을 아쉬워하며 한 그릇 가득 눈물을 쏟아 부어 진주를 선물로 주었다는 고사가 남조(南朝) 양(梁)나라 임방(任昉)의 『술이기(述異記)』 권하에 전한다. 신대(蜃臺)는 신기루(蜃氣樓)를 뜻한다. 옛날에는 신기루를 큰 대합조개가 기운을 뿜어 만든 것이라 생각했다. 『사기』 권27 〈천관서(天官書)〉에 "바다 곁에 대합이 뿜는 기운이 누대 형상을 이룬다.[海旁蜃氣象樓臺]"라고 하였다.

102 한나라 ~ 매달았고 : 한나라 소무(蘇武)가 무제(武帝) 때에 중랑장(中郎將)으로 흉노(匈奴)에게 사신 갔다가 억류를 당하여 19년 동안 절개를 지키면서 한나라 절부(節符)를 지니고 있었던 고사에서 온 말이다. 『漢書 蘇武傳』

밤들어 고개를 들어보니,	夜來頗擧目
명철하신 북극성[104] 있도다.	北極哲明星

27일[기축]

흐림. 유방원에 머물렀다. 밤에 비바람이 크게 몰아쳐서 판자지붕이 다 들리고 기와가 전부 날아갔으며, 닻과 닻줄은 꺾이고 초둔(草芚)은 걷혀졌다. 왜인들이 숙직하는 내내 소리치고 떠들었으며, 배들은 겨우 부서지는 우환을 면하였다.

포은 선생의 시에 차운하다[次圃隱先生韻]

청등(靑燈)은 반벽에 비추는데,	靑燈耿半壁
이슬은 삼경(三更)에 빛나네.	白露泫三更
수놓은 장막에 가을바람 일어나고,	繡帳金風動
맑은 하늘에 은하수 밝네.	瑤空銀漢明
봉래산 애써 멀리 바라보니,	蓬山勞遠目
구름 낀 바다에 돌아갈 여정 아득하네.	雲海杳歸程
-원문 빠짐-[105]	獨有還□夢
자주 북과 피리 소리에 놀라네.	頻驚鼓角鳴

---

103 장건(張騫)의 ~ 가리켰다네 : 한 무제(漢武帝) 때에 장건이 뗏목을 타고 은하수까지 갔다가 되돌아왔다는 전설에서 온 말이다. 『博物志 卷3』

104 명철하신 북극성 : 북극성은 임금을 가리키는 말이다. 『논어(論語)』〈위정(爲政)〉에 "덕으로 정치하는 것이, 비유하자면 북극성이 제 자리에 있으면 모든 별들이 그곳을 향하는 것과 같다.[爲政以德, 譬如北辰居其所, 而衆星共之.]"라고 하였다.

105 원문 빠짐 : 이 구는 원문에 결자가 있으므로 번역하지 않았다.

28일[경인]

비가 그치지 않다가 저녁에 개었다. 유방원에 머물렀다. 다치바나 도모마사와 도주가 배[梨子]를 보내왔고, 국분사(國分寺)의 중이 술통, 채소, 두부를 보내왔다.

29일[신묘]

맑음. 유방원에 머물렀다. 종방이 주병(酒餠)과 배[梨子]를 보내왔다.

포은 선생의 시에 차운하다[次圃隱先生韻]

화복이 옴은 각기 자초하는 것이니,	禍福由來各自招
시냇가 소나무[106]는 좋은 싹을 잘 회복하였네.	澗松休復善原苗
곤명지에 겁화(劫火) 식기까지 오래 걸리지 않았고,[107]	昆池火冷無多日
봉래 바다에 먼지 날린 것도 하루아침이었네.	蓬海揚塵亦一朝
봄 지나자 사립문에 바람 급해지고,	春過松扉風勢急
가을 깊어지자 판잣집에 빗소리 드세네.	秋深板屋雨聲驕
사계절의 바뀜이 구름의 변화와 같으니,	四時變易如雲化

---

106 시냇가 소나무 : 높은 재덕을 가지고 있음을 비유적으로 표현한 것으로, 진(晉)나라 좌사(左思)의 〈영사(詠史)〉에 "계곡 아래엔 울창하게 소나무가 서 있고, 산꼭대기엔 축 늘어진 묘목이 서 있는데, 직경 한 치에 불과한 저 묘목이, 백 척의 소나무 가지에 그늘을 지우네.[鬱鬱澗底松, 離離山上苗. 以彼徑寸莖, 蔭此百尺條.]"라고 하였다.

107 곤명지에 ~ 않았고 : 하나의 세계가 끝날 즈음에 겁화가 일어나서 온 세상을 다 불태운다고 하는데, 한 무제(漢武帝) 때 곤명지(昆明池) 밑바닥에서 나온 검은 재에 대하여, 인도 승려 축법란(竺法蘭)이 "바로 그것이 겁화를 당한 재[劫灰]"라고 대답했다는 고사가 전한다. 『高僧傳 卷1 竺法蘭』

고금의 흥망성쇠 얼마나 아득한가. 今古虧盈見豈遙

또 차운하다[又次]

바람이 거센 파도 일으켜 우레 소리 같더니, 風蹙巨浪若雷轟
비가 가볍고 서늘한 기운 가져와 홀연 맑아졌네. 雨挾輕凉特地淸
남은 등불이 객의 한(恨)을 사름을 견디지 못하니, 不耐殘燈燃客恨
홀로 읊조리다 새벽 종소리에 이르렀네. 孤吟直到曉鍾鳴

포은 선생의 <연일현(延日縣)>[108] 시에 차운하다 [次圃隱先生延日縣韻]

외로운 성 아스라이 남방 오랑캐 땅에 접했는데, 孤城迢遞接炎荒
바닷가 부상에 아침 해가 떠오르네. 初日曈曨海上桑
삼각산 이로부터 얼마나 먼가. 此去三山更何許
바람 낀 파도 만 리 오랑캐 땅에 막혀있네. 風濤萬里隔蠻鄉

또 차운하다[又次]

백년 세월 광풍처럼 아득히 지나버리니, 百年迢忽似風狂
온갖 한스런 마음 맑은 술잔만 못하다오. 萬恨無如澆酒觴
동으로 옴에 행장에 무엇을 지니겠는가. 東去行裝何所有
서쪽으로 돌아갈 제 시주머니 하나만을 가져가리. 西歸惟有一詩囊

108 연일현(延日縣) : 『포은집』 권1에 실린 〈일조현(日照縣)〉이라는 시를 가리킨다.

30일[임진]

맑음. 유방원에 머물렀다. 평위산(平胃散) 한 첩을 복용했다.

8월

초1일[계사][109]

맑음. 바람 기세가 순풍이 불 듯하여, 아침에 유방원을 출발하였다. 배에 올라 돛을 달고 이키시마(一岐島)[110]를 향해 가서 풍본포(風本浦)[111]에서 정박하였다. 도주와 시게오키, 다치바나 도모마사, 평지장, 종방의 배가 모두 따라왔다. 내려와 성모방(聖母坊)에서 유숙하였는데, 방(坊)은 사(寺)의 다른 명칭이다. 섬의 인가는 백여 채에 가까웠다. 우리나라의 피로인(被虜人)들이 혹 뱃머리에서 눈물을 흘리며 돌아가기를 청하였는데, 쓰시마 사람들이 엄하게 금하였다. 포로로 잡혔던 순천사람이 상사에게 와 알현했다. 본도의 태수는 관백을 맞이하는 일로 아직 돌아오지 않았다. 섬사람들이 저녁밥을 지공하길 청하여 허락하였는데 몹시 입에 맞지 않았다. 대마부로부터 여기까지 4백 리이다.

---

109 초1일[계사] : 원문에는 초1일이라고 하였지만, 정사 오윤겸의 『동사상일록(東槎上日錄)』과 종사 이경직의 『부상록(扶桑錄)』을 살펴보면 이날 일기에 해당되는 날짜는 초2일[갑오]에 해당한다. 우선 원문에 따라 날짜를 표기하고, 위의 사실을 밝혀둔다.

110 이키시마(一岐島) : 지금의 나가사키현(長岐縣) 이키도(壹岐島)에 해당한다.

111 풍본포(風本浦, 가자모토우라) : 현재의 나가사키현(長崎縣) 이키시(壹岐市) 가쓰모토정(勝本町) 가쓰모토우라(勝本浦)에 해당되며, 이키도(壹岐島)의 북부에 위치해있다.

초3일[을미]

맑음. 진시에 배를 출발시켜 저녁에 아이노시마(藍島)[112]에 이르렀다. 아이노시마는 지쿠젠슈(筑前州)[113]에 속해 있다. 아이노시마 사람들의 저녁 지공이 몹시 성대하였다. 내려와 사원에서 유숙하였다. 일기주로부터 여기까지 2백 리이다.

초4일[병신]

맑음. 아침 지공을 사양하고 배를 출발시켜 적간관(赤間關)[114]을 향하였다. 적간관은 나가토슈(長門州)[115]에 속해있다. 전 대관(代官) 원정직(源正直)이 와서 알현하였는데, 지공을 감찰하는 관원이었다. 아이노시마로부터 여기까지는 280리이다. 아이노시마에서 1,2백리 떨어진 곳에 바다 위에 솟은 바위가 있는데, 가운데가 문처럼 뚫려서 비구암(鼻口巖)이라 이름하였다.

종방 선사에게 주다[贈宗師]

도를 닦은 용모 뵘에 진실로 상쾌하니,	一見道容眞洒洒
맑은 샘과 달이 빙호(氷壺)를 비추네.[116]	清泉潔月暎氷壺

---

112 아이노시마(藍島) : 현재의 후쿠오카현(福岡縣) 기타큐슈(北九州市)의 북쪽에 있는 히비키나다(響灘)에 속한 섬이다.

113 지쿠젠슈(筑前州) : 현재의 후쿠오카현(福岡縣) 북서부 지역이다.

114 적간관(赤間關, 아카마가세키) : 현재의 야마구치현(山口縣) 시모노세키시(下關市)이다. 12차 통신사행을 제외한 나머지 사행 때마다 조선사신이 주로 이곳 아미타사(阿彌陀寺, 아미다지)에서 묵었다.

115 나가토슈(長門州) : 현재의 야마구치현(山口縣) 서부 지역이다.

116 맑은 ~ 비추네 : 상대방의 빼어남을 칭찬한 표현이다. 빙호(氷壺)에 대한 내용은 각주

시선(詩仙)의 수려한 시구 속세를 놀라게 하고,	詩仙綺語尤驚俗
시승(詩僧)의 고아한 풍모 어리석음을 일깨우네.	韻釋高風更起愚
바다로 막혀 풍화가 본래 다르지만,	隔海風聲雖自別
하늘이 부여함이 어찌 다르리오.	源天賦與却何殊
나무 술잔 타고서[117] 멀리 깃발 따라왔으니,	乘杯遠趁旌幢至
화로 연기 함께하고 앉아 해질녘에 이르네.	佇共爐煙坐到晡

적간관 너머 30리에 부젠슈(豊前州)[118]가 있다. 성 안에 5층으로 높이 쌓은 위에 성루(城樓)가 있는데 지명은 소창(小倉, 고쿠라)이다. 태수는 장강월중수(長岡越中守)로 이름은 충오(忠奧)라는 자이다. 대관(代官) 시모쓰케슈(下野州)로 하여금 저녁 지공과 술, 면을 올리게 하였다. 아미타사(阿彌陀寺, 아미다지)에 관사를 정하였다. 밤에 큰 비가 내리고 천둥번개가 쳤다. 절에는 종려나무, 소철나무, 적목, 사철나무, 삼나무, 소나무 등이 있었다.

초5일[정유]

비. 아미타사에 머물렀다. 부젠 태수가 히데타다(守忠)[119]를 맞이하는

---

99) 참조.

117 나무 술잔 타고서 : 중국 남북조 시대 한 고승이 항상 나무 술잔[木杯]을 타고 물을 건너 배도화상(杯渡和尙)이라 불렸던 데서 온 말로, 종방이 중이기에 이와 같이 말한 것이다. 『高僧傳 卷11』

118 부젠슈(豊前州) : 현재의 후쿠오카현(福岡縣) 동부와 오이타현(大分縣) 북부 지역이다.

119 히데타다(守忠) : 도쿠가와 히데타다(德川秀忠, 1579~1632). '守忠'은 '秀忠'의 오기로 보인다. 에도 막부의 제2대 정이대장군(征夷大將軍)으로 1605~1623년 동안 재위했다. 도쿠가와 이에야스의 3남이며, 법을 정비하고 정착시켜 에도 막부의 기초를 공고히 하였다.

일로 오사카(大坂)에 가 있어서, 군관(軍官)인 평경가(平景嘉)로 하여금 병절 각 1개, 술 백 통, 닭 백 마리를 보내왔다. 역참을 넘어가는 것이라 하여 굳게 사양했지만 군관이 간청하기에 절반을 받아 하배(下輩)들에게 나누어 주었다. 시게오키(調興)가 건면 한 쟁반과 소주 두 병을 보내왔다.

절에는 안토쿠 천황(安德天皇)[120]의 묘가 있는데 목주(木主)를 안치하고 사승(寺僧)이 이를 지키고 있었다. 천황이 8세에 천황 자리를 이어받았다가 권신(權臣) 미나모토노 요리토모(源賴朝)[121]에게 핍박을 받아 적간관에서 군병이 패하자, 그 조고(祖姑)가 등에 업고서 바다에 빠져 죽었다. 나라 사람들이 이를 슬프게 여겨 사당을 세워 제사를 지냈다. 이후로 천황이 권력이 없으면 관백이 나라를 제멋대로 한다고 한다.

어제 저녁 시게오키가 말을 전하기를, 본도(本島)의 우위문(右衛門)이 국도에서 돌아왔는데 관백이 복견성(伏見城)[122]에 와 있으니 9월 보름께에 에도(江戶)에 돌아올 것이라고 하였다.

도주가 사람을 보내 말하기를,

---

120 안토쿠 천황(安德天皇) : 1178~1185. 일본의 제81대 천황으로 재위 기간은 지쇼(治承) 4년(1180)~주에이(壽永) 4년(1185)이며, 휘는 도키히토(言仁)이다. 관백 미나모토노 요리토모(源賴朝)가 권력을 좌지우지하자 대신(大臣) 자성(資盛)이 미나모토(源)를 없애려다가 실패하였는데, 이때 안토쿠 천황이 8세의 어린 나이로 조고(祖姑)의 등에 업혀 하관(下關) 앞 바다에 빠져 죽었다.

121 미나모토노 요리토모(源賴朝) : 1147~1199. 헤이안(平安) 시대 말기 가마쿠라 막부(鎌倉幕府)의 초대 장군으로, 귀무자(鬼武者)라고도 한다. 다이라노 기요모리(平淸盛)의 집정에 반항하여 군사를 일으킨 정이대장군(征夷大將軍)으로 일본 무가 정치(武家政治)의 창시자라고 할 수 있다.

122 복견성(伏見城, 후시미성) : 교토(京都) 후시미구(伏見區)에 위치한 성이다. 도요토미 히데요시(豊臣秀吉)가 자신의 은거 후 거처로 삼기 위해 축성한 것인데, 전투로 소실되었다가 도쿠가와 이에야스(德川家康)에 의해 재건되었다.

"내일 새벽에 배를 출발할 것이니, 오늘밤에 배에 오르시길 청합니다."

라고 하여 일행이 배에서 유숙하였다.

안토쿠 천황의 사당에 조문하는 글[弔安德祠文]

부사 운계(雲溪)

태아검 거꾸로 잡아,	大阿兮倒持
관과 신의 자리 뒤바뀌었네.[123]	冠屨兮易置
독사가 침입하여	毒虺兮憑陵
달아난 고래 물을 잃었네.	奔鯨兮失水
승냥이 이리 주둥이 놀려 피가 낭자하고,	豹狼鼓吻以流血
사나운 맹수 으르렁대며 그치지 않네.	猰貐狺狺其未已
슬프게도 안토쿠 천황 치패하여,	哀安德之見衄
양구(陽九)의 비색함[124]을 만났네.	遭陽九之極否
조고(祖姑)의 등에 업혀	托姑婆之背上
천 길 검푸른 바다 속에 나아갔네.	赴千尋之黝碧
나이 8세에 무엇을 알았으리.	年八歲兮何知

123 태아검 ~ 뒤바뀌었네 : 권한을 남에게 넘겨주어 위아래의 지위가 바뀌었다는 말로, 안토쿠 천황이 대권을 미나모토노 요리토모에게 빼앗긴 상황을 비유한 말이다. 태아검은 보검(寶劍)의 이름으로, 『한서(漢書)』 권67 〈매복전(梅福傳)〉에, "(진(秦)나라가) 태아검을 거꾸로 잡고서, 초나라에게 칼자루를 넘겨주었다.[倒持太阿, 授楚其柄.]"라는 말이 나온다.

124 양구(陽九)의 비색함 : 엄청난 재액(災厄)을 뜻한다. 양구는 음양도(陰陽道)에서 수리(數理)에 입각해 만들어진 말로, 4천 5백년 되는 1원(元) 중에 양액(陽厄)이 다섯 번 음액(陰厄)이 네 번 발생한다고 하여 붙여졌다고도 하는데 여러 설이 있어 정확하지 않다. 『漢書 律歷志 上』

다만 저 아득한 푸른 파도뿐이었다네.	但彼蒼之邈邈
붉은 해 가물가물 슬픈 바람 애처로우니	白日黯兮悲風慘
풍이(馮夷)가 이 때문에 눈물을 훔쳤네.	馮夷爲之雪泣
오랑캐 부녀 순절한 것 더욱 가상하니,	況蠻婦伏節之尤可尙兮
적관(赤關)은 우뚝하고 연포(硯浦)는 아득하네.	赤關峩峩兮硯浦茫茫
사당을 세워 장엄히 유상(遺像)을 두니,	立孤祠兮儼遺像
천추만세토록 한을 전하네.	千秋萬歲兮流恨長
바닷가 구름 시름겹고 바닷물 깊은데,	海雲愁兮海水深
어룡이 울부짖자 혼백이 흩어지네.	魚龍叫嘯兮魂魄飄揚
배 멈추고 오래도록 머뭇거리니,	停蘭舟兮久夷猶
겹겹 파도 거슬러 와 슬픔을 더하네.	遡層波兮增悲傷

삼가 안토쿠 천황의 사당에 조문한 글에 차운하다

[敬次安德祠文]

상사 추탄(秋灘)

하늘에 두 해는 없는 법인데,	天無二日兮
천황이라 함은 누가 둔 것인가.	曰天皇兮誰所置
호칭이 분수에 맞지 않으니,	爲號兮僭竊
절로 탐욕부리는 이 많도다.	自多兮勺水
분수를 범하고 명칭을 어지럽히니,	旣犯分而亂名兮
약육강식의 환난이 그치지 않네.	弱肉强呑兮難未已
하물며 부모 잃은 유약한 천황에 있어서겠으며,	況孤嗣之幼弱
오랑캐 나라 운수가 막힘에 있어서겠는가.	又夷邦之運否
홀연 만군(萬軍)이 동으로 와서,	忽萬甲之東來兮

절굿공이 떠내려가는 유혈을 이루었네.[125]　致漂杵之血碧
창황하게 정처 없이 떠돌아,　勢蒼黃而流離
멀고 아득한 섬에 부쳐졌네.　寄孤島之敻邈
천태산 꺾이고 장사(壯士) 죽으니,　天台折兮壯士死
연해(硯海)는 검게 되고 모신(謀臣)은 울었네.　硯海黑兮謀臣泣
할미의 등에 여섯 자 몸 맡기니,　老婆背兮托六尺
슬프게도 가을 밤 아득한 바다에 떨어졌네.　哀秋月兮墜茫茫
같은 날 죽어 군신 간에 참혹하였으니,　同日死兮慘君臣
동해바다 깊은데 한도 함께 길구나.　東海深兮恨共長
성난 조수 달려들고 시름겨운 구름 맺히니,　怒潮奔兮愁雲結
혼이 드날리는 듯하다.　想髣髴兮魂飛揚
외로운 사당이 지금도 남아 있으니,　有孤祠兮至今存
유상(遺像)에 조문함에 사람을 슬프게 하네.　弔遺像兮令人傷

초6일[무술]

아침에 비. 역풍이 불어 다시 사원으로 내려왔다.

초7일[기해]

흐림. 역풍이 불어 배가 나아가지 못하여 사원에 머물렀다. 밤에 큰 비가 내렸다.

---

125 절굿공이 ~ 이루었네 : 격렬하게 싸우는 전쟁을 뜻하는 말이다. 주 무왕(周武王)이 주왕(紂王)을 정벌하여 목야(牧野)에서 전투할 적에 "피가 흘러서 절굿공이를 떠내려가게 했다.[血流漂杵]"라는 글이 『서경』 〈무성(武成)〉에 나온다.

초8일[경자]

비가 그치지 않음. 사원에 머물렀다. 아침에 시모쓰케슈(下野州)에서 둥근 2색 떡을 보내와서, 하배(下輩)들에게 나누어주었다. 밤에 꾼 꿈에, 내가 두 칸짜리 방루(房樓)에 앉아 두세 돛대가 산 뒤쪽에 숨었다 나타났다 하는 것을 바라보고 있었다. 어떤 이가 공명(孔明)과 손 중모(孫仲謀 손권(孫權))가 힘을 합하여, 조만(曹瞞 조조(曹操))이 달아났다고 하였다. 그러다 갑자기 공명이 나에게 와서 말하기를,

"내 당(堂)을 내려와 맞이하여 배알합니다."

하였다. 생(生)이 말하기를,

"병으로 인해 달려가 맞이하지 못합니다."

하였다. 이어서 먼저 들어가기를 사양하며 문미에 서 있었는데, 아우가 먼저 들어갔다. 내가 말하기를,

"네가 어찌 먼저 들어가는가?"

하니, 말하기를,

"먼저 들어가게 하십시오."

하였다. 나도 먼저 들어가 읍하고 올라갔다. 자리를 펼쳐둔 곳에 서책이 흩어져 있었고 상과 안석이 어지러이 놓여 있어서 마치 자리를 휩쓸고 지나간 것 같은 모습이었다. 내가 말하기를,

"이 펼쳐놓은 물건들이 어찌 이 지경에 이르게 된 것입니까?"

하니, 말하기를,

"마음이 보고자 해서 먼저 펼친 자리를 휩쓸고 간 것이다."

라고 하였다. 곧 상과 서책을 옮겨 맞이해 앉아 함께 이야기를 나누었다. 내가 말하기를,

"만생(晩生)인 제가 창해(滄海) 간 외진 곳에 있습니다."

하고, 다시 무언가를 써서 공명에게 보여주고자 하였는데, 다 쓰지 못하여 놀라 깨어났다. 목만(目瞞)이라 하는 한 객은 조조의 분신이 아니었던가? 천년 후 꿈속에서 서로 만나니 실로 기이한 일이다. 공명이 막 들어오던 때에 내가 『사기』 중에 "장군은 황실의 핏줄입니다.[將軍帝室之胄]"[126] 등의 말을 생각해 두었다가 들어오기를 기다려 보여줄 생각이었는데 맞이해 들어온 뒤에 이를 실행하지 못하였다.

또 꿈에, 내가 가족들을 데리고 작은 절을 지나가며 들어가지 않고 한 고개를 넘어 어떤 절에서 머물렀는데, 나는 명엽(名燁)과 외방(外房)에 머물렀고 가족들은 내사(內寺)에 머물렀다. 절은 절벽에 임해 있었는데, 산 속 나무들은 잎이 이미 다 떨어져 있었다. 내가 가족들이 머무는 곳에 들어가 보니 널빤지 문짝으로 가려져 있기에 열도록 하였다. 죽은 딸아이와 작은 딸이 널빤지를 들어 열자 내가 들어가 가족들에게 말하기를,

"머무는 곳이 금방 밝아질 것이오."

라며 운운하였다. 깊은 산 속이라 겁탈의 화가 있을까 염려해 몹시 경계하는 마음을 지니고 있었다. 명엽으로 하여금 말을 둘러대어 퍼뜨리게 하였더니, 그 다음부터 사람들이 많이 왔다고 하였다.

초9일[신축]

흐림. 사원에 머물렀다. 귤왜(橘倭)가 면을 보내왔다.

---

126 장군은 황실의 핏줄입니다 : 『삼국지(三國志)』 〈촉지(蜀志)〉에 나오는 말이다.

初10일[임인]

맑음. 진시(辰時)에 배에 올랐는데 적간관에서 70리 떨어진 곳에서 역풍이 불어 배를 멈추고 기문포(磯門浦)로 이동해서 정비했다. 저녁에 검은 구름이 사방에서 일어나고 동남풍이 그치지 않았다. 밤에 풍우가 칠까 걱정하여 적간관으로 돌아가고자 하였는데, 도주가 사람을 보내 만류하였다. 밤중에 바람이 더욱 사나워져서, 번개가 치고 구름이 널리 퍼졌다. 풍우가 크게 일어날 경우 기문포에는 기대어 정박할 곳이 없음을 걱정하여 도주에게 말을 전해서 새벽에 돛을 펼쳐 겨우 적간관의 전후포(田後浦)에 도착하였다. 적간관 등은 모두 사쓰마슈(薩摩州)에 속한다.

11일[계묘]

맑음. 배에 올라 와서 정박했다. 이날 배에서 유숙하였다. 사시(巳時)에 순풍이 불어 즉시 배를 출발했다. 이경(二更)에 상관(上關)[127]에 도착하였다. 이날 400여 리를 갔다.

12일[갑진]

맑음. 새벽에 돛을 펼치고 나아갔다. 오후에 역풍이 불어 노를 저었다. 저녁에 가류도(可留島)[128]에 정박하고 배에서 유숙하였다. 왜인이

---

127 상관(上關, 가미노세키) : 현재의 야마구치현(山口縣) 구마게군(熊毛郡) 가미노세키정(上關町)이다. 에도 시대 스오슈(周防州)에 속하고, 가마도세키(竈關), 혹은 조문관(竈門關)이라고도 한다. 가미노세키항(上關港)은 통신사가 기항, 상륙한 것 외에도 상선(商船)·기타마에부네(北前船 운송선) 등에 의해 항구가 번창하였다.

128 가류도(可留島) : 에도 시대 아키국(安藝國)에 속하고, 현재의 히로시마현(廣島縣) 구레시(吳市) 구라하시지마(倉橋島)의 남부에 해당된다. 흔히 가로시마(加老島)라고 하며 사행록에서는 녹로도(鹿老島)·하루도(河漏渡)·가로우(加老牛)·가로도(加老渡)라고도 하였다.

지공과 술 24통을 올렸다. 약을 불태운 자를 장 8대를 치고, 약관(藥管)을 바다에 던졌다. 초둔(草芚)을 관리한 자를 장 5대를 쳤는데, 비에 젖었는데도 즉시 꺼내 말리지 않았기 때문이었다. 격군 한 명이 밥을 짓다가 불을 일으켰는데, 불이 일어나려 할 때 한덕남(韓德男)이 도척(刀尺)[129] 등을 데리고 박멸시켰다. 즉시 불을 낸 자를 장 20대를 쳤는데, 군관(軍官)으로 하여금 배 밖에서 장을 치는 것을 감독하도록 했다. 신경기(申景沂)가 병이 나아서 일어났다. 상사가 나와 종사와 함께 포구 뒷산에 올라 잠시 있다가 내려와 포구 모래밭에 앉았다가 배로 돌아왔다. 저물녘 바다에 화전(火箭)을 쏘았고 왜선(倭船)에서도 이에 응해 쏘았는데, 최의홍(崔義弘)이 쏜 데에는 미치지 못하였다.

13일[을사]

맑음. 역풍이 불어 새벽에 노를 저으며 출발했다. 삼뢰(三瀨)에서 점심을 먹었다. 삼뢰는 아키슈(安豫州)[130]에 속해있으며, 복도 태보 정칙(福島太保正則)[131]의 관할이다. 하관(下官)이 대신 와서 지공을 바쳤다. 저녁에 단단우미(斷斷牛尾)[132]에 정박하고 배에서 유숙하였다. 이날 200

---

129 도척(刀尺) : 조선 시대에 일본으로 간 사신들의 음식 장만을 위해 딸려 보냈던 하인을 말한다.

130 아키슈(安豫州) : 현재의 히로시마현(廣島縣) 서부 지역이다. '安豫州'은 '安藝州'의 오기로 보인다.

131 복도 태보 정칙(福島太保正則) : 후쿠시마 마사노리(福島正則, 1561~1624). 에도 시대 전기 무장(武將)이자 다이묘(大名)로, 호는 고사이(高齋), 통칭은 기요스시 지죠(淸須侍從), 관위는 좌근위권소장(左近衛權少將)·종사위하(從四位下)·종삼위참의(從三位參議)이다.

132 단단우미(斷斷牛尾) : 아키슈(安藝州)에 속하고, 현재의 히로시마현(廣島縣) 다케하라시(竹原市) 다다노우미나카마치(忠海中町)이다. 흔히 다다노우미(忠海)라고 하며, 충해도(忠海島)·단단오미(斷斷吾味)·단다우미(但多于微)라고도 한다.

리를 갔다.

14일[병오]

맑음. 사경(四更)에 배를 출발시켜 도포(韜浦)[133]에서 점심을 먹었다. 도포는 비고슈(備後州)에 속하며 이 역시 정칙(正則)의 관할이다. 절벽 위에 관음사를 지어 두었는데 겨우 한 칸 반 정도였다. 앞에 작은 종을 매달아두고 이것을 치면 뱃사람이 종이로 쌀을 싸서 나무 장대 끝에 묶어 바다에 던지는데, 그러면 중이 내려와서 가져간다. 해시(亥時)에 목로도(木路島)에 도착하였고 일행은 배에서 유숙하였다. 밤에 비가 오고 바람이 불었다. 이날 170리를 갔다.

15일[정미]

아침에 비가 오고 흐림. 순풍이 불어 개항했다. 오후에 개었다. 시모쓰(下津)[134]의 폐성(廢城)을 지나고 우창(牛倉)을 넘어갔다. 유시(酉時)에 실진(室津)[135]에 도착하여 마쓰다이라 구나이쇼후(松平宮內)[136]의 집에서

---

133 도포(韜浦) : 비후주(備後州, 빈고주, 현재의 히로시마현 동부)에 속하고, 현재의 히로시마현(廣島縣) 후쿠야마시(福山市) 도모정(鞆町)이다. 병진(鞆津)·도모노우라(韜浦)라고도 한다.

134 시모쓰(下津) : 에도 시대 때 비젠노쿠니(備前國)에 속하였고, 현재의 가이난시(海南市) 서부 지역에 해당된다.

135 실진(室津, 무로쓰) : 하리마슈(播磨州)에 속하였고, 현재의 효고현(兵庫縣) 다쓰노시(たつの市) 미쓰쵸무로쓰(御津町室津)이다.

136 마쓰다이라 구나이쇼후(松平宮內) : 이케다 다다카쓰(池田忠雄, 1602~1632)을 말한다. 에도 시대 전기 다이묘(大名)로, 이케다 구나이쇼후 다다카쓰(池田宮內少輔忠雄) 혹은 마쓰다이라 다다카쓰(松平忠雄)라고도 한다. 유명(幼名)은 가쓰고로(勝五郎)·신지로(新次郎), 초명(初名)은 다다나가(忠長), 뒤에 다다카쓰(忠雄)로 개명하였다. 관위는 정사위하(正四位下)이며, 히로성(姫路城) 출신이다. 이케다 데루마사(池田輝政)의 차남이다. 게이

묵었다. 구나이쇼후의 이름은 다다나가(忠長)이며 지전삼 좌위문(池田三左衛門)의 막내아들로, 우창 역시 이 사람이 관할하는 곳이다. 우창은 비고슈(肥後州)에 속하고 실진은 하리마슈(播磨州)에 속하며, 모두 도산도(東山道)에 속해 있다.

실진은 이케다 무장(池田武莊)[137]의 관할이었다. 무장이 죽은 뒤 아들 신타로(新太良)[138]가 계승하였는데, 지난달 관백이 국도에 와서 그 군(郡)을 폐하고 사위인 미농수(美濃守)가 대신 맡게 하였다고 한다.

배가 도포(韜浦)에 도착했을 때, 처음에는 상사의 배를 이끄는 것이 마치 관차(館次)에 들어가려는 것 같았다. 그러나 하리마슈의 산병(散兵)들 중에 와 있는 이들이 많다고 알리면서 들어가지 못하게 하고, 이어서 물러나 천수산(泉水山) 아래 정박하게 하였는데, 관차와 멀지 않은 곳이었다. 쓰시마 사람은 접대하고 보호할 준비를 갖추지 못해 잠시 물러나게 한 것이라고 하였지만, 그 실정은 이미 5일치의 군량을 풀었기에 거듭 주고자 하지 않았던 것이었다. 배에서 지공 및 와서 헌납한 물건을 모두 받았고 관사에 들여보내고자 하지 않아 그대로 포로로 잡혀갔던 무리를 심문하였다.

어제 실진(室津)에 도착하였는데 상사의 배는 이미 정박해 있었고 부

초(慶長) 12년(1607, 선조 40)에 마쓰다이라(松平) 성(姓)을 하사받았으며, 게이초 20년(1615, 광해군 7)에 형인 다다쓰구(忠繼)의 자리를 이어 비젠노쿠니(備前國) 강산번(岡山藩) 지전(池田) 송평(松平) 가(家)의 2대 번주가 되었다. 1617년과 1624년 통신사행 때 관반(館伴)의 자격으로 조선사신을 접대하였다.

137 이케다 무장(池田武莊) : 히메지번(姫路藩) 제2대 번주인 이케다 도시타카(池田利隆, 1584~1616)를 말한다.

138 신타로(新太良) : 이케다 미쓰마사(池田光政, 1609~1682)을 말한다. 이케다 신타로 미쓰마사(池田新太郎光政)라고도 한다. 초명(初名)은 요시타카(幸隆), 뒤에 미쓰마사(光政)로 개명, 통칭은 신타로(新太郎)이다.

선(副船)은 중도에 닻을 내려 정박하고 있었기 때문에 들어가지 않았다. 시게오키가 사람을 보내 들어오길 청하였고 상사도 군관 유대정(柳大靜)을 보내 맞이하였다. 군관 안경복(安景福)을 보내 도포에서 일부러 물러났던 이유를 알렸는데, 잠시 뒤 내정(內政)도 와서 청하여서 배를 돌려 관차로 내려갔다. 이날 200리를 갔다.

16일[무신]

아침에 배를 출발시켰는데, 바람이 없어 각기 작은 배 7척으로 끌면서 갔다. 초경(初更)에 비를 무릅쓰고 효고(兵庫)[139]에 도착했다. 밤 이경(二更)에 바람이 꽤 사나워져 배가 몹시 흔들렸다. 상사가 먼저 언덕의 촌가로 내려가고, 우리 일행도 이어서 가서 편안히 자고 지나갔다. 이날 180리를 갔다.

효고는 셋쓰슈(攝津州)[140]에 속하는데, 도쿠가와 히데타다(秀忠)가 사적으로 수입을 보관하는 곳이며, 이곳을 맡아 관리하는 사람은 편동(片桐)이라 이름하는 자였다.

17일[기유]

아침에 흐림. 지공을 받아서 먹은 뒤 도주가 가기를 청하여 배를 출발시켜 2,3리를 채 못 갔는데 바람에 방해를 받아 협포(脅浦)에 정박하였다. 유시(酉時)에 배를 출발시켜 강어귀 노옥촌(蘆屋村)의 해변에 도

---

139 효고(兵庫) : 셋쓰슈(攝津州)에 속하고, 현재의 효고현(兵庫縣) 고베시(神戶市) 효고쿠(兵庫區) 효고정(兵庫町)으로, 고베항(神戶港)이 인접한 항구도시다.

140 셋쓰슈(攝津州) : 현재의 오사카후(大阪府) 북중부(北中部) 및 효고현(兵庫縣) 고베시(神戶市) 스마쿠(須磨區)로부터 동쪽 지역이다.

착하여, 배에서 유숙하였다. 계빈(界濱)은 해변 건너편에 있는데, 김학봉(金鶴峰)과 황윤길(黃允吉)[141]이 정박했던 곳이다.

18일[경술]

아침에 비가 흩뿌림. 아침 식사 때 조수를 타고 노를 재촉하여 점포(店浦)에 도착했다. 작은 배로 갈아타고 5개의 판교를 지나 대판성(大板城) 밖에 도착하여 대어당(大御堂)에서 유숙하였다. 5교는 첫 번째는 토좌(土佐), 두 번째는 월중(越中), 세 번째는 축전(筑前), 네 번째는 삼좌(三佐), 다섯 번째는 비후(肥後)라고 한다. 배가 다리 밑으로 지나갔다.

대어당은 일향종불사(日向宗佛寺)의 명칭이다. 대판성은 송평하총(松平下摠)이 주관하는 곳으로, 하총은 이에야스(家康)의 손자이자 히데타다(秀忠)의 족질이다.

지대관은 이천(利川)[142]의 소관인 소택 청병위(小澤淸兵衛), 장천 좌병위(長川左兵衛), 말손 좌위문(末孫左衛門) 세 관리였다. 저녁밥을 올리고, 하총(下摠)이 대절(大折) 각 하나, 술 각 5통, 닭 각 10마리를 바쳤다. 절(折)은 흰 얇은 판으로 고족(高足)을 장식한 합(榼) 모양으로, 떡, 과일, 잡물을 담는 그릇이다. 세 지대관이 절(折) 각 하나씩을 바쳤다.

대판은 섭진주에 속한다. 강을 끼고 10여 리에 여염집과 잡물들이 즐비하고 배들이 비늘처럼 이어져있으니, 인가의 번성함과 시전의 부유

---

141 김학봉(金鶴峰)과 황윤길(黃允吉) : 원문에는 "김도봉(金島峰), 황회원(黃會元)"으로 되어 있다. 그러나 1590년(선조 23) 통신 정사, 부사로 일본에 다녀왔던 사람은 학봉(鶴峯) 김성일(金誠一)과 우송당(友松堂) 황윤길(黃允吉)이다. 기록하는 때에 오류가 있었던 듯하다. 이에 바로잡아 번역하였다. 『宣祖實錄 宣祖21年 11月 18日』

142 이천(利川) : 원문에 이천(利川)으로 되어 있으나, 이경직의 『부상록』과 사행 경로를 고려해볼 때 화천(和泉)의 오기로 보인다.

함이 비할 바가 없었다.

19일[신해]

아침에 흐림. 아침 식사 때 출발하여 정포(淀浦)[143]를 향해 가려고 했는데, 비가 와서 행차를 멈추었다.

20일[임자]

아침에 배가 출발하여, 대판성을 지나 신천만(新天滿), 구천만(舊天滿) 두 다리를 지났다. 50리를 가서 평방(平方)[144]에 이르렀는데, 속명은 피라가다(皮羅可多)로 하내주(河內州) 지방이다. 점심 지응관인 소하 대화수(小河大和守)와 내등 기이수(內藤記伊守)가 알현하길 청하고서 예를 행하였다. 다시 와서 배를 출발시켜 40리를 가서, 초경(初更)에 정포(淀浦)에 이르렀다. 상사가 통역관이 미리 통역해서 등불을 달고 점등하지 않은 일로 최의길(崔義吉), 강우성(姜遇聖)[145] 두 통역관을 불러 힐책하였다. 지대관인 본촌의 총위문(總衛門), 시위문(市衛門), 죽암(竹菴)이 알현하길 청하고서 예를 행하였다. 상야수(上野守)가 황목호조(荒木虎助)를 보내어 사신 등의 성명을 쓰고서 떠났다. 정포는 야마시로슈(山城州)에 속하고, 정포의 속명은 요하도(要下道)이다. 관차(館次)에서

---

143 정포(淀浦, 요도우라) : 에도 시대 야마시로국(山城國)에 속하였고, 현재의 교토부(京都府) 교토시(京都市) 후시미쿠(伏見區) 요도혼정(淀本町)이다.

144 평방(平方) : 히라가타(枚方)의 이칭이다. 현재의 오사카부(大阪府) 기타가와치(北河內) 지역으로 교토부(京都府)·나라현(奈良縣)과의 경계에 있다.

145 강우성(姜遇聖) : 본래는 강우성(康遇聖)이다. 책의 앞머리에 실려 있는 사행 인원 명단에도 "강(姜)"이라고 했다가 지운 흔적이 보이는데, 착오가 있었던 듯하다.

하숙하였다.

21일[계축]

맑음. 가마를 타고 10리쯤 가서 동사(東寺)에 도착했다. 관대(冠帶)를 갖추고 가서 신시(申時)에 대덕사(大德寺)에 도착했다. 가랑비가 먼지를 씻어냈다. 관백이 본전 상야수(本田上野守)를 보내 안부를 물었는데, 그가 곧 집정(執政)[146]이라고 하였다. 판창 이하수(板倉伊賀守)도 함께 알현했다. 이른바 판창(板倉)은 바로 국도(國都)를 관장해 다스리는 관리로 본전(本田)과 대등한데, 더 연로하다고 해서 오른쪽 자리에 있었다. 사신이 말하기를,

"사신 등이 무사히 여기에 도착한 것은 곡진히 비호해 주었기 때문입니다. 또 성 안에 들어와 장군께서 무사히 와서 머물고 계시다는 소식을 들었으니, 실로 몹시 기쁘고 다행스럽습니다."

하고, 또 말하기를,

"우리나라가 200년 동안 옛 우호를 폐하지 않았는데, 임진년(1592, 선조 25) 맹약을 무너뜨려 하늘이 그 악을 두텁게 만들었습니다. 그런데 다행이도 선 장군[147]이 의(義)를 일으켜 탕멸하여서, 하였던 일을 되돌렸습니다. 그러므로 우리 전하께서 다시 사신을 보내어 부지런하고

---

146 집정(執政) : 일반적으로는 정사를 집행하는 것 또는 정사를 집행하는 자나 그 관직을 가리키는 용어이지만, 에도 시대에는 관용적으로 막부의 노중이나 번의 가로의 별칭으로 사용되었다. 집정의 직무는 조정을 인정하고 번주(藩主)를 도와 번의 정사를 총괄하는 것이었다. 정원은 정해진 것 없이 번주가 임명하는 데 따랐으나, 정부는 문벌에 관계없이 인재를 등용할 것을 지시했고, 이에 따른 인재 선발 및 퇴출에 관련해서는 태정관(太政官)에 보고하는 것을 의무로 했다.

147 선 장군 : 도쿠가와 이에야스(德川家康)를 말한다.

간절한 뜻에 보답하게 된 것이니, 실로 우연한 일이 아닙니다."
하니, 상야가 말하기를,
"조선에서 성신(誠信)으로 관계를 맺는다면, 교린의 우호의 뜻을 지킬 수 있을 것입니다."
하였다. 답하기를,
"우리나라는 예의로 나라를 다스리고 있으니, 교린의 성신(誠信)의 뜻을 어찌 조금이라도 무너뜨리겠습니까."
하니, 상야(上野)가 다시 말하자,[148] 종사가 말하기를,
"만약 성신(誠信)으로 서로 사귄다면 다행일 것입니다."
하고, 부사가 답하기를,
"국가는 본래 예의로 나라를 다스리는 법이니, 어찌 예의를 숭상하면서 성신을 버리는 경우가 있겠습니까. 본래 상야(上野)의 부지런한 가르침을 기다릴 필요가 없는 것입니다."
하였다. 파하고 나와서 영외(楹外)에서 전송했다. 관백이 특별히 집정과 상야 등에게 관대를 보내주었다. 비를 무릅쓰고 왔으니, 예우하려는 뜻이 분명했다. 도주와 시게오키 무리가 상야와 판전 앞에서 분주히 다녔고, 유사와 사환(使喚)들이 저녁에 지공을 바쳤는데, 비단을 잘라 소나무, 거북섬 등을 만들어서 책상 앞에 진열해두었다.

22일[갑인]

맑음. 대덕사에 머물렀다. 절의 동쪽가로 거처를 옮겼다. 저녁에 절

---

148 상야(上野)가 다시 말하자 : 이 부분은 원문에 판독하기 어려운 글자가 있어 우선 이렇게 번역해두었다.

뒤의 사찰들을 유람했다.

23일[을묘]

맑음. 대덕사에 머물렀다. 왜인이 된 충원(忠原 충주) 사람으로 안대인(安大仁)이라는 자가 와서 알현했다. 도주와 부젠(豊前)이 26일에 명을 전할 일로 와서 고하였다. 집정이 예물을 보냈다.

24일[병진]

맑음. 대덕사에 머물렀다.

25일[정사]

맑음. 대덕사에 머물렀다.

26일[무오]

맑음. 아침 일찍 출발하여 국서를 가지고 관백이 있는 곳을 갔는데, 곧 복견성(伏見城)이었다. 대덕사와 30여 리 거리이다. 국도의 시정(市井)을 지나갔는데, 구경하는 사람들이 담처럼 늘어서 있었다. 처음 성 밖에 도착하자 대관(大官)과 쓰시마 도주 무리가 모두 말에서 내려 들어가기에 군관들이 말에서 내릴지를 물었더니, 그곳에서 내리기 이전이라면 성문에서 내리게 한다고 했다. 세 사신이 이로 인해 가마를 받들고 차례로 외성을 들어가고 또 문 하나를 지나 내문 바깥에 이르러서 가마에서 내려 들어갔다. 왜인이 관문 안에는 검과 창을 가지고 들어갈 수 없으므로 월(鉞)을 버릴 것을 청하기에 절(節)만 가지고 따라가서 관청에 이르렀다. 상야(上野)와 판창 이하수(板倉伊賀守)가 모두 맞이하여

읍하였고, 사신 등도 답읍하였다. 서청(西廳)에 앉아, 위로 국서를 기울여서 전하자 시게오키가 가지고 들어가 관백에게 바쳤다. 잠시 뒤에 사신을 인도해 중청(中廳)[바로 66주의 장관들이 앉은 곳이다.]을 지나서 정청(正廳)에 들어갔다. 관백이 청상(廳上)에 앉았는데, 하청(下廳)보다 겨우 반자쯤 높았다. 사신 등이 영내(楹內)의 청(廳) 안에 들어와 관백을 향해 사배례(四拜禮)를 하였다. 잠시 물러나 서 있다가, 동벽에 앉아 서쪽을 향하게 하였다. 다음으로는 두 동지(同知)와 영내의 통사(通事), 상통사(上通事), 군관, 이안농(李安農)과 김적(金適) 등이 모두 사배례를 하였다. 상통사 이하로는 영외(楹外)에서, 그 다음으로 하인들은 뜰에서 예를 행했다.

관백 앞에는 한명도 시중드는 사람이 없이 오직 본전, 판창이 있었고, 또 말을 전할 대택 소장(大澤小將) 한 사람, 도주, 시게오키 무리는 모두 영외의 서편에 있었으며, 66주의 장관들이 중청(中廳)을 가득 채우고 앉아 있었는데, 관백이 보지 못하는 곳이었다. 남쪽 난간에는 호표(虎豹) 가죽을 걸어서 진열하였고, 동쪽 기둥에는 문단(文段)과 인삼 등의 물건을 진열하였는데, 모두 종이로 싸두었다. 너비는 반 칸 남짓, 길이는 7,8칸쯤이었으며 빈 곳이 없었다. 관백이 말을 전할 사람을 불러서 치사하기를,

"시대에 드물게 있는 행차가 마침 오늘에 이르렀으니, 기쁘고 위안되는 마음을 이기지 못하겠습니다."

하니, 사신 등이 말하기를,

"이백 년 동안 우호를 다진 의리가 임진년에 무너졌었습니다. 지금 옛 우호를 회복하니, 우리 사신들도 몹시 기쁩니다."

하였다. 관백이 듣고 기뻐하는 기색이 있었다. 이어서 동남영(東南楹)

으로 내려와 발을 걸어두고, 곧 도금한 다리가 있는 모난 통 안을 올려서 그 안에 인복(引鰒) 한 그릇과 밤 한 그릇, 찬 한 그릇을 진열하고 다음으로 꿀을 섞은 두말병(豆末餠)과 잡찬(雜饌) 한 쟁반을 바쳤다. 모두 도금한 넓은 토기잔으로 두어서 술을 마셨는데, 관백이 도금한 술잔을 잡자 따라주는 것을 받아 술을 올리는 사람이 술 담은 그릇을 들어서 부어주었다. 관백이 당겨서 약간 마시고, 다음으로 상사가 마셨고, 차례대로 내려가며 모두 손으로 토기잔을 잡아 따라주는 것을 받아 마셨다. 또 쟁반과 같은데 넓고 길쭉하면서 양쪽 끝이 조금씩 줄어드는 금판을 올려, 관백 앞에 바쳤다. 소나무, 골짜기, 동자, 거북섬을 만들어 쟁반에 나열해두었고, 도금한 넓은 토기잔을 한쪽 가에 두었다. 관백이 손으로 잡아 따라주는 것을 받아 마시고, 이어서 상사의 앞에 쟁반을 내려놓고 마시기를 권했다. 상사가 자리에서 나아가 마시고, 물러나 앉았다. 관백이 다시 한 잔을 더 청하자, 상사가 또 마시고 물러나서 앉았다. 다음에는 부사, 그 다음에는 종사관이 모두 앞의 예(禮)와 같이 했는데, 다만 잔을 돌릴 때에 각각 올린 화반(花盤)을 모두 다른 색으로 하게 하였다. 부사 앞에는 복숭아나무 세 개 아래 암석 등의 물건이 있었고, 종사 앞에는 은 잎과 포도가 있었다.

예를 마치고 사신 등이 사배례를 행하자 관백이 즉시 일어나 들어오면서,

"오래 앉아계시느라 피로하실까 염려됩니다."

하였다. 준하수(駿河守), 미장수(尾張守)는 나이가 18,19세 정도 되는 자들이었다. 이어서 두 아우로 하여금 마주해 밥을 먹고 술자리를 가지게 하였는데, 상을 거둔 뒤에 즉시 인사하고 나왔다. 집정에게 서서 이야기하기를,

"즉시 수호를 위해 쇄환하는 일을 힘써 도모해주시길 바랍니다. 그렇지 않으면 어찌 신의(信義)가 있는 것이겠습니까?"
하니, 집정과 판전 등이 말하기를,
"마땅히 힘써서 행할 것입니다."
하였다. 본전(本田), 상야(上野), 아악(雅樂) 등 두세 사람이 또 뜰에 내려와 사신을 전송하였고, 사신들은 다시 치사하는 말을 전했다. 집정 등이 말하기를,
"전적으로 믿으십시오, 믿으십시오."
하였다. 즉시 문을 나와 가마를 타고 가다가 중도에 이르렀는데 불사가 있었다. 시게오키가 먼저 간소한 밥상을 올렸고, 관백이 또 사자(使者)로 송평우문(松平右門), 이단목조(伊丹木助) 두 사람을 보내 이어서 찬반(饌盤)과 반구(飯具)를 올렸다. 또 하인들에게도 밥을 먹였는데, 각각 크기가 공만 한 끈끈한 밥덩이와 염채(鹽菜) 한 그릇, 술 한 대발(大鉢)을 먹였고, 곧 그치고 나왔다. 관백 앞에 찬을 올린 사람은 모두 장삼(長衫)과 같은 붉은 무늬 비단을 입었는데, 만석(萬石)의 녹을 받는 사람이라 한다.

대불사(大佛寺)는 복견성 서쪽 17,18리에 있다. 불당과 동량(棟樑)을 모두 합목(合木)으로 만들고, 중간에 철로 둘러쌌는데, 인정전(仁政殿)에 비할 만하지만 너비는 그 배가 되고 높이 역시 그보다 더하다. 양쪽 가에 월랑(越廊)이 있는데, 월랑의 사이는 인정전의 배가 된다. 히데요시(秀吉)가 창건한 것인데 중간에 화재를 입었다가, 히데요리(守賴)가 다시 만들었다. 불상이 몹시 커서 손가락이 큰 서까래만 하니, 다른 것은 미루어 알 수 있다. 혹자는 이에야스(家康)가 히데요리의 물력(物力)을 다하게 하고자 몰래 불을 낸 것이라고 한다. 불사의 앞에는 작은

언덕을 쌓았는데, 모두 우리나라 사람들의 귀와 코를 베어내 묻은 곳이라고 한다. 불상은 관음이라 한다.

27일[기미]

맑음. 박대근, 최의길을 보내 집정에게 가서 사사로이 보내는 예물을 전달하였다.

본전 상야수(本田上野守), 토정 대취공(土井大炊公), 안등 대마수(安藤代馬守), 주정 아악(酒井雅樂), 판창 이하수(板倉伊賀守) 오봉행(五奉行)[149]에게는 호피 각 2장, 화문석 각 5장, 인삼 각 2근, 흰 명주 각 5필, 흰 모시 각 5필을 보냈다.

전장로(田長老)로 문서를 관장하는 중에게는 잣[松子] 10말, 황필(黃筆) 50매, 인삼 1근, 원선(圓扇) 10자루, 진묵(眞墨) 20홀을 보냈다.

대택 소장(大澤小將)에게는 금채단(錦綵段) 2필을 보냈는데, 쓰시마 도주가 스스로 마련해 지급하였다.

미장수(尾張守) 중납언(中納言), 준하수(駿河守) 중납언에게는 호표(虎豹) 가죽 각 2장, 황필 각 100자루, 먹[墨] 각 30대, 미선(尾扇) 각 10자루를 보냈다.

박대근이 집정을 만나 사사로이 전하는 예물을 전달하였는데, 상야가 말하기를,

"여러 관원들이 흩어져 있는데, 혼자 받는 것이 합당치 않습니다. 우선 시게오키의 하인에게 맡겨두고 회의하여 영수(領收)하겠습니다."

---

149 오봉행(五奉行) : 일본의 직명으로, 풍신(豊臣) 정권의 정무를 분장한 5명의 봉행(奉行)을 말한다. 오대로(五大老)라고도 한다.

하고, 또 말하기를,

"오늘 천황의 부친께서 훙서(薨逝)하여 관백이 나오지 못했기에 쇄환하는 일을 품정(稟定)하지 못했습니다. 후일을 기다려 알리도록 하겠습니다."

라고 하였다고 한다. 이경(二更)쯤 시게오키와 박대근이 돌아왔다.

28일[경신]

새벽에 비가 내리고 종일 흐림. 안등(安藤)과 쓰시마 도주가 하정(下程)[150]으로 술 6통, 염안(鹽鴈 절인 기러기) 5마리, 장어(長魚) 1토막, 건어 30미를 보냈다. 토정 대취(土井大炊)는 하정으로 술 20통, 건면 100사리, 인복(引鰒) 100묶음, 건방(乾魴 말린 방어) 30미를 보냈다. 주정 아악(酒井雅樂)은 하정으로 술 20통, 건면 5상자, 건비(乾糒 건량) 100묶음을 보냈다.

밤 이경(二更)에 격군이 왜인과 싸웠다. 상사가 군관 우상중(禹尙中)으로 하여금 왜인과 싸운 자를 잡아오게 하였는데, 이선(二船)의 격군인 복동(福同) 최두봉(崔斗鳳)이었다. 왜인이 검을 뽑아 복동의 왼팔을 찔렀고, 또 김해 사람인 상선의 격군을 구타하여 머리가 깨지는 지경에 이르렀다. 널빤지 창을 격파하고 사자관 엄대인(嚴大仁)의 침소에 들어가자 엄대인이 놀라고 두려워 어찌할 바를 모르고 다만 "상관, 상관!"이라고 하였다. 사람들 중에 저지하는 이가 없었고, 이불을 뒤집어쓰고 누워서 시끄럽게 떠들며 두려워하며 동요했다. 당초 통하지 않는 말로 서로 힐책하다가 이 지경에 이르렀으니, 왜인들의 성품이 남보다

150 하정(下程) : 전별할 때 주는 예물을 말한다.

조급하고 이상한 것이 이와 같다.

29일[신유]

간혹 흐리거나 비. 복동(福同)에게 볼기 40대를 쳤고 두봉(斗鳳)에게 기세를 북돋았다는 자를 장 20대를 쳤다. 정의일(鄭義一)은 소리를 높여 왜인을 질타하여 분란의 실마리를 만들었기에 장 20대를 쳤다. 분노한 왜인들의 크고 작은 칼들을 빼앗은 이에게 상으로 목(木) 1필을 주었다. 만약 칼을 빼앗지 않았다면 필시 분노로 인해 찔러 죽이는 우환이 있었을 것이다.

시게오키가 집정이 있는 곳에 가서 쇄환 등의 일을 듣고 왔다. 이함일(李涵一)의 아우가 떡 3그릇을 바쳤다. 함안(咸安)의 교생(校生)이던 하종해(河宗海)가 와서 알현하고 돌아가기를 청하였다.

30일[임술]

흐림. 절의 본승(本僧)인 종청(宗淸)이 감 15개를 가지고 와서 알현했다. 부젠(豊前)이 검을 잡아든 왜인을 참수하겠다고 청하였는데 만류하였다.

상사에게 바치고, 아울러 종사에게 차운해 줄 것을 청하다
[奉呈上使兼叩從事辱次]

바다 밖 여관에서	旅館重溟外
생각 잠겨 읊조리며 황혼녘에 이르렀네.	沉吟至日曛
나의 행차 어찌 이리 아득한가.	我行何杳杳
절서만 절로 흘러가네.	時序自沄沄

흰머리 가을비에 생겨나고, 白髮生秋雨
오산(烏山)은 바다 구름에 막혀있네. 烏山隔海雲
상가(商歌)[151]가 이역에 임하니, 商歌臨異域
처량하고 구슬퍼 듣지 못하겠구나. 悽惋不堪聞
[오산(烏山)은 선산의 묘소가 있는 곳이다.]

종사가 차운하다[從事次]

객지에서 절서에 놀라니, 客裏驚時序
가을 숲 저녁 해를 띠고 있네. 秋林帶夕曛
서(西)로 가는 해는 차츰차츰 지나고 西流光冉冉
동(東)으로 가는 물은 넘실넘실 흐르네. 東去水沄沄
어버이 그리워 눈물을 뿌리겠고, 幾洒思親淚
아우를 생각하며 부질없이 구름만 보네. 空看億弟雲
상심함에 이곳은 어디인가. 傷心何處是
기러기 소리 먼저 들려오네. 鳴鴈最先聞

감당사(甘棠寺)의 승려 종청(宗清)에게 준 절구[贈甘棠寺僧宗清絶句]

방장실(方丈室)에 맑은 향 가득하고, 方丈淸杳矗
빈 뜰에 녹죽만 우거졌네. 空庭綠竹猗

151 상가(商歌) : 비통한 음조의 노래로 진(晉)나라 영척(寗戚)이 소를 먹이면서 부르던 노래를 말한다. 영척 이 제 환공(齊桓公)에게 벼슬을 구하고자 하였지만 곤궁하여 환공을 면회할 길이 없자, 상려(商旅)가 되어 제나라에 들어가 소를 먹이면서 소뿔을 두드리며 상가를 슬피 부르니, 환공이 그 소리를 듣고 이상히 여겨 그를 데려오게 해서 등용하였다는 고사가 있다. 『淮南子 道應訓』

부들방석에 햇빛 고요하고,	蒲團白日靜
새는 소나무 가지에 그윽이 앉았네.	幽鳥在松枝

9월

초1일[계해]

맑음. 대덕사에 머물렀다. 내정(內政)이 서계를 완료할 일로 관백이 있는 곳에 갔다. 승려 종방(宗方)이 와서 알현하였다. 쓰시마로부터 배를 나란히 하고 왔다가 돛을 내린 뒤로는 전혀 와서 안부를 묻지 않더니 지금에야 와서 알현한 것인데, 그 까닭을 알지 못하겠다. 만나지 못했을 때 읊은 절구 한 수를 주었다.

오랫동안 만나지 못하는 동안,	不見手容久
가을 회포에 정히 시름겨웠네.	秋懷正悄然
돛 내린 포구의 저녁에	風帆落浦夕
어느 곳이 흰 구름[152] 가인가.	何處白雲邊

152 흰 구름 : 어버이가 계신 곳을 가리킨다. 당(唐)나라 때 적인걸(狄仁傑)이 병주 법조참군(并州法曹參軍)으로 나가 있을 적에 하양(河陽)에 있는 어버이가 그리워 태항산(太行山)에 올라가 하양을 돌아보다가 흰 구름이 외로이 나는 것을 보고는 "우리 어버이가 저 밑에 계신다.[吾親所居, 在此雲下.]"라고 하고, 한참 동안 슬피 바라보다가 구름이 사라진 뒤에야 갔다고 한 데서 온 말이다. 『舊唐書 卷89 狄仁傑列傳』

우연히 읊다. 상사에게 드리고 아울러 종사관에게도 보이다. [偶吟呈上使兼示從事官]

백주(白酒) 빚는 국화 피는 절기에,	白酒黃花節
서쪽 바람 불어 이슬 차갑구나.	金風玉露寒
타향에서 오랫동안 나그네 되니,	異鄕爲客久
바다 건너에서 책 보기 어렵구나.	重海見書難
외로운 기러기는 늦가을에 놀라고,	獨鴈驚秋晩
우는 귀뚜라미 밤이 다함을 슬퍼하네.	鳴蛩弔夜闌
이 한 몸에 온갖 병 모여 있지만,	一身叢萬病
그래도 일편단심 지녔다오.	猶抱寸心丹

모래사장의 닭은 이슬을 겁내고,	沙鷄泣露怯
낙엽은 찬 가지와 이별하네.	落葉辭寒枝
한밤중 외로운 이불 차갑고,	夜半孤衾冷
빈방에는 바람만 휘장을 치고 있네.	空堂風打帷

가을바람 만 리에 불어오니,	秋風颯萬里
귀뚜라미 울음소리 어찌 그리 애달픈가.	蟋蟀鳴何哀
새벽 등불에 촛농 떨어지고,	曉燭殘花落
서리 내린 하늘엔 기러기만 빙빙 도네.	霜空孤雁廻

상사에게 올린 편지[上上使書]

쇄환(刷還)하는 일은 쓰시마에만 전적으로 맡겨서는 안 됩니다. 오늘 통역관을 보내 그 조약을 봉납하고 오게 하는 것이 어떻겠습니까?

초2일[갑자]

맑음. 바람이 처음 차가워져, 유의(襦衣)를 덧입었다. 대덕사에 머물렀다.

상사의 시[上使韻]

금병풍 여섯 면으로 열리니	金屛開六面
여섯 면 연이은 기러기 그림 청신하도다.	颯爽六連鴈
묵화에 서린 정신 오히려 성대하고,	粉墨神猶旺
건곤의 기세 치솟으려 하네.	乾坤勢欲騰
빠르기는 천리마와 맞먹고,	疾禁千里馬
위세는 하늘의 붕새도 두렵게 하네.	威攝九霄鵬
어찌하여 나란히 매여서	如何齊見縶
여우와 토끼에게 마구 침범당하는가.	狐兎任憑陵

종사관의 시[從事官韻]

빼어난 기운 지닌 굳센 근골을 보니,	神俊看秋骨
금병풍에 여섯 기러기 그렸구나.	金屛畵六鴈
여러 색 실로 마구 고삐 매어,	絛絲任羈紲
구름 낀 하늘에 솟구쳐 오르지 못했네.	雲海失飛騰
달려가 쫓음에 토끼 귀속시키길 생각하고,	馳逐思歸兎
솟구쳐 오름에 붕새가 되기를 탐내네.	扶搖羨化鵬
번갯불 눈 두는 곳마다 따라오니,	電光隨轉目
의기가 높은 언덕에 있는 듯하도다.	意氣在高陵

상사의 시에 차운하다[次上使韻]

구름 걷힌 듯한 병풍 여섯 굽이에	雲開屛六曲
하나하나 가을 기러기 그렸네.	一一畵秋鴈
기세 하늘에 닿을 듯 솟아오르고,	勢落衝天狃
마음은 안개를 헤치고 오를 듯.	心如割霧騰
여풍(餘風)은 그래도 토끼를 습격할 수 있지만,	餘風猶襲兎
어느 때에야 붕새를 잡으려오.	何日似搏鵬
혹 세찬 가을바람 일어나면,	倘遇金飆動
도리어 높은 언덕에 올랐는가 의심하네.	還疑隮九陵

[『주역』의 “높은 언덕에 오르다.[隮于九陵]”는 구절을 인용한 것이다.]

종사관의 시에 차운하다[次從事官韻]

번쩍이는 눈에 금빛 정기 일어나니,	電目金精動
은 병풍 여섯 개의 기러기로다.	銀屛六箇鴈
누가 만 리 날아가는 깃을 얽어매어,	誰纆萬里翮
하늘에 오르는 것을 끌어왔는가.	却掣九霄騰
준걸의 기운은 여우와 토끼 놀라게 하고,	俊氣驚狐兎
여풍(餘風)은 악어와 붕새를 진동시킨다.	餘風振鶚鵬
옥색 실이 시렁 위에 밝으니,	玉絛明畵架
흡사 가을 언덕에 있는 듯하다.	爭似在秋陵

상사가 차운한 시[上使所次]

올 때에 습하고 더운 기운 심하고,	來時瘴霧濕

날마다 풍랑이 차가웠네. 日日風濤寒
왕조의 위엄 떨치기만 바랄 뿐이니, 只願王靈振
행로(行路)의 어려움을 어찌 논하랴. 寧論行路難
종소리 울리니 밤은 벌써 깊었고 鐘鳴宵欲半
낙엽 지니 한 해도 끝나가는구나. 葉落歲將闌
상 앞 촛불을 홀로 대하니 獨對床前燭
분명하게 일편단심을 징험하네. 昭昭征寸丹

종소리 그친 절집의 저녁 鐘盡梵宮夕
바람은 소나무 가지에 일어나네. 風生松樹枝
나그네 몸으로 어찌 잠들리오. 旅床那得睡
찬 기운 겹 휘장에 스며들도다. 寒氣透重帷
이슬이 축축한데 가을벌레 울어대고, 露濕寒螿咽
바람 드높은데 돌아가는 기러기 애처롭다. 風高歸雁哀
한 해가 문득 저물어 버렸는데, 年光忽已晚
나그네는 어느 때에야 돌아가려나. 客子幾時廻

종사가 차운한 시 [從事次韻]

가을이 저물어 가는 절서에, 節序三秋暮
서늘한 바람 불어 9월 날씨 차구나. 凉風九月寒
길은 창해(滄海)를 따라 트였는데, 路從滄海闊
꿈에 고향에 이르기는 어려워라. 夢到故鄉難
행역(行役)으로 몸은 늙어가고, 行役身將老
공명(功名)의 흥은 이미 다하였네. 功名興已蘭

오랑캐 땅에서 제각각 노력하니, 蠻鄉各努力
마음만은 임금 그리며 붉었도다. 心爲戀君丹

이슬은 시든 풀에 맺혀있고, 白露凋衰草
국화는 저물녘 가지에 피었네. 黃花着晩枝
근심스레 심사가 고달픈데, 悄然心思苦
적막한 관사는 휘장만 가려 두었네. 虛館掩羅帷

가을을 만남에 송옥(宋玉)의 한이요,[153] 逢秋宋玉恨
고국을 떠남에 중선(仲宣)의 슬픔일세.[154] 去國仲宣哀
양 귀밑머리 세었음에 놀라니, 雙鬢驚華髮
외로운 배는 어느 날에야 돌아가려나. 孤槎幾日回

대덕사 승려 종전(宗全)의 시에 차운하다[次大德寺僧人宗全]

차가운 달빛과 서리 새벽하늘에 가득하니, 苦月嚴霜滿曉天
이향의 풍물이 더욱 쓸쓸하구나. 異鄉風物轉蕭然

---

153 가을을 ~ 한이요 : 가을의 쓸쓸한 정경을 보고 이를 시로 읊었던 초(楚)나라의 시인 송옥(宋玉)을 떠올린 것이다. 그가 지은 〈구변(九辯)〉 첫머리에 "슬프도다, 가을의 절기여. 음산하고 거센 바람에 초목은 낙엽이 져 쇠퇴하였네.[悲哉秋之爲氣也! 蕭瑟兮, 草木搖落而變衰.]"라고 하였다. 『楚辭 九辯』

154 고국을 ~ 슬픔일세 : 고국을 떠나 타향에 와 있으면서 고향을 그리워했던 후한(後漢) 말 위(魏)나라 왕찬(王粲)을 떠올린 것이다. 중선(仲宣)은 왕찬의 자(字)이다. 왕찬이 동탁(董卓)의 난리를 피하여 형주(荊州)의 유표(劉表)에게 가서 몸을 의탁하고 있을 적에, 유표에게 후한 대우를 받지 못한 채 불우한 세월을 보내다가, 고향 생각이 절실해지자 강릉(江陵)의 성루(城樓)에 올라가서 고향 하늘을 바라보며 〈등루부(登樓賦)〉를 지은 고사가 전한다. 『三國志 卷21 魏書 王粲傳』

황화(黃化)와 녹주(綠酒)를 주관하는 이 없으니, 黃花綠酒無人管
가절(佳節)에 도리어 백발의 나이만 한탄하네. 佳節還嗟白髮年

승려 종완(宗元)의 시에 차운하다[次僧人宗元]

큰 바다 바람 부는 파도가 아득히 하늘에 닿는데, 鯨海風濤渺接天
역매(驛梅)를 누가 보내 한 가지 봄소식 전했나.[155] 驛梅誰遣一枝傳
선사 만나 지금 맑은 담화 열리니, 逢師卽今開淸話
이역에 하루가 한 해 같던 심사를 다소 위로하네. 少慰殊方日似年

초3일[을축]

맑음. 대덕사에 머물렀다. 이함일(李涵一)의 아우에게 목(木) 1필을 주고 밥을 먹여주었다.

초4일[병인]

맑음. 절 뒤 작은 사찰의 인장로(璘長老)라 칭하는 승려가 양색 떡 각 1절을 보내주었다.

초5일[정묘]

오전에 맑다가 오후에 흐림. 관백이 본전 상야(本田上野)와 판창(板倉)을 보내 삼사에게 은전 각 2150근과 금병풍 각 10면을 보내주었는

---

155 역매(驛梅)를 ~ 전했나 : 남조(南朝) 송(宋)나라의 육개(陸凱)가 강남에 있을 때 교분이 두터웠던 범엽(范曄)에게 매화 한 가지를 부치면서, "매화를 꺾다 역사를 만났기에 농두사는 그대에게 부치오. 강남에는 아무것도 없어 애오라지 한 가지 봄을 보낸다오.[折梅逢驛使, 寄與隴頭人. 江南無所有, 聊贈一枝春.]"라는 시를 함께 부친 데서 유래한 표현이다.

데, 사양하여 받지 않고 봉한 것도 자르지 않은 채 모두 쓰시마 도주에게 맡겨 처리하게 하였다. 두 동지(同知)에게는 각 800냥, 중관은 37냥과 각 70여 냥, 노비 및 격군들에게는 동전 1000관을 나누어 주었다고 한다.

상사의 시에 차운하다[次上使韻]

아득히 장사(張槎)[156]로 바다를 건너오니,	縹緲張槎跨海來
문득 나그네 길에 가절(佳節)이 돌아왔음에 놀라네.	忽驚佳節客中回
새벽에 뜰 대나무는 서쪽 바람에 부딪혀 움직이고,	庭筠曉戛金風動
아침에 정원의 국화는 이슬 머금고 피어나네.	園菊朝含玉露開
귀밑머리 성글어져 거울 속 모습 쇠잔하고,	危鬢蕭蕭凋碧鏡
엷은 구름 아득히 푸른 이끼를 덮었네.	輕陰漠漠鎖蒼苔
지난해 술 가지고 시 읊으며 지나던 곳에	去年携酒行吟地
갈매기 떼 부질없이 옛 낚싯대 위를 날고 있으리.	鷗鷺空飛舊釣臺

초6일[무진]

대덕사에 머물렀다. 준하수(駿河守)와 미장수(尾張守)의 두 중납언이 회례(回禮)로 은자 200정(錠)을 보내주었다. 1정(錠)은 4냥 3전이니, 합하면 860냥이다. 20묶음을 봉하여 돌려보냈다.

156 장사(張槎) : 장건(張騫)의 뗏목이라는 말로, 사신의 배를 뜻한다. 한무제(漢武帝) 때에 장건이 뗏목을 타고 은하수까지 갔다가 되돌아왔다는 전설에서 유래한 것이다.

초7일[기사]

맑음. 대덕사에 머물렀다. 앓아누웠다. 오봉행(五奉行) 판창(板倉) 등이 회례로 은자 200정(錠)을 보내주었는데, 돌려보냈다.

초8일[경오]

비. 대덕사에 머물렀다.

초9일[신미]

맑음. 쇄환하는 일로 최의길을 협판 중서(挾板中書)에게 보냈다. 시게오키와 의성이 떡을 보내주었다. 앓아누웠는데 학질인 듯하다.

초10일[임신]

맑음. 출발하여 정포(淀浦)에 왔다. 관사에서 머물렀다. 밤새 기운이 평안하지 못하였다.

11일[계유]

맑음. 진시(辰時)에 배에 올랐다. 사시(巳時)부터 학질이 너무 심했다. 해질녘 오사카(大板)에 도착했는데, 억지로 부축해 관사에 투숙하니, 기운이 끊기는 것 같았다. 이곳의 속명(俗名)은 오사개(五沙介)이다.

12일[갑술]

맑음. 관사에 머물렀다. 익위승양탕(益胃升陽湯)[157]을 복용했다.

---

157 익위승양탕(益胃升陽湯) : 허약·식욕부진·설사 등의 증상이 있거나, 혈(血)과 맥(脈)

13일[을해]

맑음. 관사에 머물렀다. 학질이 떨어졌다.

14일[병자]

맑음. 선래(先來)[158] 상사 군관 이진경(李眞卿)과 부사 군관 신경기(申景沂)에게 경사의 집과 천포(泉浦)에 보내는 편지를 부쳤다. 익위승양탕(益胃升陽湯)을 복용했다.

15일[정축]

흐림. 저녁에 작은 배에 올라, 강어귀에서 유숙하였다. 대판과의 거리는 30리이다. 피로인(被虜人)이 거의 200명이었는데, 배에 오른 사람은 겨우 120여 명이었다. 선래(先來)를 전송했다. 쌀섬[米石]과 주찬(酒饌), 무명[木疋], 자리[席子] 등의 물품을 지급해주었다. 익위승양탕(益胃升陽湯)을 복용했다.

16일[무인]

맑음. 속명이 점포(店浦)인 강어귀로부터 효고(兵庫)까지는 100리이다. 효고는 셋쓰슈(攝津州)에 속하며, 부전의문(富田依門)이 다스린다. 익위승양탕(益胃升陽湯)을 복용했다.

이 크게 손상을 입었을 때 치료하기 위한 한의학 처방을 말한다.

158 선래(先來) : 외국에 갔던 사신이 본국으로 돌아올 때에 앞서 돌아오는 관원을 말한다.

17일[기묘]

효고로부터 배에 올라 노를 저어갔다. 아침에 바람을 타고 돛을 펼쳐서 실진(室津)에 이르렀다. 배 위에서 유숙하였다. 실진은 하리마슈(播磨州)에 속하며, 본다 미농수(本多美濃守)[159]가 다스린다. 효고로부터 무로쓰까지는 180리이다. 실진에 고을 수령이 바뀌는 일로 인하여 나와 지대할 자가 없었다. 양응해(梁應海) 등 10여 명이 찾아왔다. 익위승양탕(益胃升陽湯)을 복용했다.

18일[경진]

흐림. 아침 식사 후 배를 출발시켰다. 바람이 없어 노를 저으며 가서 속명이 '보지야마'인 우창(牛窓)[160]에서 유숙하였다. 실진으로부터 우창까지는 100리이다. 히젠슈(肥前州)에 속하며, 마쓰다이라 구나이쇼후(松平宮內)가 다스린다. 승양탕(升陽湯)을 복용했다.

19일[신사]

비. 관사에 머물렀다. 포로로 잡혔던 사람들을 쇄환하는 일로 강우성을 히젠슈 등에, 최의길을 고쿠라(小倉)·지쿠젠슈(筑前州)·나고야(浪苦耶) 등에 보냈다.

---

159 본다 미농수(本多美濃守) : 혼다 다다마사(本多忠政, 1575~1631). 에도 시대 다이묘로 별명은 이에다다(家忠), 통칭은 헤이하치로(平八郎), 관위는 미농수(美濃守)이다.

160 우창(牛窓, 우시마도) : 현재의 오카야마현(岡山縣) 세토우치시(瀨戶內市) 우시마도초우시마도(牛窓町牛窓)이다. 에도 시대 비젠슈(備前州)에 속하였고, 우저(牛渚)·우주(牛洲)·우전(牛轉)이라고도 한다.

20일[임오]

맑음. 돛을 펼쳤는데 바람이 약해 노를 저으며 갔다. 오후에 바람이 조금 거세졌다. 우창에서 도포(韜浦)까지 200리이다. 속명은 도산(道山)이며, 비고슈(肥後州)에 속한다. 승양탕(升陽湯)을 복용했다. 이경(二更)에 배를 출발시켜 밤새 노를 저으며 갔다.

21일[계미]

비가 오다가 개다가 함. 종일 노를 저어 가서, 이경(二更) 쯤에 포예(浦刈)에 이르렀다. 배 위에서 유숙하였다. 도포로부터 포예[아망가리]까지 아키슈(安豫州)에 속하며 정칙(正則)이 주관하고, 180리 거리이다. 승양탕(升陽湯)을 복용했다.

22일[갑신]

비. 미시(未時)에 배를 출발시켜 밤 일경(一更)에 속명이 육우(六羽)인 곳에 도착하였다. 포예로부터 70리다.

23일[을유]

새벽에 흐리고 비. 상사의 배에 말을 전해 배를 출발시키지 말도록 청하였다. 그러나 상사가 듣지 않고 먼저 출발하였고 도주와 시게오키의 배가 이어서 출발하였기에 부득이 돛을 올렸는데, 돛이 당겨도 오랫동안 올라가지 않았다. 돛이 막 올랐을 때 바람이 몹시 급해져서, 앞 돛대가 만나 끼워지는 곳이 거의 여러 자에 이르도록 우지끈 갈라졌다. 뱃사람들이 놀라 조급해하며 돛을 내려 배를 수리했는데, 조각조각 모두 소리가 났다. 배가 간혹 떨리고 흔들려 뒤집히고 침몰될 뻔해서 정박시킬 수가 없었으니, 진퇴양난의 상황이었다. 다시 돛을 펼치고 가서 놀란 파도 속을 뛰어넘으니, 나올 때는 하늘을 오르는 듯, 가라앉을 때에는 골짜기에 떨어지는 듯하였다. 곁에 있는 동행한 배들은 돛대가 파도 사이로 나온 것이 겨우 수자 남짓이었다. 격한 파도가 용솟음쳐 3,4자나 부딪치며 연이어져 멈추지 않았다. 군관과 노군(櫓軍)들이 모두 괴로워하며 거꾸러졌는데, 오직 왜인 사공과 우리나라 사공 5,6인만이 일어나 움직일 따름이었다. 동지 통사(同知通事) 정언방(鄭彦邦)은 옷을 모두 벗고 손으로는 초둔(草芚)을 부여잡고 앉아있었다. 포로로 잡혀갔던 사람들이 탄 배는 가라앉았다 떠올랐다 하였다. 식사시간에 겨우 상관(上關)[가미셕이]에 도달하였다. 상사가 탄 배는 먼저 도착해 있었다. 위험함이 이와 같았으니, 살아남은 것이 다행일 따름이다.

시게오키 무리가 기다리지 않고 지레 먼저 가버렸으니 몹시 불경스러웠다. 육우(六羽)로부터 상관까지는 100리이다. 아키슈(安豫州)에 속하며, 휘광(輝光)이 주관한다.

24일[병술]

맑음. 묘시(卯時)에 배를 출발시켜 밤새 노를 저으며 가서 문자성(文字城) 아래에 정박하였다. 적간관(赤間關, 심의예기)로부터 멀지 않은 곳이다. 적간관은 나가토슈(長門州)에 속하며, 모리(毛利)가 주관한다. 400리를 갔다.

25일[정해]

흐림. 배에서 내려 전에 머물렀던 아미타사(阿彌陀寺)에 들어갔다. 밤에 월중수(越中守) 충오(忠奥)가 심부름꾼을 보내 쌀 50곡, 감 수천

개, 닭 100마리, 술 50통, 생어 등물을 보내주었다. 아울러 양응해(梁應海)의 출신을 적어 보내주었는데, 호남의 사인(士人)이었다.

26일[무자]

맑음. 묘시(卯時)에 배를 출발시켰는데 바람에 몹시 거세어 부딪히는 파도가 산과 같았다. 배에 탄 사람들이 모두 뒤집어져서 일어날 수 없었다. 저녁에 아이노시마(藍島), 예마시마(刈麻時麻)[161]에 도착했다. 관사에서 하숙하였다. 정애일(鄭愛日)이 탄 피로인(被虜人)들의 배가 오지 않았다. 혹자는 곧장 이키시마(一岐島)로 갔다고 했고 혹자는 돛대를 개조하는 일로 뒤쳐졌다고 했다. 양응해가 울면서 밥도 먹지 않았다고 한다. 적간관에서 아이노시마까지 200리이다.

28일[경인]

맑음. 쓰시마 사람이 말하기를,

"바람이 부니 출발해야 합니다."

하였다. 진시(辰時)에 배에 올랐는데 바람이 몹시 약해서 돛을 펼치고 노를 저으며 갔다. 신집도(神集島)에서 유숙하였는데, 신집도란 일본의 주아이 천왕(仲哀天王)이 조선을 침략하였을 때 화살에 맞아 나가토슈(長門州)에 돌아가 죽었는데, 그 비인 진구 황후(神宮皇后)가 천왕의 복수를 하고자 일본의 모든 신을 받들었기 때문에[162] 붙여진 이름이다. 예

---

161 예마시마(刈麻時麻) : 아이노시마(藍島)의 음차인 듯하다.

162 주아이 천황(仲哀天王)이 ~ 때문에 : 일본 제14대 천황이다. 『일본서기(日本書紀)』에 따르면 주아이 천황이 서방(西方)에 있는 신라국(新羅國)을 정벌하라는 신탁을 믿지 않았다가 죽었지만, 그 비인 진구 황후(神功皇后)가 후에 그 계시를 믿어 땅을 얻게 되었다는

전에 조선에서 이 섬에 배를 만들었는데, 섬 근처에 쌓인 돌이 아마도 당시 쌓은 것일 것이라고 한다. 이날 130리를 갔다.

29일[신묘]

아침에 흐림. 식사 후 돛을 올렸는데 바람이 약하고 비가 내렸다. 10리를 가서 나고야(郎古冶)에서 머물러 정박하였다. 도요토미 히데요시(平秀吉)가 침입해 약탈했던 날에, 직접 와서 머무르며 병사를 일으켰다고 한다.

10월

초1일[임진]

비. 역풍이 불어 배가 나아갈 수 없었다. 석호실(石護室)에 도착해서 배 위에서 유숙하였다.

초2일[계사]

맑음. 서풍이 연달아 불어 갈 수가 없었다. 나고야에 머물렀다. 최의길이 쇄환한 우리나라 사람 30여 명이 도착했다.

초3일[갑오]

맑음. 일찍 출발해 이키시마(一岐島)에 도착했다. 바람이 몹시 좋아

기록이 전한다.

이어서 쓰시마를 향해 가서 초경(初更)에 도착해 정박하였다. 시게오키의 배가 도착했다. 배 위에서 유숙하였다.

초4일[을미]

맑음. 도주가 한사코 청하기에 내려서 유방원(流芳院)에 관사를 정하였다. 도주가 석수어(石首魚) 30속, 민어 15미, 청밀(淸蜜) 1말, 백지 10권, 잣[栢子] 2말, 화연(花硯) 1면, 사장부유둔(四張付油芚) 2부, 편포(片脯) 5정을 보내주었다.

초5일[병신]

맑음. 유방원에 머물렀다. 도주가 잔치를 청하고자 와서 만났고, 시게오키도 따라왔다. 마당구라가 떡과 술을 보내주었다.

시게오키에게 석수어 30속, 민어 10미, 백지 10속, 사장부유둔 2부, 청밀 1말, 호도(胡桃) 2말, 잣 2말, 자연(紫硯) 1면, 편포 5정을 보냈다. 다치바나 도모마사에게 석수어 10속, 민어 5미, 편포 3정, 청밀 5되, 잣 1말을 보냈다. 내장에게는 그 수를 똑같이 하였다. 평지장에게는 석수어 15속, 민어 7미, 건포 5첩, 청밀 5되, 호도 1말, 유문석(有文席) 1립을 보냈다.

초6일[정유]

맑음. 유방원에 머물렀다. 도주의 집에서 열린 전별연에 갔는데, 한사코 청하여서 간 것이었다.

초7일[무술]

맑음. 유방원에 머물렀다.

초8일[기해]

맑음. 강우성이 이키시마에서 왔다. 포로로 잡혀갔던 사람 50여 명이 탄 배가 내일 올 것이라고 했다. 강우성이 처음에는 오래도록 오지 않아 모두들 근심했었는데, 왔다는 소식을 듣고 일행이 깜짝 놀랐다.

초9일[경자]

맑음. 시게오키가 마련한 진무연(振舞宴)에 참석하였다. 처음에는 참석치 않으려 했지만 한사코 청하여 허락하였다. 술이 다섯 번 돈 뒤에 파하였다. 일본의 풍속에서 손님을 접대하는 것[163]을 진무(振舞)[후노매]라고 한다. 피로인(被虜人)을 태운 두 선박이 이키시마로부터 도착했다. 강우성이 쇄환한 사람들이다.

최의길과 박대근이 함께 모의하여 군관들이 받아야 할 은자를 줄여서 주었는데, 여러 사람들이 모두 비난하여 일이 발각되었다. 상사, 종사와 함께 앉아 볼기 5대를 쳤는데 최의길이 갑자기 일어나 장을 맞으려 하지 않아, 종사가 화가 나서 일어나 나갔다. 영외(楹外)에 앉아 장을 3대 더 쳤다. 처음에는 장계(狀啓)를 써서 조정의 처치를 기다리고자 하였는데, 만 리길을 동행한 처지라 다만 태형만 더하였다.

---

163 손님을 접대하는 것 : 원문의 이 부분에 궐자(闕字)가 있다. 우선 문맥에 따라 이렇게 번역해두었다.

初10일[신축]

맑음. 삼사(三使)에게 도주가 조총 각 2자루, 장검 각 1자루, 층함(層函) 각 1부, 현병(懸甁) 각 1부를 보냈는데 받지 않았다. 시게오키가 조총 각 2자루, 경대(鏡臺) 각 1면, 철분(鐵盆) 각 2구, 경자(鏡子) 각 2면, 원화반(圓花盤) 각 2대를 보냈는데 받지 않았다. 다치바나 도모마사가 조총 각 2자루, 화경(花鏡) 각 2면, 선로(仙鑪) 각 2부를 보냈는데 받지 않았다. 내장이 단목(丹木) 각 100근을 보냈는데 받지 않았다. 평지장이 물건을 보냈는데 역시 받지 않았다. 마당구라, 원신안, 세이소가 단목 각 100근을 보냈는데 받지 않았다.

11일[임인]

아침에 흐리고 비. 출발하려 하였으나 역풍이 불어 행차를 멈추었다. 도주가 보낸 물건을 받지 않은 것을 수치로 여겨 아침에 다시 보내주었다. 또 말하기를,

"우리들도 우리가 받은 사사로이 주신 예물을 돌려드려야겠습니다."

라며 운운하였다. 부득이하여 다만 조총 각 1자루씩만 뽑았고 받자마자 눈에 보이는 심부름꾼[使喚]과 관아의 노복[急唱]에게 주었더니 몹시 기뻐 날뛰면서 말하기를,

"우리들이 사행 길을 받든 이래로 이처럼 귀중한 물건을 얻게 되었으니, 말 한 마리를 마련할 수 있겠습니다."

하였다. 시게오키가 다시 물건을 보냈기에 다만 경대 각 하나씩만 받았고, 나는 즉시 역관 한덕남에게 주었다.

12일[계묘]

흐림. 비가 오다 개다 함. 상사의 생일을 위한 술자리를 마련했고, 종사도 술자리를 마련했다. 박대근 등도 자리에 왔다.

13일[갑진]

맑고 바람 붊. 진시(辰時)에 출발하였는데 역풍이 불어 갈 수가 없었다. 오후에 바람이 다소 잦아들어 시게오키가 사람을 보내 배를 출발시키기를 청해 노를 저어서 갔다. 도주가 수행하며 오기에 누차 따라오지 말라고 청하였더니 양선(兩船)에서 작별인사를 하고 돌아갔다. 시게오키는 계속 수행하였다. 선월포(船越浦)에 10리쯤 못 이르렀을 때 바람과 파도가 거세게 일어나 달이 떠서야 겨우 도착해 정박하였다. 상사와 종사는 매림사(梅林寺)에서 하숙하였고, 나는 배 위에서 유숙하였다. 쓰시마로부터 여기까지 80리이다.

14일[을사]

맑음. 아침 일찍 출발하였는데 파도와 바람이 거세서 갈 수 없었다. 부젠(豊前)에 먼저 들어갔는데, 평지장이 관할하는 곳이었다. 여현(女懸)과 평포(平浦) 일행이 따라왔다. 원통사(圓通寺)에 들어가 묵었다. 부젠에서 작은 사슴을 사냥하여 바쳤다. 선월포로부터 여기까지 50리이다.

15일[병오]

머물렀다. 맑았다가 흐리다가 비가 오기도 했다. 역풍이 크게 일어나 파도가 산처럼 일어났다. 종사가 그래도 출발하고자 하기에 내가 기운이 평안치 못하기에 갈 수 없다고 하였더니, 상사가 행차를 정지해

주었다. 승려가 유자와 반건시를 올렸기에, 유기(柳器)와 부채를 상으로 주었다. 도주가 심부름꾼을 보내 삼사(三使)에게 문후를 올리고, 귤 각 10개를 보내주었다.

16일[정미]

맑음. 묘시(卯時)에 출발하였는데 바람이 잦아드는 듯하였고 큰 파도도 솟아오르지 않았다. 신시(申時)에 완노라(完奴羅)에 도착해 정박하여, 금장산(金藏山) 아래 보장사(普藏寺)에서 하숙하였는데, 올 때 묵었던 곳으로 풍기군(豐崎郡)에 속한다. 주감 좌위문(主勘左衛門)이 절인 숫양과 과일, 채소 등을 보내주었다.

18일[기유]

맑음. 바람이 누그러진 듯해서 새벽을 틈타 돛을 펼치고서 아울러 노 젓기를 독려하였더니, 격군들이 기뻐하며 온 힘을 다하였다. 유시(酉時)에 부산에 도착하였는데, 수사(水使)와 부산 첨지 및 각 포의 만호(萬戶)들이 배를 타고 와서 맞이했다. 배에서 내려 부산의 관소에 들어가 각기 숙소를 나누어 정하였다. 각 관의 지공(支供)과 인마(人馬)가 모두 오지 않았는데, 동래(東萊)에서는 지방관을 맞이하는 일로 전혀 신경을 쓰지 않았다. 수사(水使)가 대략 다과를 마련해 올려서 겨우 허기만 채웠다. 감관(監官)을 장 10대를 치고, 도색리(都色吏)를 장 15대를 쳤다. 이경(二更)에 겨우 저녁밥을 주었는데 먹을 수가 없었다. 군관과 하인들에게는 모두 지공을 하지 않았다. 다른 나라 사람들도 오히려 사신을 공경하고 대접할 줄 알거늘, 우리나라 사람들이 사명(使命)을 이처럼 공경하지 않으니 몹시 통탄스러운 일이다.

19일[경술]

맑음. 인마(人馬)가 아직 도착하지 않아, 부산에 머물렀다. 상사의 지대관은 김해 부사 조계명(曺繼明)이었다. 웅천 현감 배홍록(裵弘祿)이 비로소 도착했다. 함덕립(咸德立)이 김해 부사를 따라와서 만났다. 서울 소식을 들었는데, 손 집의(孫執義)가 세상을 하직하였다고 하니, 몹시 놀랍고도 슬픈 마음을 이길 수 없었다.

20일[신해]

맑음. 부산에 머물렀다. 수사(水使)가 술과 음악을 마련해서, 종사관과 동래 부사와 함께 참석하였고, 황 정언(黃正言)도 참석했다. 상사는 병으로 인해 참석하지 못하였다.

21일[임자]

아침식사 후 창원 부사의 지공을 할 사람들이 비로소 왔다. 감관을 장 10대를 치고, 도색리를 장 20대를 쳤다. 새벽에 김천(金泉)과 사근(沙斤)의 인마가 왔으므로 감사(監司)에게 공문을 보냈다. 창원 부사 신지제(申之悌)가 지대관으로 왔다.

전라좌수영의 격군인 황보성(黃甫成)이 하직하지 않고 지레 스스로 도망쳐서 돌아가 버렸다. 정상이 몹시 정도에 지나치기에 전라좌수영에 공문을 보냈다.

22일[계축]

맑음. 창원 쇄마와 김해 쇄마 10필이 겨우 동래부에 도착했다. 함안군수(咸安郡守)가 지대관으로 왔는데, 찬물(饌物)이 아직 이르지 않아 동래에서 대신 마련했다.

23일[갑인]

맑음. 동래에서 함안을 대신해 잔물을 마련해 주었던 까닭에, 함안으로 하여금 상사와 군관 등에게 식사를 제공하도록 했다. 김천(金泉)과 사근(沙斤)의 인마가 아직 도착하지 않아 머물렀다. 동래에서 술자리를 마련했다. 황혼녘에 황 정언이 와서 이야기를 나누었다. 함안에서 술자리를 마련해 밤이 깊어서야 파하였다. 김천의 인마가 비로소 도착했다.

24일[을묘]

맑음. 김천(金泉)의 인마(人馬)가 밤낮으로 달려와 도착하였는데 몹시 피로해하여 가지 못하고 머물렀다. 상사와 종사관은 먼저 출발해 양산(梁山)을 향해 갔다. 찰방 정숙(鄭潚)에게 사람을 보냈다.

25일[병진]

맑음. 이른 아침 출발하여 미시(未時)에 양산(梁山)에 도착했다. 지공관은 장기 현감(長岐縣監) 신방로(申邦櫓)이다. 동래부터 여기까지 40리이다. 양산(梁山)과 장기(長岐)를 보았다.

26일[정사]

맑음. 황산잔(黃山棧)에 도착해서, 가마에서 내려 말을 타고 작원(鵲院)을 지나갔다. 무흘역(無訖驛)에서 점심을 먹었다. 저녁에 밀양부(密陽府)에 도착해서 상사와 만났다. 종사관이 사촌의 중복(重服)[164]을 만나 가서 조문하러 갔다. 또 역관 이현남(李賢男)이 모친상을 당해 돌아갔고, 유동기(柳東起)도 딸아이의 부고를 접했다. 사근(沙斤)의 인마(人馬)가 비로소 도착했다. 양산부터 밀양까지는 삼사(三舍 90리)의 거리이다.

27일[무오]

맑음. 사근의 인마가 몹시 지친 까닭에 밀양부에 머물렀다. 상사가 먼저 출발하였다. 여기부터 길을 나누어 상사는 중로(中路)를 따라가서 공홍도(公洪道)를 거쳐 가고, 나는 우로(右路)를 따라가서 섬천(陜川)으로 간다. 선묘(先墓)에 제사를 올리고 조령(鳥嶺)을 거쳐 안보역(安保驛)에서 만나기로 했다.

28일[기미]

맑음. 일찍 출발해 옹천역(甕川驛)에서 점심을 먹었다. 저녁에 영산역(靈山縣)에 도착하였는데 삼사(三舍)의 거리이다. 현감이 체직되어 관아를 나가 하리 등이 한 명도 나와서 지대하지 않았다. 사천(泗川)과 함께 지대하기로 했었는데 역졸과 하리들이 음식을 지공하지 않았기에, 향소(鄕所)의 관리를 7대 장을 치고, 사천의 향소 관리는 교수(教授)하고 풀어주었다.

29일[경신]

맑음. 아침 일찍 출발하여 창녕(昌寧)에서 점심을 먹었다. 수령은 윤

---

164 중복(重服) : 고종사촌 등의 대공친(大功親) 이상의 상사에 입는 상복(喪服)을 말한다.

민철(尹民哲)이었다. 군관과 역관들을 나누어 성산(星山)에 보냈다. 미시(未時) 말에 옥야참(沃野站)에 도착했는데, 기운이 평안하지 못해 유숙하였다. 지대관은 삼가(三嘉) 수령인 신경진(申景禛)이었다. 영산에서 창녕까지 30리이고, 창녕에서 옥야까지 30리이다.

30일[신유]

맑음. 아침 일찍 출발하여 감물창진(甘勿倉津)을 건너가 초계(草溪)에서 점심을 먹었다. 수령 이광윤(李光胤)과 만났는데, 머리가 하얗게 세어 모습이 완전히 변해있었다. 옥야로부터 30리 거리이다. 신시(申時)에 남강교(南江橋)를 건너가 섬천(陜川)에서 묵었다. 수령은 홍순각(洪純慤)이다. 초계로부터 30리 거리이다.

영산에 있었을 때, 고성(固城)의 먼 친족이라 하는 안극휘(安克徽)와 서얼 이복남(李福男), 배보덕(裵輔德), 얼자 홍조(弘祖)가 와서 만났다.

창녕에 있었을 때, 고령(高靈)의 같은 출신인 첨정(僉正) 박연경(朴延慶), 박경붕(朴景鵬)을 만났다.

섬천에 있었을 때, 전 참봉 정창서(鄭昌瑞), 생원 박수종(朴壽宗), 박덕승(朴德勝), 박태고(朴太古), 박천세(朴千歲), 박윤세(朴潤世) 등 박씨 친족들과 전 현감 정탁(鄭濯)이 와서 만났다. 산음(山陰) 수령이 간찰을 보내 산음 하리에게 죄를 주지 말 것을 청하였다. 함양 군수(咸陽郡守) 이대기(李大期)도 간찰을 보내 왜인의 소식을 물었다.

11월

초1일[임술]

맑음. 일찍 출발하여 화채사(畵彩寺)에 도착하였다. 선영(先塋)에 제사를 올렸는데, 전조(前朝)에 시중(侍中)을 지내신 박광순(朴光純) 공의 묘였다. 양 무덤은 황폐하였고 박가(朴家)의 화성(火城)이 무덤 앞에 있었는데 상석(床石)과 석인(石人) 등 물건들이 흔적조차 없었으니, 몹시 애통하였다. 제사를 마치고 고령 박씨 성족(姓族)들을 무덤 기슭에서 만나 이야기를 나눴다. 저녁에 묘의 서촌(西村)에서 유숙하였다. 지대관인 산음 현감(山陰縣監), 제물차사원, 안음 현감(安陰縣監) 정사횡(鄭思竑)이 와서 안부를 물었다. 섬천에서 여기까지 40리이다.

초2일[계해]

맑음. 아침에 출발하여 점심을 먹고 해인사에서 유숙하였다. 이곳까지 20리이다. 고령(高靈)의 성족(姓族) 5,6명이 함께 와서 말하기를 이 절은 신라 애장왕(哀莊王) 때 창건되었는데 당시 당나라 정원(貞元) 18년(802)이었다 하니, 계산해보면 거의 800년[165]에 이른다.

초3일[갑자]

맑음. 아침 일찍 출발하여, 양장참(羊腸站)에 정 한강(鄭寒江 정구(鄭逑))의 청천 정사(晴川精舍)에서 먹었다. 이른바 양장(羊腸)은 길이 가야산을 두르고 굽이굽이 감돌아 있어 이름 붙여진 것이다. 신시(申時)에

165 800년 : 원문에는 "八千年"으로 되어 있다. 문맥에 근거하여 다음과 같이 번역하였다.

신안현(新安縣)에 도착했다. 주수(主守) 김중청(金仲淸)이 술자리를 마련하여 밤이 깊어서야 파했다. 안음(安陰)에서 수행하였다. 중간 길에서 문 찰방(文察訪)을 만났다.

초4일[을축]

맑음. 일찍 출발하여 부상참(扶桑站)에서 점심을 먹었다. 신시(申時)에 개령(開寧)[166]에 도착하였다. 인동 부사 김준룡(金俊龍)이 교체하지 않고 공공연히 뒤쳐져 있었고, 유곡 찰방 김녕(金寧)이 본 역의 인마(人馬)와 안기도(安奇道)[167]의 인마를 거느리고 개령현에서 기다리고 있었다. 신안에서 부상까지 40리이고, 부상에서 개령까지 15리이다.

초5일[병인]

맑음. 안실참(安室站)에서 말을 갈고, 상주(尙州)에서 유숙하였다. 기력이 평온하지 못하였다. 도사(都事) 전식(全軾), 찰방 정언굉(鄭彦宏)과 그의 형이 모두 와서 만났다. 저물녘에 목백(牧伯)을 만났고, 저녁식사는 걸렀다. 안실(安室)로부터 상주까지는 40리이다. 안실의 지대관은 선산 부사(善山府使) 유시회(柳時晦)이다.

초6일[정묘]

아침에 흐림. 일찍 출발하여 목과동(木瓜洞)에 있는 흡곡 현감(歙谷縣

166 개령(開寧) : 경상북도 김천의 옛 지명이다.

167 안기도(安奇道) : 조선시대 경상북도 안동의 안기역(安奇驛)을 중심으로 한 역도(驛道)를 말한다.

監)을 지낸 김숙춘(金叔春)의 묘와 승지 김사원(金士元)의 묘에 전(奠)을 올리고, 비를 무릅쓰고 이수관(李守寬)의 묘에 전을 올렸다. 우장(雨裝)을 갖추고 와서 함녕(咸寧)[168]에 투숙하였는데, 역관(驛館)들이 이미 먼저 도착해있었다. 저녁에 주수(主守) 김선징(金善徵)을 만났다. 저물녘 박찬선(朴纘先)과 그의 아들 성호(成豪)가 술을 가지고 와서 대접해 주었고, 신석무(申碩茂)도 와서 만났다.

초7일[무진]

흐림. 아침 일찍 출발하여 유곡역(幽谷驛)에서 점심을 먹었다. 예천 좌수(醴泉座首) 손자 열(悅)이 와서 대접하였고, 주수(主守)는 도적을 잡는다는 핑계로 나와서 지대하지 않았기 때문에 예천 아전 두 명을 장을 쳤다. 고상증(高尙曾), 김계중(金繼重), 윤홍명(尹弘鳴)이 와서 만났다. 길에서 율목경차관(栗木敬差官) 곽천구(郭天衢)를 만났다. 저녁에 문경(聞慶)에 도착하여, 첨지 이담(李儋)과 문경, 용궁(龍宮)의 수령을 만났다. 용궁은 중청(中廳)의 지대관이었다. 유곡에서 문경까지는 40리이다.

초8일[기사]

맑다가 저녁에 흐림. 새벽에 출발하여 안보역(安保驛)에서 점심을 먹었다. 괴산 군수(槐山郡守) 민우경(閔宇慶)이 나와 지대하였고, 연원역(連原驛)의 인마(人馬)가 와서 맞이했다. 저녁에 충원(忠原 충주)에서 유숙하였다. 성주(城主)가 영정차사원(影幀差使員)으로 나가 서신을 남겨

168 함녕(咸寧) : 경상북도 상주시의 북동부에 위치한 읍이다.

두었기에 답장을 써서 삼공형(三公兄)에게 주었다. 박 좌수, 별감 정영선(鄭榮先), 별감 박흘(朴屹)이 술자리를 마련했다. 유대영(劉大英)이 청풍(淸風)에서 보낸 서신을 전해주어 즉시 답장을 써서 주었다. 김응해(金應海)가 수회촌(水回村)에 와서 맞이했다.

初9일[경오]

맑음. 가흥(可興)에서 점심을 먹고 저녁에 천포(泉浦)에서 투숙하였다. 선묘(先墓)에 가서 절하였다. 충원의 지공으로 감관 김혼(金渾)만이 왔다.

初10일[신미]

맑음. 음죽현(陰竹縣)[169]에서 점심을 먹고 저녁에 죽산(竹山)에서 투숙하였다. 형님의 부음을 듣고 통곡하며 옷을 갈아입었고, 부사(府使) 이정신(李廷臣)이 와서 조문하였다.

11일[임신]

맑음. 첫 닭이 울 때 출발하여 승부원참(升府院站)에서 말을 먹였다. 안산 군수(安山郡守) 이관(李寬)이 나와서 지대하였다. 용인(龍仁)[170]에서 말을 먹였다. 초경(初更) 끝 무렵 출발해서 밤중에 한강에 도착했다.

---

169 음죽현(陰竹縣) : 경기도 이천군과 충청북도 음성군에 걸쳐 있던 옛 행정 구역이다.
170 용인(龍仁) : 원문에 '인(仁)' 자가 빠져 있다. 문맥과 동선을 고려해 보충역 하였다.

12일[계유]

맑음. 아직 성복(成服)하지 못해서 도성에 들어가지 못하고 한강에 머물렀다.

13일[갑술]

아침에 흐림. 새벽에 성복(成服)하고 아침에 한강을 건넜다. 상사, 종사와 복명하고 숙배한 뒤에 상차(喪次)에 가서 곡하였다.

14일[을해]

맑음.

15일[병자]

맑음. 상차에 가서 제사에 참여했다. 기력이 평온치 못해 즉시 돌아왔다. 김 좌윤(金左尹)이 그곳에 왔다. 저녁에 이 정언(李正言)이 와서 만났고, 민정(閔淨)이 와서 만났고, 명엽은 충원에서 왔다.

16일[정축]

맑음. 상사와 종사관이 함께 타고 와서 조문하고, 상차에서 곡하고 떠났다. 수일 뒤에 종사관이 사람을 보내 안부를 묻는 편지와 율시 한 수를 부쳤다.

육가(陸賈)는 전대에 보물을 담아 왔고,[171] 陸橐寧藏寶

171 육가(陸賈)는 ~ 왔고 : 육가는 한(漢)의 사신으로 남월(南越)에 가서 공을 세운 사람이

소무(蘇武)는 깃발 지키며 몸 돌보지 않았네.[172] 蘇旄不顧身
은혜와 위엄 일역(日域)에 펼치고, 恩威宣日域
충성과 신의로 오랑캐를 복종시켰네. 忠信服蠻人
먼 바다에서 생사를 함께하고, 絶海同生死
길고긴 여정에 실컷 고생하였네. 長道飽苦辛
천추토록 이 일 전해질 것이니, 千秋傳此事
어찌 한 가족과 다르리오. 何異一家親

국도산천

진산(鎭山)은 애탕산(愛宕山)[173]으로, 동쪽 산줄기는 상판(相坂)이고 서쪽으로 비스듬히 산굽이가 이어져 있는데 그 사이의 거리가 80여 리이다. 남쪽으로는 나라(奈良)에 이르는데 그 거리는 140리이며, 비옥한 들이 가득하여 논밭의 두둑들이 교착되어 있다. 왼쪽은 백하(白河)로, 혹은 압하(鴨河)라고도 하며, 그 근원이 마안산(馬鞍山)에서 나오는데 마안산은 애탕산의 한 줄기이다. 오른쪽은 규하(桂河)로 단바슈(丹波州)에서 나오며, 정포(淀浦)에 이르러 백하, 우치천(宇治川)과 합류해서 오사카(大板)를 지나 서쪽으로 바다에 들어간다. 우치천의 하원(河源)은

다. 남월왕 위타(尉佗)로부터 월왕 위타(尉他)가 그를 무척 좋아한 나머지 몇 달 동안 함께 술을 마시며 즐거워하다가, 귀환할 무렵에는 '그의 행장에 천금의 가치가 있는 보물을 싸서 선물했다[賜陸生橐中裝直千金]'는 고사가 전한다. 『史記 卷97 陸賈列傳』

172 소무(蘇武)는 ~ 않았네 : 소무는 한(漢)나라 사신으로 흉노(匈奴)에 가서 절개를 지켰던 사람이다. 흉노에게서 온갖 고통을 받다가 다시 북해(北海)로 옮겨지는 등 죽을 고비를 넘기면서도 절개를 굳게 지키며 사신의 절모(節旄)가 너덜너덜해지도록 손에서 늘 놓지 않았는데, 그 뒤 한나라가 흉노와 화친을 맺으면서 19년 만에 돌아왔다. 『漢書 卷54』

173 애탕산(愛宕山, 아타고야마) : 교토시(京都市) 우경구(右京區) 북서부에 있는 산이다.

근강호(近江湖)인데 수도로부터 30리 떨어져 있고, 서쪽으로 백하와 합류한다.

시정(市井)

국도에는 저잣거리가 천여 리쯤 이어져있는데, 동서로는 10정(町), 남북으로는 24정이다. 정(町)에는 이문(里門)을 설치하여 밤에는 경계하고 지킨다. 집들이 서로 접해있고 남녀가 많으며 30여 리에 뻗쳐 있다. 그 사이 불당(佛堂)이 있는데 소나무가 어우러져 있다. 늘어선 상점에는 진귀한 보화가 나열되어 있는데, 남만(南蠻), 유구(琉球), 교지(交趾) 등의 나라와 무역한 결과이다.

성지(城池)

모든 성을 쌓는 경우에 있어서, 뒤쪽에 의지해 차츰 쌓아나가 주위가 넓지 않고 높고 견고하게 하는 것을 가장 중요하게 여긴다. 내성(內城)을 설치해서 대부분 자벽(子壁)을 두었고, 위에는 여장(女墻)이 없다. 얽어서 가로막아 백악(白堊)을 칠했고, 중간에 총구멍을 파놓았다. 성의 안쪽에 돌을 쌓아 도랑을 만들어 수통에 물이 모여 내려가게 했다. 또 층루를 세워 적의 진영을 내려다보게 하였고, 굽은 성곽의 문루(門樓)는 몹시 견고하고 치밀하게 하였다. 혹은 물을 끌어다 구덩이를 만들어 전선(戰船)을 통하게 하기도 하고, 혹은 바닷가에 임해 가파른 절벽을 이용하기도 하였으니, 그 제도가 이와 같다.

가옥

가옥의 제도는 마룻대는 매우 높지는 않으며 들보는 혹 이어지기도

하고 끊어져있기도 하다. 넓은 도리를 첩첩이 설치하고 짧은 기둥으로 지탱한다. 위에 판자를 설치하고 방연(方椽)으로 이으며, 마지막에 용마루를 가설하니 흔들리거나 꺾이지 않는다. 가로지른 인중방[楣] 위는 혹 흰색으로 만들고 간혹 흰 흙을 바르기도 한다. 벽중방[壁楣]은 문지방 면과 꼭 맞게 하여 파서 우묵하게 만들고 큰 병풍을 세워 사이를 나누어 막는다. 그 중간 사방을 두른 창문을 거두면 전부 한 거실이 되어 막히는 바가 없다. 아래로 창호[窓扇]를 만들어 밖에 판자문을 끼워서 우묵하게 해서 합쳐지게 하고 열어서 통하게 한다. 지도리[樞], 고리[環], 자물쇠[鎖金]의 제도가 없어서, 좌우로 혹 방옥(房屋)을 두게 되면 금병풍과 비단장막으로 가린다. 혹 주랑(周廊)을 둘러 두루 판루(板樓)를 설치하며, 대자리 위에 얇은 판을 써서 비늘처럼 층층이 쌓아둔다. 나무를 파서 가운데 웅덩이를 만들어 처마에 걸어 이슬을 받아 현주(懸柱)의 가운데로 흐르게 한다. 안에는 두터운 자리를 펼쳐두고 밖에는 담장을 꾸미며, 정원에는 화훼와 소나무, 삼나무를 심어놓는다. 오직 정결하게 하기를 힘써서 단청을 하지 않는다. 다만 벽을 사이에 두고 측간을 두는데 즉시 치우지만 여름에는 꽤 냄새가 난다.

풍속

일본의 풍속은 강한 자를 높이고 약한 자를 능멸하며, 늙은이를 천시하고 젊은이를 귀하게 여긴다. 전사(戰死)하는 것을 영광으로 여기고 병들어 죽는 것을 수치로 여긴다. 진심으로 서로 함께하다가도 목숨을 버리는 지경에 이르기도 하며, 불만을 가져서 다투고 성을 내면 즉시 자결하기도 한다. 항상 크고 작은 칼을 차고 있으며, 남과 다투게 되면 칼을 꺼내 서로 겨눈다. 용맹을 좋아하고 문(文)을 숭상하지 않아서,

장관(將官)들이라 할지라도 책을 읽지 않는다.

남자는 수염을 깎고 머리를 자르는데, 뒤에 한 움큼의 머리를 남겨서 그 끝을 잘라내고 흰 종이로 봉한다. 여자 중에서 신분이 귀한 사람은 뒤에 머리를 늘어뜨리고 종이로 묶고, 천한 사람은 정수리 뒤에서 두 가닥으로 묶는다. 어린아이는 정수리 머리만을 자르고 나머지 머리는 남겨둔다.

결혼한 여자는 이를 검게 물들이고 눈썹을 뽑는다. 남녀의 색옷에는 혹 여러 색깔로 화초 무늬를 그려놓기도 한다. 남녀 모두 바지를 입는데 다만 반폭의 청포(青布)로 배꼽 아래를 가리고 위에는 전폭 두루마기[襖子]를 입으니, 우리나라의 장옷과 같다. 남자는 증백(繒帛)과 사라(紗羅)로 웃옷을 만드는데 소매는 넓고 아래는 짧아서 마치 승려가 입는 법의[袈裟]와 같다. 귀천을 막론하고 모두 신을 신는데 고혜(藁鞋)를 신기도 하고 망혜(芒鞋)를 신기도 한다. 앞에 양쪽으로 매듭지어 발가락을 끼우고 끌고 다니며, 급히 뛰어갈 일이 있으면 새끼줄로 신을 묶는다. 남자는 정수리를 드러내기도 하고 머리를 감싸기도 하고 갓을 쓰기도 하는데, 갓은 우리나라의 농립모와 같으며 더위를 만나면 이것을 쓴다.

존귀한 이가 있는 곳에서는, 맨발에 검을 풀고 웃옷은 적삼을 입고 아래는 치마를 입어서 발을 가리고 다닌다. 풍속에 배례(拜禮)는 없어서, 손으로 땅을 짚고 무릎을 드러내고 꿇어앉아 공경을 표한다. 평등한 사이면 손을 들어 읍을 대신하고, 혹은 몸을 굽혀 예를 표한다. 여인들은 얼굴이 정결한 이들이 많지만, 성질이 몹시 음란하여 양갓집 여자라 할지라도 은밀히 사통하는 이를 둔다. 연도(沿道) 지방에는 으레 저자에 의지해 손님을 맞이하여 화대를 받는 곳이 있으니, 중국의 양한점

(養漢店)과 같다.

풍속이 목욕을 좋아하여 겨울에도 이를 폐하지 않는다. 거리마다 목욕탕을 설치해서 남녀가 몸을 드러내고 친압하는데 조금도 부끄러워하지 않는다. 손님을 마주해 술을 마시면 첩을 나오게 하여 함께 같은 잔으로 술을 마시면서 같이 희롱하고 친압한다. 혹 남색을 꾸며 손님을 즐겁게 하기도 한다. 평소에도 남색이 모시는데, 첩보다도 총애한다. 혼인에 있어서는 남매 사이라도 피하지 않으며, 부자간에 함께 한 창기와 음란한 짓을 하는데도 잘못했다고 여기는 이가 없다. 어버이를 곤경에 처하게 하면서도 조금도 거리끼지 않으며, 형제간에 살상하고 부자간에 칼을 겨루는 지경에 이르기도 하니, 진실로 금수와 같다.

관복

관백(關白) 앞에서 장관(將官)들은 모두 붉은 비단 자락을 입으며, 오직 세족(世族)만이 검은 무늬 자락을 입고 자줏빛 갓끈을 늘어뜨린다. 착용하는 관은 대나무로 묶고 깁으로 쌌는데 아래는 넓고 위는 좁아서 겨우 정수리를 가린다. 가운데 가로로 못을 관통시켜 양쪽으로 한 치쯤 나오는데, 갓끈을 감아 아래로 늘어뜨려서 턱 아래에서 묶는다. 뒤에는 두 끈을 두어 서로 겹쳐서 곧게 올라가는데 길이는 한 자쯤 되며, 오직 성대한 예식에서만 사용한다. 또 삼각모(三角帽)가 있으니 대나무로 만드는데, 오모자(烏帽子)라고 한다. 또 피모(皮帽)가 있으니 녹사(錄事)의 관과 비슷한데 윗부분이 가로로 뾰족하다. 모두 검게 칠하여 쓴다.

음식

모든 음식은 먼저 칠기(漆器)에 소량만 담고 다 먹으면 더 올려서 양을 마음대로 정하고, 가장 마지막에 술을 올린다. 술을 마치면 자루가 있는 은기(銀器)로 밥에 물을 따른다. 음식을 거두면 다시 차반(茶盤)을 올리는데 과일을 담기도 하고 떡을 담기도 하며, 차를 올리고 나면 끝난다. 상은 판각한 것을 쓰고, 그릇은 금은을 칠하며 간혹 꽃무늬 자기를 쓴다. 밥을 먹을 때 젓가락을 쓰고 숟가락을 쓰지 않는다. 존귀한 이 앞에서는 연회에 화반(花盤)을 쓰고 토기잔으로 술을 따르는데 받침이 없고 모두 금은을 칠한다. 찬과 과일에도 금은을 뿌려 찬란하게 빛이 난다. 생선과 채소를 높이 쌓아 3겹이나 7겹이 되며, 찬을 올리는 것은 작수(爵數)를 따른다.

찬물(饌物)

소고기는 힘줄이 많고 맛이 없다. 닭은 다리털이 있고 고기는 딱딱하며, 꿩은 검고 젓이 비리다. 은구(銀口)는 조금 기름지며, 생선에는 뼈가 많다. 회는 몹시 두껍게 잘라 큰 것은 새끼손가락과 같으며, 향엽(香葉)에 펼쳐둔다. 술맛은 대부분 독해서, 전혀 향긋하고 달지 않다. 복숭아를 삶아 꿀에 담그고, 매실과 양매(楊梅)를 소금물에 담가 별찬(別饌)으로 만든다. 청유(青柚)를 가늘게 잘라 채소에 뿌린다. 소금에 절인 생어(生魚)로 둥근 꼬치구이를 만든다. 콩을 부수고 꿀을 섞어 조각내 잘라 병(餠)을 만드는데, 우리나라의 박계(薄桂)를 넣어 만든 쌍화병(雙花餠)과 같다. 건면(乾麵)은 실처럼 이어져 끊어지지 않는다. 청근(菁根)은 가늘고 길면서도 단단하며, 가지[茄子]는 쪼그라져 짧고 둥글다. 수박[西苽]은 일찍 여물고, 토련(兎蓮)이 매우 풍성하다.

부역

백성들에게는 사전(私田)이 없고, 이랑[畝]을 계산하여 백성들에게 준다. 관청에서 10분의 9를 거두어가고, 백성들은 10분의 1을 먹고 산다. 흉년이 든 해에는 아사를 면치 못한다. 모든 공역(工役)을 징발하는 경우에는 다 품삯을 준다. 병액(兵額)에 들어있는 이들은 모두 관청의 곡식에 의지한다. 상인이 가장 부유하지만 나라에 비용이 있으면 대부분을 내게 하니, 농민이 가장 괴롭고 상인은 그 다음을 차지한다. 오직 중들은 병사의 일을 알지 못하고 역을 받지도 않는데, 혹 처자를 거느리고 함께 살기도 한다. 글을 아는 이가 있으면 나라에서 존중해주어 국왕의 문서를 맡는 데에 이르니 그 존귀하고 편안함이 이와 같다.

형벌

죄는 경중을 막론하고 태(笞)나 장(杖)은 쓰지 않는다. 가벼운 죄는 머리를 베며, 무거운 죄는 십자(十字)로 된 나무를 길가에 세우고 양 손에 못질하고 머리를 묶어 불로 태우기도 하고 창으로 찌르기도 하여 참혹한 짓을 모두 다하니, 고통을 받으며 죽게 하려는 것이다. 죄를 입은 자는 죽음에 임해서도 그다지 두려워하지 않으며, 다만 목욕하고 이발하고서 가부좌한 채 눈을 감고 아미타불을 묵묵히 염하면서 목을 늘이고 칼날을 받아들일 뿐이다. 죄인을 국문하는 법은, 나무로 입에 재갈을 씌우고 물을 들이붓는 것인데 사람이 견딜 수가 없어 끝내 실토한 뒤에야 그만둔다. 참형(斬刑)을 받는 자가 있으면 왜인들이 모두 검을 시험해보고자 하여, 칼날을 갈며 기다리지 않는 자가 없다. 형벌을 집행하자마자 온갖 칼날이 일제히 내리쳐져 만두소처럼 마구 잘라내니 조금도 측은지심이 없다.

상장(喪葬)

나라의 풍속이 어버이가 돌아가셔도 슬퍼하지 않고, 지아비가 죽어도 애통해하지 않으며, 천황의 죽음에도 온 나라가 발상(發喪)하지 않는다. 불교를 숭상하는 무리들은 골수를 태워 남은 것을 거두어서 안치하여 무덤을 만든다. 혹 시신을 태운 곳에 사당처럼 집 한 칸을 세우기도 한다. 천황이나 국왕과 같이 신분이 높은 사람들은 화장하지 않고 관곽(棺槨)을 만들어서 흙을 쌓아 무덤을 만든다. 민간에는 불교를 숭상하지 않아 어버이를 장사지내는 사람들도 있지만, 화장하는 경우가 열에 여덟, 아홉이다.

혼인

모든 혼인을 하는 경우에 남자의 집에서 날을 택하여 금은(金銀), 전폐(錢幣), 주병(酒餠), 어과(魚果) 등의 물품을 보내는데, 빈부에 따라서 물품의 수를 조절한다. 혼례를 하는 날에 신부는 소복차림으로 가마에 오르며, 장신구와 바구니, 병풍과 휘장, 그릇 따위의 물품을 모두 갖춘다. 남편의 집에 와서 소복을 벗고 긴 붉은 비단옷을 입고서 신랑과 함께 앉는다. 남편의 집에서 친족들을 모아 마주해 밥을 먹고 술자리를 베풀어 세 잔씩 돌면 파하고 침방에 들어간다. 여자의 집에서 따라온 사람이 먼저 잠자리를 마련하고, 은전 약간을 남편 집 하인들에게 나누어 준다. 3일이 지난 뒤에 신랑이 장인과 장모에게 가서 절하고 은전을 주기를 남편 집에서 한 것과 같이 한다. 신부가 처음 갈 때 소복을 입는 것은 남편 집에 가서 죽더라도 돌아오지 않겠다는 뜻이다.

절일(節日)

정월 아침에 떡과 술로 서로 기뻐한다. 2월 초하루는 여염집에서의 절일이다. 3월 3일과 4월 8일에는 사찰에 올라 경(經)을 외고 음식을 차린다. 단오에는 종자병(椋子餠)을 만든다.[종려나무 잎으로 싼다.] 7월 초7일부터 15일까지 절일인데, 두 부모님이 없는 사람은 14일부터 15일까지 재계하며 이를 우란분(盂蘭盆)[174]이라 한다. 목련 상인(木蓮上人)이 어머니를 위해 불가에 공양한 날로, 이로 인해 상례가 되었다. 16일에는 나이가 어린 사람 40여 명을 택해 여인의 화려한 옷을 입고 홍백색(紅白色)으로 머리를 감싸고는 북을 두드리고 피리를 불며 부채를 휘두르며 노래하면서 계속해서 둥글게 돌기를 마치 중들이 분향하고 수행하는 모습처럼 하게 한다. 8월 15일은 팔석(八夕) 절일이라 하며, 9월 9일도 절일이다. 10월 해일(亥日)에는 모두 떡을 만들어 먹는데, 이를 해자병(亥子餠)이라 한다.

일본에는 8도(道) 66주(州)가 있다. 산성(山城)·태화(太和)·하내(河內)·화천(和泉)·섭진(攝津)은 기내(畿內)에 속한다. 이세(伊勢)·이하(伊賀)·지마(志摩)·미장(尾張)·삼하(三河)·원강(遠江)·준하(駿河)·이두(伊豆)·갑비(甲斐)·무장(武藏)·상모(相模)·안방(安房)·상총(上總)·하총(下總)·상륙(常陸)은 동해도(東海道) 15주[175]이다. 근강(近江)·미농(美濃)·

---

174 우란분(盂蘭盆): 불가(佛家)의 말로 거꾸로 매달린 것 같은 심한 고통에서 구원해 준다는 뜻이다. 옛날 목련 존자(目蓮尊者)가 아귀(餓鬼)에게 시달려 죽은 어머니의 고통을 구하는 방법을 묻자 "시방중승(十方衆僧)의 힘이 필요하니, 7월 15일에 백 가지 공물(供物)을 차려 그 중들을 청하라."라고 한 것에서 유래하였다. 뒤에 각 사찰에서 이날 사람들이 여러 가지 음식을 만들어 승려들을 공양하고 조상의 명복을 비는 행사로 바뀌었다. 『盂蘭盆經』 원문에서는 목련 존자(目蓮尊者)의 '目蓮'을 '木蓮'이라 하였다.

비탄(飛驒)·상야(上野)·신농(信濃)·육오(陸奧)·출우(出羽)는 동산도(東山道) 8주[176]이다. 약협(若狹)·월전(越前)·가하(加賀)·능등(能登)·월중(越中)·월후(越後)·좌도(佐渡)는 북륙도(北陸道) 7주이다. 단기(丹岐)·단후(丹後)·단마(但馬)·고번(固幡)·백기(伯耆)·출운(出雲)·석견(石見)·은기(隱岐)는 산음도(山陰道)의 8주이다. 번마(幡摩)·미작(美作)·비전(備前)·비중(備中)·비후(備後)·안예(安藝)·주방(周防)·장문(長門)은 산양도(山陽道) 8주이다. 기이(紀伊)·담로(淡路)·잠기(潛岐)·아파(阿波)·이예(伊豫)·토좌(土佐)는 남해도(南海道) 6주이다. 축전(筑前)·축후(筑後)·풍전(豊前)·풍후(豊後)·비후(肥後)·일향(日向)·대우(大隅)·살마(薩摩)·일기(一岐)·대마(對馬)는 서해도(西海道) 9주인데, 일기와 대마는 속도(屬島)이다.

관제(官制)에는 섭정(攝政)·관백(關白)·태정대신(太政大臣)·우신(右臣)·내대신(內大臣)·좌대장(左大將)·우대장(右大將)·중대장(中大將)·대납언(太納言)·중납언(中納言)·소납언(少納言)·재상(宰相)·시종(侍從)·변(弁)·별당(別當)·판관(判官)이 있으며, 대이(大貳)·소이(少貳) 두 지위는 반드시 경(卿)이나 보(輔)가 맡는다. 그밖에 은목(銀目)[177]·사마(司馬)·중무(中務)·식부(式部)·병부(兵部)·민부(民部)·치형부(治刑部)·대장(大藏)·내사마(內司馬)·우마(右馬)·병고(兵庫)·주전(主殿)·소부(掃部)·목공(木工)·주계(主計)·주세(主稅)·감해유(勘解由)·장인(藏人)·장감(將監)·대도(帶刀)·강전(絳殿)·사인(舍人)·도서(圖書)·태학(大學)·아

175 동해도(東海道) 15주 : 원문에는 14주만 적혀 있고, 하총(下總)이 빠져 있다.

176 동산도(東山道) 8주 : 원문에는 7주만 적혀 있고, 시모쓰케(下野)가 빠져 있다.

177 은목(銀目) : 일본 에도 시대에 은목이라는 관제는 발견되지 않는다. '銀' 아래 궐자가 있는 듯하다.

악(雅樂)·번태취(番太炊)·감물(監物)·두(頭)·조(助)·준인(隼人)·직부(織部)·여내장(女內藏)·주수(主水)·친정(親正)·조주(造酒)·시정(市正)·좌(佐)·대선(大膳)·좌경(左京)·우경(右京)·수리태사(修理大史)·권태사(權大史)·진(進)·량(亮)·좌위문(左衛門)·우위문(右衛門)·좌병위(左兵衛)·우병위(右兵衛)·좌근위(左近衛)·우근위(右近衛)·독(督)·좌(佐)·위(衛)·탄정(彈正)·소필(少弼)·충(忠)·외기(外記) 등이 있다. 이는 모두 대략 당나라 제도를 모방하여 만든 것이지만, 그 실상은 별로 관련이 없다. 맡은 일이 자칭 비서(秘書), 소감(少監)이라고 하는 자도 글을 알지 못하며 자칭 주계(主計)라 하는 자도 애당초 전곡(錢穀)을 관리하지 않으니, 모두 빈 직함만 쓴 것이다.

생산되지 않는 것으로 봉밀(蜂蜜)이 가장 귀하다. 칠실(漆實)로 초를 만드는데 모양이 우리나라의 우지초[牛脂燭]와 같다. 매[鷹子], 호피(虎皮), 표피(豹皮)와 면주(綿紬), 백포(白布), 인삼(人蔘), 화석(花席), 세류기(細柳器)는 모두 몹시 귀한 물품들이다. 꾀꼬리와 까치도 없는데 가두고서 놓아기르더라도 난육(卵育)함을 볼 수 없으니, 몹시 괴이한 일이다.

과일에 있어서는 귤, 유자, 감자(柑子), 석류가 많이 생산되며, 감[柹]은 색은 푸르지만 단 것이 있다. 포도는 껍질이 두껍고, 대추와 밤은 넉넉하지 못하다. 비파(枇杷)는 열매가 살구와 같은데 초여름에 익으며 두터운 잎은 겨울에 푸르다가 시든다. 양매(楊梅)는 색이 붉고 맛은 시며, 노귤(盧橘)은 작기가 살구와 같고 맛은 달면서 시다. 오직 배[梨子]는 가장 실하고 맛이 좋다.

나무 중에서는 동청(冬青)이 가장 번성하며 열매는 자두와 같고 기름을 짤 수 있다. 황죽(篁竹)은 가장 무성해서 둘러 심어서 울타리를 만든다. 소철나무는 가지가 없고 잎은 봉황 꼬리와 같은데, 혹 말라 죽었을 경우에 철을 만나면 소생한다. 뿌리를 뽑아 햇볕에 쬐어 말려서 땅에 심으면 곧 살아나니, 진실로 괴이한 나무이다. 종려나무는 위에는 성글어 가지가 없고 잎은 창포와 같으며 모양은 포선(布扇)과 같다. 몸에는 말갈기와 같은 털실이 있어서 빗자루를 만들고 새끼를 꼴 수 있으며, 또 가늘게 짜서 베를 만들어 장식해 관으로 만든다. 그 나무는 곳곳마다 있다. 삼나무는 마치 회나무와 같은데 뜰에 심으며, 건축할 때의 도구나 기물의 재료를 대부분 이 나무에 의지하니, 우리나라에서 소나무를 재료로 삼는 것과 같다.

소위 천황(天皇)이라는 사람은 지극히 존귀하여 국사에 간여치 않으며, 오직 날마다 세 번 목욕하고 한 번 하늘에 절할 뿐이다. 그 장자는 그 족속에게 장가들며, 다른 아들들은 모두 장가가지 않는다. 황녀는 모두 비구니가 되어 시집가지 않는데, 그 존귀함이 짝할 이가 없으므로 남에게 시집가서는 안 된다고 여기기 때문이다.

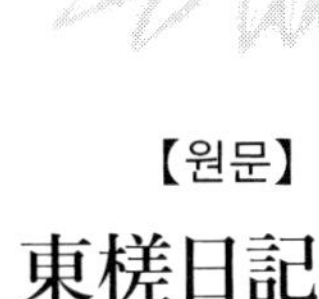

【원문】

東槎日記

歲萬曆四十四年某月日，朝廷以日本關白蕩滅讐賊，思修舊好，使對馬島持書契以通廟堂，特稟差遣回答使，兼刷還被虜人口事。丁巳正月二十七日，差上使及從事官，累月遷延，未差副使，同年三月十三日始爲差出梓。自丙辰七月退居忠原之墓下，四月十八日始聞除拜之奇。同月二十一日乘船，二十五日入城，翌日肅拜。自上命賜節鉞，又令退定行期。初擇於五月初一日，退於十二日，以拜表又退於同月二十八日，是日辭朝。

回答兼刷還上使 僉知 知製教 假銜兵曹參議 吳允謙〔己未 汝益 壬午司馬 丁酉別試〕秋灘 海州人

副使 軍職 假銜軍器寺正 朴梓〔甲子 子挺 己丑司馬 壬寅別試〕雲溪 高靈人

從事官 軍職 假銜禮曹正郎 李景稷〔丁丑 尙古 庚子司馬 丙午別試〕石門 全州人

譯官　　　同知 朴大根
　　　　　同知 鄭彦邦
上使軍官　宣傳官 李眞卿
　　　　　前僉使 鄭忠信
　　　　　前縣監 柳時健
　　　　　前主簿 宋德榮

	訓鍊主簿 禹尙中
	訓練奉事 李景蘭
	前參奉 李安農
副使軍官	宣傳官 安景福
	前監察 崔昊
	前宣傳 申景沂
	前司果 朴霽
	前司果 朴應雲
	訓練奉事 朴成賢
	前直長 柳潤
從事官軍官	前主簿 李瀛生
	訓練奉事 柳東起
	參奉 金哲男
譯官	前正 崔義吉
	前正 康遇聖
	前正 鄭純邦
	前正 韓德男
寫字官	前主簿 宋孝男
醫員	前僉正 鄭宗禮
	前奉事 文賢男
畵員	前司果 柳成業
寫字官	嚴大仁
旗牌官	金迪
別破陣	崔義弘
	鄭義逸
馬隊	金士吉

五月

二十八日〔辛卯〕

雨，辰時晴。是日黎明冒雨，上使、副使、從事官及一行各員，詣闕拜辭。命賜酒于仁政殿越廊，賜使臣馬裝各一部。未肅拜前，見慶尙監司以橘智正先歸事狀啓。使臣等因啓曰，“臣等伏聞橘智正以臣等之行遲延之故，至於發怒經先入歸云。渠以受職之倭，驕詐恐喝，輕侮朝廷之狀，至於此極。若不待橘倭導行，輕自渡海，恐傷體面，請令廟堂商確指揮入啓。”

領議政與禮曹判書，以上使同年之故，會同年輩，設餞於掌樂館，大張聲樂。并與副使、從事而邀之者，至於再次，以同年榜會，辭不赴。最後領相送人，不得已自闕下往參，只飮領相及禮判餞盃而經先辭出。先到判書兄家，拜於祠堂，及兄主前，兄主扶病出門，至於垂涕，悲痛可言？竟不至家，直出南大門，聞諸宰以餞別辭在南關王廟，往受餞盃，密昌及兵曹參判李覺、李同知〔馨郁〕、尹同知〔重三〕、申提學〔欽〕、柳輔德〔孝立〕兄弟、兵曹佐郎李〔用晉〕也。到漢江送別者甚衆，不可盡記。名官則唯柳提學〔根〕、李翰林〔久〕兄弟、吏曹參議柳〔希發〕、鄭相國〔昌衍〕、金僉知〔止男、偉男〕兄弟、柳校理〔瀹〕也。朴典翰〔鼎吉〕在他船送人邀之，竟不應。薄暮渡江乘駕轎，帶暝而行，投宿良才驛。朴羅州兄弟、金守儉、鄭進士〔俊衍〕、監察父子隨至矣。金羅州族丈追送別章，以病不能往別云，盖㥘於時勢縮頭也。上使宿於本家農舍，距本驛五里許。上使支待果川縣監，副使支待金浦縣令黃再中。人馬都差使員良才察訪朴〔弘美〕也。

二十九日〔壬辰〕

陰。朴羅州兄弟、金生員及朴中燁辭別還京。上使前，送宗禮問安，上使以軍官禹尙中還報。監察及別坐往拜于上使前。上使之弟兵曺正郎允諧、進士允諴來見，以相去似遠，不得往拜上使。直向廣州，牧使金斗男支待。食後見牧使， 牧使行餞盃。自良才至四十里也。以阿枝里先塋奠拜事，請於廣牧，畧備奠物。午時雨洒。夕到墓所，楊根郡守權鵾支待，不成摸樣，軍官等皆飢。倩米於朴源以食。自廣州至此四十里也。

三十日〔癸巳〕

朝微雨。早奠于玄玄祖〔眞言〕墓，次奠于玄祖光陽縣監公〔仁孝〕墓，次奠于校理公〔文幹〕墓。次奠罷， 還于幕次， 朝飯。監察及朴〔珙〕辭別還京。使崔義弘押領楊根色吏， 移囚于利川。午到利川， 主倅辛成己支待。點心後奉餞盃。陽城業已來候矣。竹山 朴〔耆英〕四兄弟、李瑄、朴葵英輩來見。陽根色吏刑推放送。夕到驪州，牧使涌出名煒來迎。

六月

初一〔甲午〕

晴。辰時登途，晝點于安平驛川邊。金郎 應海來島甲。尹生員、趙將帥、閔仁恕來見。泉浦下人輩亦來迎。午後到泉浦，拜於先隴。夕金僉知來餞。查頓金生員及中邦洞諸人皆來見。閔涵、趙公淑、李蕡自山溪來見。秣馬里 金參奉來別。支待官提川縣監申〔孟慶〕、支待都差使員永春縣監李培迪、人馬差使員栗峯察訪申〔埈〕等來候，遞送京來人馬。自驪州至泉浦五十里。是日出齋外舍，明日爲奠拜故也。

初二日〔乙未〕

早奠，奠罷卽發行。未時到山溪。有旨兩度，一則云"頃日島主差倭等來，回答使遲延發送云。故發送書契，修答以送矣。今不可再爲答送，已爲發程之意，爾其持書契倭人等處，措辭開諭入送"事有旨。一則

"橘倭雖云渡海, 想必留泊於絶影島近處矣。假使已爲渡海, 使臣之行不可以此有所進退。到東萊, 聲言橘倭不留先導, 決不可渡海。或退住梁山、密陽之間, 則渠必顚倒來迎。猶恐後時而登船, 卜日尙遠, 俾無久留, 難處之患, 爾其知悉"事有旨。五月二十九日, 同副承旨李次知。

初三日〔丙申〕

晴。朝謁趙參判叔母主、趙監役叔主。往趙監察宅, 拜祠堂, 因往墓所, 以淸風祭物, 奠于外祖父母墓。還于幕次, 朝飯後, 歷拜于金政丞墳墓, 弔金正郞 期遠, 又弔趙純祐靈座前。越峴, 往見名燁妻。以駕馬渡北津, 未時到忠原, 拜上使前及從事官。公洪都事金〔縉〕代監司, 以宴享事, 已來到矣。上使支待官淸安縣監, 副使支待官忠原縣監李慶全也。西原縣監將與忠原宴享竝辦事來在矣。昏與鄭生員〔縠溫〕及金應海、文燁兄弟會軍官, 設小酌。別監鄭宗榮先唐突入坐於軍官之上, 軍官安景福告以體面不當如此, 我曰: "是我所親也。" 因命宗榮先出看事, 因戲曰: "如此, 軍官庶不失體矣。" 酒三巡, 軍官等退去。

初四日〔丁酉〕

晴。巳時設宴享。上使東壁, 次副使, 次從事官。公洪都事對坐於西壁, 朴大根、鄭彦邦差後而坐於東壁之末。軍官等坐於三使之後, 驛官輩輩坐於都事之後。別破陣、旗牌官坐於南楹外。公州、西原、忠原妓樂俱集。擧床以與民樂慢曲, 次步虛辭舞童, 次舞尙鉢, 次靈山會散處容舞, 次界面調罷宴曲。一行奴子等亦享於中門外。初昏上使來見。

初五日〔戊戌〕

霧。卯初從事先發, 蓋欲早行避暑也。上使出門五里許繼發。文燁辭歸, 黯然可言? 巳時雲霧捲盡, 暑氣薰蒸。行三十餘里, 晝點于安保驛。上使支待槐山郡守。尹正言〔聖任〕來見。副使支待靑山縣監姜〔遇文〕也。過路水石淸奇，頗有濯熱之想。過嶺憩于龍湫。自安保距此三十五里，自忠原至龍湫八十里也。上使支待尙州牧使丁〔好善〕，副使支待金山郡守柳〔仲龍〕。上下支待極爲精美。上使一行人馬差使員幽谷察訪金〔寧〕、副使一行人馬差使員昌樂察訪鄭騰、人馬都差使員安奇察訪李〔承馨〕等皆來於此，遞送公洪人馬。察訪則曾於安保落後矣。夕到聞慶。上使一行支待本縣縣監沈〔宗直〕，副使一行支待咸昌縣監金〔善徵〕也。咸昌里安居金就恭子德起、醴泉柳川居張彦邦子大仁、安東豊山居李暹來見。自龍湫五十里。

初六日〔己亥〕

自朝雨。從事又先行。辰時着簑而行，風雨不止，衣服盡濕。晝點於犬灘。自聞慶至此四十里，從前出站處也。上使支待善山府使柳〔時會〕，副使支待開寧縣監閔〔汝沉〕也。冒雨向龍宮，行潦沒膝，泥滑如油，下人相繼轉仆。申時至龍宮。上使入於客舍，副行接於鄕射堂。上使支待本縣縣監李〔思顔〕，副行支待庇安縣監李〔宗文〕也。豊山 朴承燁、朴櫓、李廷老·廷立兄弟來迎。本縣高尙程、尹參軍涉、姜汝𩣡、佐郎全以性、李彲、李欽伯、醴泉 權得平來見。自犬灘至龍宮四十里。〔簡於李咸悅見答。答高蔚山書。〕

初七日〔庚子〕

晴。前有一川，水張難渡。遣別破陣鄭義逸，觀其水勢，還答可渡。乃因發向醴泉，午時到郡。上使支待本郡郡守洪瑞龍，副行支待奉化縣監朴〔尙賢〕。兩倅祗迎於門內，揮却使入杖禮房不稟祗迎禮。申時與上使及從事，登快賓樓，設酌。使柳東起鼓琴，幾至二更而罷。是日，金洛族丈、權惕孫說、安僉知〔渭〕、權溱、權誢、權鉉、許蒔、安汝正等來見。自龍宮至醴泉，四十里也。

初八日〔辛丑〕

平明雨，俄而還霽。聞安奇驛卒溺死於前川，見之則已爲斷陰而去矣，可愕。遣別破陣崔義弘，往見沙川之深淺。義弘來言"水淺可渡"。三使以發行十三里許，到沙川，水沒馬背。兩使與從事同坐，杖義弘六介。本郡鄕所曳入而不杖。扶載架子，先運國書、禮段、卜物。軍官等輩脫衣徒涉，以次乘轎而濟。上使及從事直向豊山，我行以祖墳奠拜事，進于枝谷。眞寶縣支待而縣監申〔純一〕，以木手僧軍差使員上京，鄕所領來邑殘人，頑不謹支供，一行上下皆未夕飯。曳入鄕所，刑推都色後，移文本道監司，使兼今本府支待。自沙川至此二十餘里。

初九日〔壬寅〕

乍雨乍晴。權浩然四兄弟及金斗一、李廷老・立兄弟、金義元、李鑰等各持囊果而來，令分饋軍官、譯官等。是日留枝谷。

初十日〔癸卯〕

朝洒雨，食後晴曉。先祭於祠堂，次奠於柳滑墓，次權司藝墓，次佐郎墓，次鎭岑墓，次都承旨墓，次祖父母主墓，次監察叔父主墓。奠罷，杖安東工房及都色。晝點于豊山，見妾母，因坐于槐亭。李璟、權詢、李珍、金士恭、金士儉、吳澈、鄭憲、金士得、李玽、權杠、權得與、李坪、權天民、黃振經、南希程、李瑱、李鑰、李釴、李光遠、李璉、李明遠、鄭維藩、金光漢、金光澤、金光沃、金光灝、李廷老・廷立兄弟來見。其中惟李鑰十餘人持囊笥以餞。點心後向安東，驛官崔義吉等出迎于西亭子，入處于西上房。上使支待安東府判官任羲之、府使高用厚，時未到任矣。副使支待寧海府使趙溦，以病不來，只送鄕所，支供不成模樣。鄕所捉來而不杖，只杖都色。榮川朴成範昨日已來本道，監司尹暄昨已到本府，處于武學堂矣。

十一日〔甲辰〕

晴。李瑚兄主、李璉、朴文範、朴承立、金斗一、金昌先、金起先、金瑛、李廷老兄弟、吳汝榜孫胤祖、權得平、李敬培、李得培、李瑱、李鈛、申碩茂、安貴壽、鄭伉、鄭俶、李光煒、鄭三善、吳灊、權泰精、李暐、李汝馩、權誧、姜宗瑞、進士裵得仁、朴好信、權恒、金得碼、權忔等來見。李參議 遲與其弟逈，設宴於西軒。琴歌交奏，舞隊雙雙。竝招軍官等飮之。李遲醉裏欲擊鼓，以上使所在處擊鼓，未安禁抑之。午後宴饗，上使以下東壁交倚坐，坐次如忠原宴餉之坐。擧床以與民樂慢曲，次步虛辭舞童，次靈山會散處容舞，次盪漿曲，次獻仙桃，次界面調宴罷曲。七酌後，監司請平坐以奉盃。兩使及從事與監司對坐席以飮。上使先起出，少頃繼起。是昏雨下如麻也。

十二日〔乙巳〕

晴。以前川水漲，留安東。座首李珍、別監安貴壽主辦設酌。慶州提督權暐、安東提督李汝馩、前別監李瑚亦持囊果來參，軍官、員役竝參。李參議 遲請于其家，竝率軍官、員役往赴之。酒進樂作，燈燭熒煌。幾至二更還府。

十三日〔丙午〕

晴。從事趁早先行。名燁落別而歸。卯時見監司而發行。寧海下人投其器仗而走，捉致二人。駐行南門橋頭，各杖五介，便於馬前驅行。朴成範、朴承燁來別渡頭。越小嶺，過禿川院，至一直縣。自安東至此三十里。上使支待本府，副行支待禮安縣監李繼祉。李典籍 逢春、李忠義 健、權生員來見，朴櫓、柳炫追來。臨發招見禮安倅。暑氣薰蒸，如在鴻爐中。未時末至義城。自一直縣距此四十里也。上使支待本縣縣監梁士海，副使支待青松府使許炅，邀見與語。李遲追來。

十四日〔丁未〕

晴。從事早出先行。平朝發向靑路站。自縣至此三十里。站西七里許，有金城山，乃韶文國舊基也。山之南，有李民宬兄弟家，三使幷駕往訪。設小酌，卽罷到站。上使支待義城，副使支待仁同府使呂〔相吉〕，以族親招見。發行向義興，炎欝如昨。午時至義興。自靑路至此二十五里。上使支待縣監李幼淸，副使支待軍威縣監黃得中。善山 朴弘慶、履慶兄弟及朴侃來見。

十五日〔戊申〕

晴。辰時發行。午末入新寧。自義興至此四十三里。上使入西軒，我處東軒，蓋西軒有泉石竹林之勝故也。上使支待本縣縣監權暐，副使支待新安縣監金中淸也。副行下人以雨入置駕轎於大門內，營吏等欲避雨於大門，脅驛卒，使之出轎，驛卒不應。營吏等入訴於上使，上使令移轎而已。營吏等誣以驛卒徵木於養馬頭，入白於從事。從事從重刑推營吏之奸。時昏新安、新寧兩倅欲奉盃於三使，懇請同參。

十六日〔己酉〕

朝陰。從事先行，兩使相繼登程。辰末雨洒旋晴。午時末至永川，相距五十里也。上使入於客舍，副使入於西別館。上使支待本郡倅南撥，副行支待盈德縣監李挺也，支供甚勤。上使人馬差使員長水察訪、副行人馬差使員松羅察訪金德一、都差使員自如察訪宋榮業皆來候。是夜雨下。松羅兵房賂紬一疋於軍官申景沂，欲圖驛馬。景沂以此告於從事，刑推其人。

十七日〔庚戌〕

晴。以祭於判書先祖事，平明以馬裝，先上使而發。越前川，由村路度柳嶺，至原谷。自縣距此二十五六里。山勢雄偉，乾坐巽向之地，碑石猶存。幼學鄭完胤、僉知鄭希胤、希胤之子顯道・憲道・味道等來參祭。松羅察訪、盈德縣監皆陪來，祭物則盈德之所備也。東行六七里，晝點于阿火驛。上使、從事已先行矣。上使支待淸道郡守任孝達，副行支待河陽縣監蔡亨也。前都事鄭湛來見，蓋僉葬原谷墓近處者也。陪行差使員新寧縣監權暐下直還歸。未時到慶州。自阿火至此五十里也。上使支待本府府使。帶原君 尹孝全、判官許鏡時未到任矣。副使支待慶山縣監李忭、從事支待興海郡守丁好寬皆來候。

十八日〔辛亥〕

晴。軍官輩往觀伯栗寺。寺在府北五里，別無所觀。但寺後一穉松旣斫而復生新枝可怪。午後宴餉，東壁坐如舊，府尹及興海坐西壁。宴羞不及於安東，而妓樂則過之，舞牙白黃。諸郎又運置一片彩鷁於廳中，使小妓爲搖櫓形，郡妓齊唱以爲盪槳曲，其聲惋。七酌後，府尹請平坐行杯。軍官、譯官亦隨量傳飮，卽令二人對舞。宴後連轎，登鳳凰臺，日已昏矣。三行爲紅粉，萬炬煒煌，高歌遏雲，長笛寥亮。幾至二更，令請妓歌舞而歸。乃口占一律曰："蠻蜀興止一夢中，客來無語立斜風。瞻星臺古孤烟碧，半月城空落照紅。喬木幾多遺廢地，亂蓬無數罨頹宮。昔年文物今何在，鰲峀橫邊水自東。〔金鰲山在府內。〕"

十九日〔壬子〕

晴。孫胤祖辭歸。辰初登程，晝點于鳩虛驛。自府至此四十八里也。上使支待長鬐縣監申彭老，副使支待淸河縣監李象元也。支待差使員慶山縣監李忭、人馬差使員松羅察訪金德一，除陪行還去。申時至左兵營。自鳩虛至此四十里也。上使入兵營客舍，副行入蔚山衙舍。蓋本郡爲倭賊所焚蕩，館宇未葺故也。上使支供蔚山府判官崔洇。副行軍官及譯官支供延日縣監朴而儉也。

二十日〔癸丑〕

晴。兵使李時英餞三使於南門樓。上使其軍官與一行，分邊射帿，軍官安景福以五巡二十三分居魁，得弓子。

二十一日〔甲寅〕

晴。自蔚山乘曉發行。中火于龍堂，距旣六十里。自龍堂抵東萊府七十里，畏日當空，人極馬煩，就陰臨流，再憩而行。申時入府，館於西軒。

二十二日〔乙卯〕

晴。留東萊。統制使鄭起龍、左水使金基命、收稅官尹民逸，自釜山來見。與從事官書曰："橘倭之徑歸，皆由於釜山訓導不能善辭之致，則爲訓導者，固不得無罪也。行到境上，卽遣軍官，拿致究詰，或杖或囚可矣。不然，無以聳動邊人，鎭緝倭情，前頭之變幻百端，將不可勝言，豈非可慮之甚乎？請白於上使，商確處置甚當。伏惟高明俯諒以示。"朝與上使、從事同坐，曳入釜山訓導韓祥及東萊府使軍官于庭。韓祥則杖臀三箇因囚，小通事朴春杖臀五箇，府使軍官則教授還放。午見統制使，中軍馳報，橘智政還出來云。金海府使曺繼明、昆陽郡守李維則、南海縣令李孝訓、熊川縣監裴弘祿、固城縣監李日章以支應官來候。東萊竝定支應梁山郡守趙曄。固城幼學李山立來見，鐵城外遠族也。

二十五日〔戊午〕

晴。留釜山。調度使韓德遠自右道來見。東萊府使黃汝一分付竝定各官設酌，至夜乃罷。收稅官尹民逸在船上贈詩曰："榮辱昇沈問幾何，向來人事苦相磨。乘槎試涉蛟龍窟，險惡爭如宦海波。" 與上使同議，使崔義吉送食物于橘倭處。

贈別慶州妓玉芙蓉以宴享事來釜山

一朶閒花滿意香，狂風隨處任飄揚。自知畵餠終無用，臨別何須枉斷腸。

上使所吟

一別蓬山歲幾除，壁間開眼是吾書。明朝更向扶桑去，却望幷州戀田居。

敬次

古來人事有乘除，旅榻空勞咄咄書。始覺浮生天地大，此身隨處是安居。

又次右韻

覽鏡無由白髮除，苦心何用五車書。欲知淸淨安身地，無限靈臺有廣居。

次上使韻呈東萊府使

新竹篩窓苔滿除，海天微雨潤琴書。紅粧照地歌鍾咽，誰道過城似野居。

二十六日〔己未〕

晴。留釜山。東萊設餞於射廳，調度使、水使、收稅官皆參會。諸將與軍官較射，諸將皆守令、邊將也。東萊不善處置，諸將不得參於宴會，皆不快之云。見有旨兩度。一則云“先朝例不遣御史”云，一則云“檢察之事爾其爲之”，上、副使各下。

二十七日〔庚申〕

晴。留釜山。從史官患病往問。上東城樓上，眞一形勝也。一山斗起，其形如釜，名釜山者，蓋以此也。壬辰倭賊城於其上，李德馨爲體使時，增修其制，樓其門，閣于中，丹靑之。其後十許年繼之，無幾盡頹毁，可歎。

二十八日〔辛酉〕

晴。留釜山。忠原奴末卜去時，送家書于泉浦。江陵府使洪慶臣送卜定物時, 書問答之, 路資無所送, 泗川河奉事前答書, 送笠帽一事。

二十九日〔壬戌〕

晴。留釜山。醫官鄭宗禮奴還去時, 簡于兄主監察及別座壽孫母處。水使設餞, 咸安亦設。

七月

初一日〔癸亥〕

自辰時風雨大作, 掀天動地, 海波如山。戰船一隻沈沒云。

記所見

魚龍叫喚雷霆怒, 鼙鼓喧邊萬馬奔。應想陽侯誇壯景, 故敎風雨鬪乾坤。

上使次

大風驅雨日光昏, 險浪掀空怒雷奔。海子舟人渾辟易, 獨持苦節立乾坤。

上使戱吟

君道風流都戲爾, 人言緣分實無疑。錦帳沈沈深夜後, 一生眞僞有誰知。〔一生, 萊妓名。〕

敬次

贏得風流播海郡, 陽臺雲雨揔堪疑。蓬山漸遠芙蓉落, 此夜孤懷知不知。〔芙蓉, 慶妓名。〕

初二日〔甲子〕

終日陰霾。留釜山。南平縣監權倪送路資。

初三日〔乙丑〕

留釜山。風少止。柳高靈父子以刷還女息事，來釜山。因其歸，簡于忠原本家兼魚物。左兵使時英遣軍官，遺竹笠花鰒等物。

初四日〔丙寅〕

晴。申時乘船，放於內洋而還泊。今日母親忌日也，據禮固辭，上使以國家所定日，不可不來云。故不得已黑冠帶，以備旗纛、節鉞乘之，蓋以迎候倭人所見處不可埋沒故也。下船卽所著。

東萊府使黃汝一所吟[1]

氣岸山還讓，風稜海欲氷。知公誦詩舊，喜我得人曾。方丈遐遙擧，扶桑日近昇。玆行憑聖化，列島盡西膺。

敬次

如褏扶桑繭，金輝襯玉氷。色絲聞已熟，天焰見何曾。氣壓秋濤壯，光爭海日昇。吟來轉雄建，字字可銘膺。

次萊伯初一日大雨韻，送於從事官

海鵞隨風舞，陽侯作怒波。驚雷夜更急，飛淶曉尤多。遠嶼傾蛟室，阾船斷棹歌。臥聽黃帽鬧，栧櫓竟如何。

次東萊壁上韻

太宗臺

羽蓋仙幢駐此山，天容玉色暎孱顔。白雲千古臺空在，方劍何年去不攀。

鄭瓜亭

荒村喬木夕陽斜，愁聽嗚潮咽晩沙。無限戀君憂國意，至今餘蔓帶殘花。

1 吟 : 底本에는 '唫'으로 되어 있음. 문맥을 살펴 수정함.

初五日〔丁卯〕

晴。是日五更，具黑帶祭海神。釜山南港造山之上，以支待守令及各浦万戶輩，充諸執事。謁者引三使臣，就位次，引堂上譯官及軍官輩，就位各四拜。謁者引上使，詣神位前，焚香奠幣，獻酌一杯。謁者引降復位。在位者皆四拜畢，左兵使李時英自兵營設饌張樂於水營樓船。調度使韓德遠、水使金基命、收稅官尹民逸皆來會。申時量慶尙方伯亦自上道爲餞別。特臨並參，張樂徵歌，日暮乃罷。橘智正船在傍近，言于兵使，送牛脚二、酒二盆。智正感說云。無風以船上多有濕氣，降次于海村。

初六日〔戊申〕

晴。方伯設餞于造山。水使、調度使、密陽府使、收稅官、東萊府使並參。未時乘船，到戡蠻浦，留泊候風。諸公皆乘船來別而去。

初七日〔己巳〕

晴。占雲候，當有風。黎明上帆，撓櫓出於大洋。風力甚微，難以櫓役行舟，船人疑懼。巳、午間便風大作，舟行如飛。申時到泊于對馬島完伊浦。〔一云完老，乃一云鰐浦。〕浦之東南，有僧寺館而待之。島主平義成〔平義智[2]之子也。其年十四歲。〕及豐前平調興〔調信之孫，景直之子，義成之妹夫。用權惡於島主。其年十三歲矣。〕送人致問及其五日支供。距完伊浦十餘里，倭人以小船三十餘隻來迎，因曳行船而導。自釜山至于完伊浦四百里。夕見橘智正、平智長，下立於交倚前，智正輩入拜時，揖而答之。因責智正徑歸之失，智正亦服知罪云。鰐浦右邊，一麓彎回，中有一港。港之東南有洞，乃其寺觀所在也。前有人家二十餘區，左右迫窄。只有隙地種芋，莖葉疎短，殊不似我國所產。寺後有椶櫚樹，葉如

---

2 智 : 底本에는 없음. 문맥을 근거하여 보충함.

布扇。冬栢着實，如李不可食。秋剝其子，只取其油云。是日曉飮粘酒半甫兒，朝飮燒酒一杯、薏苡粥半鉢，舟洶太甚，胸煩盡吐。午後覺肌，服薏苡粥不着蜜者，氣頗降歇。因進夕飯。乘船飮酒最忌。

初八日〔庚午〕

晴。食後發船，還出港口。橘智正前導，又以小船載格倭，左右曳行。過豊崎、泉浦、西泊浦，以風逆不得行。泊于鹽浦，宿於船上。自鰐浦至此八十里。島主致問，調興來候，見於船上。此日不爲於疾。釜山伺候船歸，付送狀啓兼簡于文燁諸處。沿島而行，多有松林森鬱巖崖奇絶之處。

初九日〔辛未〕

晴。自鹽浦登船。島主送書問安，送酒果，書以謝之。以所送酒一桶、行中所儲果子七十葉分給。格倭未及船越浦。兩山挾海，港十許里，有一海門，僅容行舟，其名下瀨，舟人戒愼而過。右過汀上，有板屋一間，乃是住吉神社云，舟人往來祈禱之所也。過此右一邊對州之山，左一邊黏天無碧，疑是江原、咸鏡兩道相連之海。住吉千年社，靈奇萬古傳，忽然風借便，知是荷神怜。

過下瀨辭 從事官

解余纜兮鹽浦，掛片帆兮駕長風。日出兮扶桑，金波湧兮涵碧空。蠻酋泛兮樓船，導玉節而東兮。鯨濤兮欄干，渺萬里兮無際。天吳兮蛧象，來髣髴兮相呑噬。陽侯先兮馮夷後，內爍恍惚兮萬化而千變。舟搖搖兮靡所屆，愯予神兮目眩轉。臨巨壑之駭浪，思曲浦之穩流。舟人指予以杳靄，曰此下瀨之長洲。鼓角鳴鳴兮櫂夫奏歌，忽予至乎浦之口。劈雙島兮水中分，削層巒於左右。丹崖攀壁兮奇絶而明媚，三山浮來兮此停留。紛奇卉異草之蓊蔚兮，閬苑玄圃兮不可與儔。潮水散兮包絡兩岸，曲迤延兮幾數十里。水勢則龍走而蛇奔，島嶼則鳳翥而鵠峙。

西望兮山阿, 若有祠兮住吉。商船賈舶之過此兮, 亦也祈神而要福。淨階庭玉石兮明沙, 列仙於焉兮學飛術。擧臂兮欲辭盧敖, 牽衣兮可把東皇。要仙女兮解予佩, 鏡淸流兮蕩桂槳。回首向來之渟滀漶泋兮, 入諸天兮到上方。聞岱山之在東海兮, 蓬萊池兮無乃是。臺男女兮在何許, 懷文成與五利。目極兮貪玩, 蘋風兮夕起。望美人兮天一方, 非吾土兮欲斷腸。何造物之多戱劇, 甄勝槩於蠻鄕。變斥鹵之醎醝, 別一區兮海中央。倘此精英之鍾毓萬一兮, 人胡爲乎虺蜴。明爲山兮麗爲水, 稟渣滓於醜孼。此權柄兮誰執持, 信物理兮難識。祇足以慰羈旅之愁思兮, 非欲侈於玆域。顧余之畏此簡書兮, 知不可乎久於此。問前路兮出海門, 復愁風兮愁水。

次從事足下過下瀨辭

奉玉節兮向日域, 粧飛艎兮借便風。驅天吳兮殿紫鳳, 下深谷兮上青空。長鯨巨鰐兮釖齒參差兮, 噴雪霜兮迷西東。孤帆出沒兮靡所止, 落雲水兮杳無際。驚濤觸石以雷裏兮, 櫛汨崩騰兮爭嚙噬。朝暾夕靄兮頃刻異候, 紫赤輪囷兮怪氣萬變。忽一港兮谽呀, 縈海流之回轉。劈兩峽兮如門, 云下瀨之急流。舟人相戒以無譁, 指一邊之沙洲。曰此住吉之神社, 羌千年兮鎭浦口。青松掩靄兮冬栢蒨蔥, 蒼壁丹崖兮東左右。白日翳翳兮將暮, 撥薜芷兮采芳杜。歷險艱兮荷神怜, 聞棹歌兮此淹留。呼靈神兮與之儔, 拂旗脚兮吹萬里。疾飛鳥之過空兮, 陵大渡之山峙。馮夷 海若兮相護持, 若主張夫殃吉。惟忠信篤敬以相將, 釋不回於求福。一瞬息三百其程, 誰誇縮池之奇術。馬島邇兮鼓角鬧, 爛旗旆之張皇。下芳洲兮聊自由, 收蘭棹兮落桂檣。若驚濤浪之在耳, 心悅悅兮迷方。眄海國兮微茫, 望長安兮何處是。惟報國之未遑, 豈營營於名利。想前道猶渺渺, 臨滄渡兮夕風起。北極遠兮南溟深, 嗟一日兮九迴腸。百年憂樂兮相半, 胡然滯迹於蠻鄕。推衾枕兮步庭月, 思搖搖兮夜未央。在夷險兮不可易圖, 履虎尾兮觸蛇蝎。碇信美兮楫膽勇, 思一言兮服凶孼。天地茫茫然此路通, 抑乘除之難識。船采藥兮追秦皇, 亦何憚浮遊於異域? 懷美人兮不可忘, 撫玉珮兮寧久此。魂耿耿兮無寐, 愁洋洋兮如水。

自鹽浦至船越浦一百三十里。自船越浦至府中七十里。

酉時下船, 具冠帶, 陳儀物於上使前。三使軍官陪國書而前導, 抵于府西館宇, 乃是新造板屋, 爲迎候使臣之所也。鋪陳床帳, 儘皆精潔。請供夕飯, 許之, 一行員役皆饋之。盤用素色, 器用花磁漆盂。以塗金土杯進酒, 以木箸代匙, 用後卽毁, 示不復用, 待尊貴者之禮也。先將飯, 小許貯於器中, 俟喫更進。飯訖進酒床, 撤進茶果。自此糧餉支供, 逐日繼呈。〔到于館舍, 調興先送人問候, 繼具饌飯。島主則戌時始爲送問。令通官責言之, 則曰"已送不來否云云"。夜二更, 雨下如注, 雷電并作。〕

初十日〔壬申〕

雨勢崇朝, 方午快晴。留館中。未時島主平義成及平朝興等具冠帶請現。三使亦具冠帶, 先設高足床, 置國書、禮段于其上。調興則自以世受國恩, 受書四拜而出。義成則以爲不受職, 不爲入禮。調興拜禮之時, 使臣等立於交倚前。次橘智正具冠帶, 四拜於楹內, 受國書而出。次受職倭源信安、信時老、世伊所亦具冠帶, 行四拜。智正拜禮之時, 使臣起立。禮畢後, 行相見禮。義成先入, 調興次之, 立於坐卓前, 行再揖禮, 使臣亦答揖, 因對坐於交倚。使通官朴大根傳語, 進醍醐茶而罷出。行禮時, 受職倭馬當古羅以病不來。玄蘇之弟子宗方僧亦稱病, 禮段等物使人傳致。修書契人内匠〔官名〕來謁。府中閭閻鱗次, 民物殷賑。狹路左右, 門閭對設, 墻垣之內, 竹木聳秀, 異樹蔭蔚。道邊男女簇立如堵, 皆着班衣。或有遮帳而觀者, 或有以衣掩面立者, 頗有玉面雪膚者。昏微雨, 夜深大霈, 雷電俱至。此島主山高雄, 前臨大浦, 浦口寬濶, 潮落則成陸。築石爲堤, 開三處以通來泊之道。人家皆用板蓋, 間有瓦舍。島中人戶幾至千餘。街衢四達, 市廛連絡。島主居島西北, 外設城墻, 不甚高大。山頂設山城, 城下西麓有國分寺, 島主大刹也。東麓有八幡宮，浦之西岸有流芳院，平景直之父調信齋宇也。院北有慶雲寺，迤北有西山寺，制極精巧，不施丹青。浦東有石岸百仞，曰立龜巖。島中南北三日程，東西或一日程，或半日程。屬郡八，曰豊崎，都伊沙其，曰豆〔豆豆〕，曰伊那〔伊乃〕，曰卦老，曰與良〔堯羅〕，曰峯〔美女〕，曰進古〔雙古〕。今則合八郡爲上縣下縣，屬浦八十二。山多石田，土瘠民貧，水田絶無。雖山頂亦種土蓮，或値阻飢，采掇葛根，搥碎沈水取末，拌於米麵以充朝夕。大米等穀皆取資於西海諸處。一島之民采山釣海以資計活。食穀者稀，多有菜色。田畓有踏驗收稅之規。島主食邑在筑前州，一年所收幾至萬石，曾爲奪削，今復給之云。

十一日〔癸酉〕

曉雨勢暫歇，朝陰，午晴。留館中。

上使所吟

落浦依曲浦，下碇瞰深淸。水宿難成夢，船行不計程。秋從昨夜至，月似故鄕明。衰病惟丹悃，三更望北星。

從事官次韻

月出金波靜，雲收玉宇淸。旅魂迷極浦，鄕夢阻歸程。努力須忠信，威靈荷聖明。明朝又卦席，舟子夜占星。

次上使韻兼呈從事官

高風刷炎瘴，零露釀秋淸。海闊三千里，雲開九萬程。南天雙鬢白，北闕寸心明。獨夜難成夢，推篷看曉星。

上使批云：“伏覩佳什，非但十分淸建。古人以詩有占其吉凶者，‘海闊三千里，雲開九萬程’十字，可占前路之平坦、鵬程之遠到，爲之深賀。”

上使所吟馬島館中聽雨

板屋雨聲圃隱詩，平生曾詠未曾知。昨來蠻館逢其境，始覺當時卽此時。〔圃隱有梅牕春色早，板屋雨聲多之句。〕

次上使韻

圃老東行有此詩，薄雲高義外夷知。如今持節尋先躅，板屋寒聲似舊時。〔圃隱於吾，外遠祖，故稱先也。〕

十二日〔甲戌〕

朝雨，留館。午晴，島主設宴，請之往參。七酌而罷。

十三日〔乙亥〕

自昨患冷嗽，終夜不平。調興設宴請之，既無國書之前陳，切欲備儀而行。朴大根高聲叫怒，傍若無人，深可痛也。

上上使書

朝廷不以梓無狀，充於輔行之任，授以節鉞旗纛，備儀物也。既無國書之前導，猶可備儀以行，則梓之切欲前陳者，存體面也，未有先失體面以能自持者也。梓之所見，非欲自尊，不過如此也。昨者大根之高聲頓足傍若無人者，是何道理？設令鄙生不顧前後，晏然行之，渠以首譯，猶當面議商確，未爲不可，何至於失聲顚倒以駭遠人之瞻聆乎？此其未安之甚者也。是不過庸劣備數，見侮至此，豈知辱命之擧，不在他國之人而反出於一行之通官乎？綱墜紀壞，近來益甚，尙何言哉？痛歎而已。伏惟下察。

病臥馬島館中，次圃隱先生宿登州韻

重溟限南北，森森無津涯。境界連蓬壺，風氣判夷華。死生寄一帆，壯遊吾所誇。海國草木殊，經春多異花。驚濤萬重險，水程千里賖。丹心謾耿耿，白髮已蹉跎。謂君試此行，何如宦海波。一樽雖易得，疊鼓誰相撾。愁城苦難降，胸裏猶峨峨。夜來棲板屋，桃燈空自哦。

次圃隱先生蓬萊館韻

風薄孤舟劈怒波，接空雲水森無涯。天抵馬島紅輪近，身入蠻鄉綠髮華。夜雨無端驚客夢，秋蛾多事掠燈花。何時回棹沿歸路，却向蓬山聽艷歌。

橘智正送餠榼，島主送果餠二器及酒二壺。朝柳川送大蝦一刀尾二，夕送銀魚各五尾。

十四日〔丙子〕

晴。留館中。柳川請一行於其第，辭不獲，未時連轎而往。調興引入于中堂，與島主及宗方，聯坐而待之。先以飯具，繼之以饌。揮洒金銀，燦爛輝暎。進酒茶果之規，一如初儀。行酒五巡而罷。又請觀內堂浴室、蓮池、果園等處，移床池上，納凉逍遙。荷香襲人，竹色侵衣，遠近松柏，掩暎蔥鬱，眞勝槩也。還次于小堂，調興請聽笛徵歌，使一行吹笛弄了數曲，又使文賢男、金迪歌之。島主、調興輩喜不自勝。因暮罷歸。從事入浴室，浴罷，幷會問於宗方："酒吾戒之一也，何以飮之?" 宗方笑答曰："雖不能飮，待賓不可廢也。" 從事又曰："風濤萬里，舟行甚難。願得渡海之盃。" 宗方不解。所患冷嗽，殊未快差，服正氣一貼。

十五日〔丁丑〕

晴。寅時行望闕禮。

答宗方書

〔宗方以外遠祖鄭圃隱記行詩三首書示，蓋以梓欲觀外遠祖圃隱奉使日本事跡及外曾祖權應敎來喩馬島等事故。〕

以酊菴 規伯下：屢次奉晤，色相昭朗，道範閒靜，欽艶耿想，不能置之于懷也。昨蒙書示外先祖記行詩三首，非但使梓咏玩而追感，足見齋下韻慕餘風之未已也。感歎無任。就中小錄，略表微悃，伏惟照亮。只此不宣。白紙五卷、黃筆十枚、眞玄十笏、鳳尾扇三把。

天賦皆同得，蠻鄕亦有人。馳誠則慕化，盡禮解娛賓。金椀羅珍饌，銀屛設累茵。誰云小島裡，風俗尙慳貧?〔右次圃隱先生韻。〕

又次圃隱先生韻

橫被慇尤十分稠，只宜歸去理鋤耰。宅饒花竹靑春爛，甕滿葡萄綠蟻浮。終擬江湖爲棄物，那知滄海作遐遊。羈魂不道雲濤隔，夜夜丹墀拜玉旒。

午宗方送酒二桶、餠二器、饅頭一器、豆腐一器、野菜兩種。

又次先生韻

駭浪兼天湧，揚帆特地難。眼中惟見水，雲除杳無山。雨過新凉動，風高暮靄殘。何須吟更苦，辜負片時閑。

又次先生韻

宦情羈思兩茫茫，秋夜孤燈一縷香。夢裏風光多好事，半窓明月詠高唐。

又次

槎水鷄山已渺茫，異鄕明月對殘香。傍人不解紓孤憫，錯道詩調學盛唐。

十六日〔戊寅〕

晴。留館中。氣不平，服正氣散。夕島主及調興來現，行酒五巡而罷。調興請呈雜戲許之。無慮五十餘人着倭女衣服，以紅白巾裹面，以扇拍地，有同寺僧讀經之狀。再次則回轉而舞，殊不似我國之舞，有同寺僧焚修之狀。行四巡而罷，其狀各異。此日燃燈列戟，先自頭倭，次及閭里衆人，傾觀。

十七日〔己卯〕

晴。留[3]館中。受職倭馬堂仇羅、世伊所、愼時老、元愼安等送酒饌。馬堂仇羅自稱僉知，不書其名，還給單子，改書以呈然後，受之。宗方書送四韻云云。"唐突使威，固知泛濫，而詩可言志，玆忘鄙拙，敢塵淸鑑。伏願僉使相公，原恕垂憐，運斤筆削，萬幸。特報綸音超海來，

3 留：底本에는 없음. 이 책의 다수의 용례에 근거하여 보충함.

使華應自且寬懷。休疑往日情無准，須信今朝事有諧。宜把客鞭催打着，好將旅枕頓安排。歸期定在黃花節，不必登臨望思臺。"〔請以望鄕臺改之，宗方叩去云。〕

十八日〔庚辰〕

晴。留館中。

次宗方韻

絳節遙臨日域來，蓬壺萬里豁羈懷。輪平已見交隣篤，修幣應知使事諧。帆落暮汀金柱暎，雲收晩嶼玉簪排。想師淸坐孤吟處，風滿疎欞日滿臺。

上使次

方師昨夜送詩來，爲愛山人有好懷。夢裏何曾一面識，晤言還似宿心諧。每加禮意知相荷，已斷鄕愁不用排。〔此句頗澁。〕願得暫尋松桂路，藥爐經卷共禪臺。〔"通韻非詩家古法也。然仍步末韻以酬厚意"云。〕

十九日〔辛巳〕

晴夜微雨。留館中。宗方送酒二缸，橘智正送煎油、秫餠各一榼，乃我國餠樣，蓋智正所率朝鮮人也。三使同坐，各食二介，餘分軍官下輩。

馬島誰云阻海波，片帆容易到東涯。各循風習行雖遠，共愛天心類處多。男子腰間皆尺水，婦兒衣裳盡斑花。從知聖化□□□，絶國猶能踏舞歌。右上使次鄙韻。

天分區域限滄波，小島彈丸在一涯。禮樂衣冠人道少，刀鎗技藝獸心多。還如禿鬼依深藪，更似輕鴎逐浪花。使蓋東來應漸化，佇聞風俗變謳歌。右從事官次鄙韻。

二十日〔壬午〕

晴。移住流芳院，乃柳川祖父調信及其父景直齋室也。隔壁龕中有燭臺香梡之具，軒廟蕭洒，俯臨滄海。右有瀑流竹石之勝，列植梧桐、梔子、蘓鐵、杉松等樹於庭隅。玄蘓弟子昌傳來謁。調興及宗方以島主意來邀。

二十一日〔癸未〕

晴。留院中。島主懇請設享，未時連轎以赴。進飯後，行酒五巡而罷，仍進茶果。且請逍遙，異木蔥鬱，松杉掩映。庭植梨、柹、橘、柚，結實離離。覽畢還坐，又進酒果，五巡罷還。

二十二日〔甲申〕

朝晴午陰，有雨徵。橘智正送團餠一榼，柳川送燒酒二瓶、生鮑等物。留院中。

二十三日〔乙酉〕

午晴夕陰。留院中。島主及豐前來謁，啜茶而罷。島主送餠三器，分給軍官及下輩、直宿倭人等。

二十四日〔丙戌〕

朝陰。留院中。

從事次上使韻

坐愛溪山好，愁慵懶着巾。閑眠日西夕，誰是遠遊身。

上使韻

臨流散鬢髮，坐石淸衣巾。正似尋山客，不知槎上身。

次上使從事韻

籍石復臨水，脫衣兼蛻巾。蕭然則非我，悅爾忘却身。

又次

披襟映水竹，散髮抛冠巾。滄海孤吟客，乾坤一葉身。

又次

秀玉淸侵骨，跳珠冷透巾。暫遊龍象地，還作虎溪身。

又次

客久紅凋頰，秋來白滿巾。扶桑杳何許，愁恨漫纏身。

上使韻

留處閑閑展枕席，行時草草捲琴書。隨遇安身自有宅，不須州里是吾居。

從事次

萬里行裝何所有，孤舟點檢滿群書。夜來風雨秋聲早，回首鄕關憶舊居。

次

蒼龍飛杖白鹿車，丹鼎奇方玉笈書。蠻觸永辭塵世去，蓬山欲問廣成居。

又次

世紛其奈若縲車，心靜還思展貝書。玉節東來君莫歎，金鰲頭上璨琳居。

又次

鄕山逈隔重重海，旅榻空勞咄咄書。已見生浮天地大，此身隨處是安居。

從事詠瀑布韻

林間小瀑望中懸，步出西溪幾屐穿。珠散輕霞噴石上，玦鳴寒雨洒巖邊。澗芳襲氣靑苔潤，嶽色侵衣翠竹連。共設鄕關日已夕，胡僧爲客茗茶煎。

次

銀蛇屈曲林間懸，霜練縈紆石底穿。散沫排雲飛榻上，寒聲挾雨鬧床邊。朝霞映玉十層亂，夜月流金萬頃連。頓覺煩炎都洗濯，人間膏火詎相煎。

次圃隱先生韻

大德包荒日，殊方革面時。鳥言那得解，蠻屬最難知。蹈海聞高士，乘桴驗聖師。迢然四方志，寧自歎羈離。

次宗師前韻

一葉秋風跨海來，道林爭慕有高懷。淸詞屢費瓊瑤重，琅咏還如金石諧。幽穩頗由禪力定，淸圓端自俗塵排。瀾翻千偈無餘事，玉露三更潋石臺。

從事題豐前壁上老星圖

堂上槐梧見老翁，精神洒落如水月。鬚眉霜雪且高頂，左挾白鹿右馴嶋。儼若仙翁骨法奇，曾是人間所罕覿。初疑四皓少三人，更訝橘翁坐何獨。何年虎頭運機思，毫端巧刮造化屈。寫出南極老人精，流入海濤掛素壁。堪笑夷兒對此圖，作贊妄求五福一。作喜作惡殃慶隨，此理不爽如契合。爾以殺戮爲耕作，眞星移照亦何益。何不易俗聲敎中，鼓舞春臺爲壽域。不然老精奈爾何，異姿空爲眼中物。我欲持獻聖王壽，賀祝千千萬萬億。

次

祝融之紀丁女方，瑞彩璨爛明如月。精光變化作老仙，導以靑鸞騎白嶋。鬚霜眉雪蔚奇姿，骨秀神淸未曾覿。何年偶入龍眠手，幻出丰容古來獨。初疑太乙出天地，旋訝吳剛出月窟。祥光霎霎滿尺素，紫氣微微凝半壁。誰將此圖付蠻童，怪事多端此其一。我聞古聖仁者壽，一曰箕疇理相合。嗜殺安能福妄要，爾畫雖存百不益。吾王聖化陶太和，民物凞凞登壽域。老人應自炫晶耀，肯作夷家奇玩物。移照春臺炳流輝，壽我君王千萬億。

從事梔子韻

團團結子點金丸，翠葉離披露未乾。擬待騷人供藥餌，肯敎兒女染羅紈。

次

蕆蕤蜜葉裏靑丸，秋後方看紫帶乾。爭似滿庭明月夜，一枝梅雪翦霜紈。

上使韻

步出碧梧下，相隨蒼竹西。臨溪語散漫，分石坐高低。爲愛樹陰密，忽驚風氣悽。王程猶杳杳，不敢討幽棲。

次

觸石連珠碎，琮琤萬竹西。淸涵紅霞暎，冷蘸碧雲低。爲滌朱炎惱，還疑白露悽。暫時未靜境，莫自恨羈棲。

從事詠蘇鐵樹韻

五行本自相生克，病樹如何貫鐵甦。物性亦隨夷夏變，蠻鄕草木品還殊。〔蠻中有蘇鐵樹，葉如鳳尾。或時病枯，採而曝之，貫鐵還種，其氣方蘇，可怪也。〕

次

釘鐵方看翠葉展，曝陽終占碧莖甦。風聲自足華夷別，怪氣何論草木殊。

上使韻

不借乾坤雨露滋，還魂只待鐵針爲。箇中自有相生理，爲報騷人且莫訾。

二十五日〔丁亥〕

晴。留院中。島主送餠各一器。

有所思

波上鴛鴦東復西，楚雲消息夢中迷。寃禽不解相思苦，明月窓前夜夜啼。

從事次

一在天同一在西，吳山楚水望中迷。滿天明月淸秋夜，失侶鴛鴦隔浦啼。

宗方僧韻

相逢何事卽相嚬，異服殊音不可親。四海書同唯一幸，朝來染翰襲芳塵。

次

遠客愁眉乍展嚬，爲師高義澹相親。沙場已見圓通力，靈境應無一點塵。

又次

自得吾師笑不嚬，爲將雲茗語情親。風前玉樹元無累，雪上氷壺逈絶塵。

二十六日〔戊子〕

留院中。

次金鶴峰霽景十韻

秋浦收銀竹，前山展金屛。天開遐矚騁，雲豁鬱懷醒。列嶼螺呈碧，凉筠玉撼靑。沙含鋪練淨，巖碎亂珠熒。鮫室晴騰彩，蜃臺爛炳靈。羈栖輸爽槩，蠻域刷膻腥。桂楫停瑤鏡，明霞襯晩亭。乾坤雙雪鬢，滄海一風萍。漢節懸威信，張槎指杳冥。夜來頻擧目，北極哲明星。

二十七日〔己丑〕

陰。留院中。夜大風雨，板葺盡撥，屋瓦皆飛，碇纜牽斷，草苫捲盡。倭人達宿叫譟，諸船僅免敗蕩之患。

次圃隱先生韻

靑燈耿半壁，白露泫三更。繡帳金風動，瑤空銀漢明。蓬山勞遠目，雲海杳歸程。獨有還□夢，頻驚鼓角鳴。

二十八日〔庚寅〕

雨勢不止，夕晴。留院中。橘智正及島主送梨子，國分寺僧送酒桶、菜物、豆腐。

二十九日〔辛卯〕

晴。留院中。宗方送酒餠及梨子。

次圃隱先生韻

禍福由來各自招，澗松休復善原苗。昆池火冷無多日，蓬海揚塵亦一朝。春過松扉風勢急，秋深板屋雨聲驕。四時變易如雲化，今古虧盈見豈遙。

又次

風壓巨浪若雷轟，雨挾輕涼特地淸。不耐殘燈燃客恨，孤吟直到曉鍾鳴。

次圃隱先生延日縣韻

孤城迢遞接炎荒，初日曈曨海上桑。此去三山更何許，風濤萬里隔蠻鄕。

又次

百年迢忽似風狂，萬恨無如澆酒觴。東去行裝何所有，西歸惟有一詩囊。

三十日〔壬辰〕

晴。留院中。服平胃散一貼。

八月

初一日〔癸巳〕

晴。以風勢似便，朝發流[4]芳院。乘船橫帆，向一岐島，泊於風本浦。島主及調興、橘智正、平智長、宗方船皆隨之。下宿于聖母坊，坊，寺之別名也。島中人戶近百餘家。我國被虜之人，或船頭流涕請歸，代馬

4 流 : 底本에는 '留'로 되어 있음. 다수의 용례에 근거하여 수정함.

州人痛禁之。有順天見擄者，來謁於上使前。本島太守以迎關白事未還。島人請供夕飯，許之，殊甚齟齬。自代馬府至此四百里。

初三日〔乙未〕

晴。辰時發船，夕抵于藍島。島屬於筑前州。島人夕供甚盛。下宿於院中。自一岐州至此二百里。

初四日〔丙申〕

晴。辭朝供發船，向赤于關，屬長門州。前代官源正直來現，蓋察支供之官也。自藍島至此二百八十里。距藍島一二百里，有巖屹于海中，中豁如門，名之曰鼻口巖。

贈宗師

一見道容眞洒洒，清泉潔月暎氷壺。詩仙綺語尤驚俗，韻釋高風更起愚。隔海風聲雖自別，源天賦與却何殊。乘杯遠趁旌幢至，佇共爐煙坐到晡。

距赤關越邊三十里，有豊前州。城中高築五層上有城樓，地名小倉。本守則長崗越中守名忠奧者也。使其代官下野進夕供及酒麵。館於阿彌陀寺。夜大雨雷電。寺中有棕櫚、蘇轍樹、赤木、冬青、杉松等樹。

初五日〔丁酉〕

雨。留寺中。豊前守以迎守忠事，往在大板，使其軍官平景嘉送餅折各一、酒百桶、鷄百首。以越站所固辭，軍官懇請，受其半，分諸下輩。調興送乾麵一太盤、燒酒二瓶。

寺中安德天皇廟，妥其木主，寺僧守之。天皇年八歲嗣位，爲權臣源賴朝所逼，兵敗于赤關，其姑婆背負，投于海以死。國人哀之，立廟以祠。自後天皇無權，關伯擅國云云。

昨夕調興送言:“本島右衛門還自國都, 關伯來在伏見城, 當以九月望間, 還於江戶云云。”

島主送人云:“明曉當發船, 請於今夕乘船。”一行宿於船上。

弔安德祠文 副使雲溪

大阿兮倒持, 冠屨兮易置。毒虺兮憑陵, 奔鯨兮失水。豹狼鼓吻以流血, 猰貐狺狺其未已。哀安德之見觙, 遭陽九之極否。托姑婆之背上, 赴千尋之黝碧。年八歲兮何知, 但彼蒼之邈邈。白日黯兮悲風慘, 馮夷爲之雪泣。況蠻婦伏節之尤可尙兮, 赤關峩峩兮硯浦茫茫。立孤祠兮儼遺像, 千秋萬歲兮流恨長。海雲愁兮海水深, 魚龍叫嘯兮魂魄飄揚。停蘭舟兮久夷猶, 遡層波兮增悲傷。

敬次安德祠文 上使秋灘

天無二日兮, 曰天皇兮誰所置。爲號兮僭竊, 自多兮勺水。旣犯分而亂名兮, 弱肉强呑兮難未已。況孤嗣之幼弱, 又夷邦之運否。忽萬甲之東來兮, 致漂杵之血碧。勢蒼黃而流離, 寄孤島之敻邈。天台折兮壯士死, 硯海黑兮謀臣泣。老婆背兮托六尺, 哀秋月兮墜茫茫。同日死兮慘君臣, 東海深兮恨共長。怒潮奔兮愁雲結, 想髣髴兮魂飛揚。有孤祠兮至今存, 弔遺像兮令人傷。

初六日〔戊戌〕

朝雨。以風逆還下于寺院中。

初七日〔己亥〕

陰。以風逆, 不得行船, 留院中。夜大雨。

初八日〔庚子〕

雨勢不止。留院中。朝下野送圓餠二色, 分諸下輩。夜夢予坐兩間房樓, 望見數三帆檣隱現於山之尾。有云孔明與孫仲謀合而曹瞞遁去云。俄而孔明爲來見余云:“予下堂迎拜。”生曰:“以病不得趨迎以來”云。仍讓先入而楣，弟先入。余曰:“汝何先入?”曰:“使之先入矣。”余亦先入揖之以上。展席之處，書冊傾頓，床几紛紜，有若捲席之狀。余曰:“此鋪陳等物，何故至此?”曰:“自內欲見先捲展席而去”云。卽移床冊，迎坐與語。余曰:“晩生偏荒滄海間之”云，更欲書示何者爲孔明，未及成書而驚覺。一客目瞞無乃冑分耶? 千載之後，夢寐相接，實是奇事也。孔明方入之際，余貼史記中“將軍帝室之冑”等語，俟其入以示爲計之矣，而迎入之後未果。又於夢中，余率家屬，過一小寺不入，又越一嶺，寓於一寺，與名燁於外房，屬則處於內寺。臨絶壑，山中衆木葉已盡落矣。余入家屬所居，以板扉遮障，余令啓焉。亡女及小女擧板來啓，余入謂家人曰:“所寓之處暫似明朗云云。”深山之中，恐有橫劫之禍，多有戒心，使名燁權辭以播，繼此人衆多至云云。

初九日〔辛丑〕

陰。留寺中。橘倭送麵。

初十日〔壬寅〕

晴。辰時乘船，距赤間關七十里，以風逆停船，移泊于磯門浦。夕間黑雲四起，東南風不止。夜來恐有風薄之患，欲還赤間關，島主送人止之。夜中風勢又緊，電燁雲匝，慮風雨大作，磯門無倚泊之處，通於島主，乘曉張帆，僅達于赤間之田後浦。赤間等處皆屬薩摩州。

十一日〔癸卯〕

晴。乘船來泊。是日宿於船上。巳時順風，卽發船以行。二更達於上關。是日行四百餘里。

十二日〔甲辰〕

晴。黎明張帆以行。午後風逆搖櫓。夕泊于可留島，仍宿于舟中。倭人進支供及酒桶二十四。杖燒藥者八箇， 仍投藥管于海。杖管草苞者五箇，以雨濕不卽出乾故也。格軍一人因炊透火，火將起，韓德男率刀尺等撲滅之。卽杖失火者二十箇，使軍官監杖於船外。申景沂病瘳而起。上使與余及從事官上浦後山，有頃還下，坐于浦沙，還於船中。昏發送火箭于海中，倭船亦應之以發，而不及於崔義弘所射。

十三日〔乙巳〕

晴。風逆，黎明搖櫓以發。點心于三瀨。三瀨屬于安豫州，福島太保正則主之。下官代來支供。夕泊于斷斷牛尾，仍宿於舟中。是日行二百里。

十四日〔丙午〕

晴。四更發船，點心于韜浦。韜浦屬備後州，亦正則所管也。有觀音寺搆于巖上，僅一間半。前懸小鐘而撞之，舟人以紙裹米，繫於木頭，擲之于海，僧人下來取之。亥時抵於木路島，一行宿於舟中。夜雨且風。是日行一百七十里。

十五日〔丁未〕

朝雨陰。風順開洋。午後晴。過下津廢城，又越牛倉。酉時到室津，下宿于松平宮內之家。宮內名忠長，池田三左衛門之末子，牛倉亦此人之所營也。牛倉屬肥後州，室津屬幡摩州，皆屬東山道。

室津，池田武莊之所管也。武莊死後，子新太良承襲，去月關伯來于國都，替其郡，以其婿美濃守代之云。

船到韜浦時，初引上船，若入館次者。然報幡摩州散兵多有來在者，使之勿入，仍使退泊于泉水山下，距館次不遠之處也。蓋代馬人以儐護未具少退耳。然其實情則旣散五日軍粮，不欲疊授。自其舟中，盡受支供來納之物，且不欲入館，仍推被擄者流也。

昨到室津，上船已泊，副船則下碇中流，故爲不入。朝興送言請入，上使亦送軍官柳大靜來邀。遣軍官安景福報以韬浦故退之由，俄而內政亦來請，回船下于館次。是日行二百里。

十六日〔戊申〕

朝發船，無風，各以小船七隻曳行。初更冒雨到兵庫。夜二更風勢頗豪，舟甚蕩洋。上使先下于岸上村家，吾行繼之，安寢以過。是日行一百八十里。

兵庫屬攝津州，乃秀忠之私藏需入之所，而主守片桐稱名人。

十七日〔己酉〕

朝陰。受支供食後，島主請行，發船未二三里，爲風所阻，泊于脅浦。酉時發船，到江口蘆屋村海邊，宿于船上。界濱在於越邊，乃金島峰、黃會元所泊之處也。

十八日〔庚戌〕

朝雨灑。食時乘潮促櫓，到店浦。移乘小船，過五板橋，到大板城外，宿于大御堂。五橋一名土佐，二越中，三筑前，四三佐，五肥後。舟行於橋下。

大御堂，日向宗佛寺之名。大板城卽松平下摠之所主，下摠乃家康之孫、秀忠之姪也。

支待官利川所管小澤淸兵衛、長川左兵衛、末孫左衛門三官也。進夕飯，下摠進呈大折各一、酒各五桶、鷄各十首。折以白薄板裝成高足榼樣，盛餠果雜物之器也。支待三官呈折各一。

大板屬攝津州。挾江十餘里，〔閭閻雜物〕櫛比，舸艦鱗次，人烟之繁、市廛之富早有其比。

十九日〔辛亥〕

朝陰。食時將發向淀浦，値雨而止行。

二十日〔壬子〕

朝船行，過大板城，歷新、舊天滿二橋。行五十里，至平方，俗皮羅可多，河內州地方。中火支應官小河大和守、內藤記伊守請謁行禮。復來船行四十里，初更抵淀浦。上使以通官不爲預通懸燈擧火事，招致崔、姜二通官詰責。支待官本村總衛門、市衛門、竹菴請謁行禮。上野守遣荒木虎助，書使臣等姓名而去。淀浦屬山城州，淀浦俗名要下道。下宿館次。

二十一日〔癸丑〕

晴。乘轎行十許里，至東寺。冠帶以行，申時到大德寺。微雨洒塵。關伯遣本田上野守問候，乃是執政云云。板倉伊賀守亦同謁。所謂板倉，乃掌治國都之官而亞於本田，以年老居右坐定。使臣曰："使臣等無事到此，無非曲護。且入城中聞將軍好樣來駐，實深欣幸。"又曰："我國二百年不替舊好，壬辰敗盟，天厚其惡。幸賴先將軍擧義蕩滅，反其所爲。故我殿下再遣使臣，以答勤懇之意，實非偶然。"上野曰："朝鮮若以誠信相結，則可保隣好之義。"答曰："我國以禮義爲國，交隣誠信之義，豈敢少欠？"上野復言□副使，從事曰："若以誠信相交則幸矣。"副使答曰"國家本以禮義爲國，豈有崇禮義而棄誠信者乎？固不待上野勸教"云。仍罷出，迎送於楹外。關伯特送執政、上野等冠帶。冒雨而來，禮遇之意可掬。島主、調興輩奔走於上野、板田之前，有司、使喚之人夕進支供，剪綵爲松樹龜島之類，陳于案前。

二十二日〔甲寅〕

晴。留大德寺。移寓寺之東邊。夕流觀寺後諸刹。

二十三日〔乙卯〕

晴。留大德寺。忠原人爲倭人者安大仁稱名者來謁。島主及豊前以二十六日傳命事來告。執政送下程。

二十四日〔丙辰〕

晴。留大德寺。

二十五日〔丁巳〕

晴。留大德寺。

二十六日〔戊午〕

晴。朝早發, 將國書向關伯所, 乃伏見城也。距大德三十餘里。歷國都市井而行, 觀者如堵。初到城外, 以大官及對馬島主輩皆下馬而入, 故軍官輩問下馬與否, 令於其處下之前則下於城門云。三使臣因承驕以次入於外城, 又過一門, 逮於內門之外, 下轎以入。倭人以關中不入劍戟, 請去鉞, 但以節隨行, 止於廳上。上野及板倉伊賀守皆迎揖, 使臣等亦答揖。坐於西廳, 上有傾傳國書, 調興持入, 上於關伯。俄引使臣以入過中廳〔乃六十六州將官所坐。〕, 入於正廳。關伯坐於廳上, 稍高於下廳僅半尺許。使臣等入於楹內廳中, 向關伯行四拜禮。少退立, 使之坐東向西。次兩同知、楹內通事, 次上通事, 次軍官, 次李安農、金適輩皆行四拜禮。上通事以下楹外, 次下人庭中。

關伯之前, 無一人侍坐, 惟本田板倉, 又將語者大澤小將一人及島主、朝興輩皆楹外西便, 六十六州將官輩盈坐於中廳, 關伯不見之處也。南檻掛陳虎豹皮, 東楹列陳文段及人參等物, 皆以紙裹。廣半間餘, 長七八間許, 無有空處。關伯召傳語者致辭曰: “年代所旱之行適至今日, 不勝喜慰。” 使臣等曰: “二百年修好之義適毁於壬辰年。今見復舊, 使臣等亦甚欣幸。” 關伯聽之, 有喜色。仍下東南楹掛簾, 卽進塗金有足方榼內, 陳引鰒一器、栗子一器、又饌一器, 次進和蜜豆末餠及雜饌一盤。皆置塗金廣土杯行酒, 關伯手取塗金盃, 承灌進酒者, 以盛酒器擧而注之。關伯引飮少許, 次上使, 以次而下皆手取土杯, 承注而飮。又進金板如盤中廣橢兩角微殺, 進於關伯之前。造松樹、岩壑、童子、龜嶋, 列於盤上, 且置塗金廣土盃於一邊。關伯取手承注而飮, 仍下其盤於上使前勸飮。上使出於位次飮之, 仍退坐。關伯又請加一盃, 上使又飮之而退坐。次副使、次從事官皆如前禮, 但行盃時各進花盤皆令異色。副使前桃樹三顆下有岩石等物, 從事前銀葉、葡萄。

禮畢, 使臣等行四拜禮, 關伯卽起入曰: "恐勞久坐。" 駿河守、尾張守年可十八九者。繼令兩弟對飯行盃, 徹床之後, 卽辭出。與執政立語曰: "旣爲通好, 刷還之事, 唯望力圖耳。不然, 何信義之有哉?" 執政、板田等曰: "當勉力爲之耳。" 本田、上野、雅樂等兩三人又下送使臣于庭, 使臣又爲之致語。執政等曰: "專恃專恃。" 卽出門承轎, 行至半程, 有佛寺。朝興先進小飯, 關伯又送使者松平右門、伊丹木助二人仍進饌盤及飯具。又饋下人, 各饋粘飯塊大如毬者、鹽采一器及酒一大鉢, 卽輟行出。關伯前進饌者皆着紅文段若長衫者, 受祿萬石者云。

大佛寺在伏見城西十七八里。梵宇、棟樑皆合木爲之, 間圍以鐵, 比於仁政殿, 廣則倍之, 高亦過焉。兩邊越廊, 越廊之間倍於仁政殿。秀吉之所創而中間天火灾焉, 守賴復搆之。佛像甚鉅, 手指如大椽, 他可知矣。或云"家康欲疲守賴之物力, 潛火之"云。佛寺之前築小堆, 皆藏所斬我國人耳鼻之處云。佛像觀音云。

二十七日〔己未〕

晴。送朴大根、崔義吉, 致執政處私禮物。

本田上野守、土井大炊公、安藤代馬守、酒井雅樂、板倉伊賀守, 五奉行處, 虎皮各二張、花席各五張、人蔘各二斤、白紬各五匹、白紵各五匹。

田長老掌文書之僧，松子十斗、黃筆五十枚、人蔘一斤、圓扇十把、眞墨二十笏。

大澤小將處，錦綵段二匹，對馬島主自備以給。

尾張守中納言、駿河守中納言處，虎豹皮各貳張、黃筆各百柄、墨各三十丁、尾扇各十柄。朴大根見執政，致私禮物，上野曰"諸官散處，不合獨受。姑置于朝興下人處，會議領之"云。且曰"今日天皇父親薨逝，關伯不爲出坐，刷還之事不得稟定。當俟後日報之"云。二更量朝興與大根還。

二十八日〔庚申〕

曉雨，終日陰。安藤、對馬島守送下程，酒六桶、鹽鴈五、長魚一折、乾魚三十尾。土井大炊送下程，酒二十桶、乾麪百沙里、引鰒一百把、乾魴三十尾。酒井雅樂送酒二十桶、乾麪五箱、乾糒一百裹。夜二更，格軍與倭人鬪鬨。上使使軍官禹尙中捉致與倭鬪者，乃二船格軍福同崔斗鳳也。倭人援劍刺福同之左臂，又打金海人上船格軍，至於頭破。擊破板窓，入於寫字官嚴大仁寢處，大仁驚恐失措，但曰："上官上官!" 諸人莫有抗者，皆以被蒙頭而臥，喧鬧震動。當初以不關語言，相詰至此，倭奴之性燥異於人如此。

二十九日〔辛酉〕

或陰或雨。杖福同臀四十，謂斗鳳助勢杖二十。鄭義一高聲叱倭以成亂階，杖二十。賞奪怒倭大小刀者木一疋。若不奪刀劍則必有承怒刺殺之患也。

朝興往執政所，聞見刷還等事。李[5]涵一之弟進餠三器，咸安校生河宗海來謁請歸。

---

5 李 : 底本에는 '李正'. 다른 용례에 근거하여 삭제함.

三十日〔壬戌〕

陰。寺本僧宗淸以柹子十五箇來現。豊前請斬援劍之倭，止之。

奉呈上使兼叩從事辱次

旅館重溟外，沉吟至日曛。我行何杳杳，時序自沄沄。白髮生秋雨，烏山隔海雲。商歌臨異域，悽惋不堪聞。〔烏山，先墓所在。〕

從事次

客裏驚時序，秋林帶夕曛。西流光冉冉，東去水沄沄。幾洒思親淚，空看億弟雲。傷心何處是，鳴鴈最先聞。

贈甘棠寺僧宗淸絶句

方丈淸杳靄，空庭綠竹猗。蒲團白日靜，幽鳥在松枝。

九月

初一日〔癸亥〕

晴。留大德寺。內政以書契完了事，往關伯處。宗方僧來現。自對馬島竝舟而來，落帆之後，絶不來問，今始來現，未知何故。仍贈未見時所吟一絶。

不見手容久，秋懷正悄然。風帆落浦夕，何處白雲邊。

偶吟呈上使兼示從事官

白酒黃花節，金風玉露寒。異鄕爲客久，重海見書難。獨鴈驚秋晩，鳴蛩弔夜闌。一身叢萬病，猶抱寸心丹。

沙鷄泣露怯，落葉辭寒枝。夜半孤衾冷，空堂風打帷。

秋風颯萬里，蟋蟀鳴何哀。曉燭殘花落，霜空孤雁廻。

上上使書

刷還之事，不可專委於馬島。今日須遣通官，奉其條約而來，未知如何。

初二日〔甲子〕

晴。風始凜，加着襦衣。留大德寺。

上使韻

金屛開六面，颯爽六連鷹。粉墨神猶旺，乾坤勢欲騰。疾禁千里馬，威攝九霄鵬。如何齊見縶，狐兎任憑陵。

從事官韻

神俊看秋骨，金屛畵六鷹。絛絲任羈紲，雲海失飛騰。馳逐思歸兎，扶搖羨化鵬。電光隨轉目，意氣在高陵。

次上使韻

雲開屛六曲，一一畵秋鷹。勢落衝天狃，心如割霧騰。餘風猶襲兎，何日似搏鵬。倘遇金飆動，還疑隮九陵。〔用『易・隮』于九陵〕

次從事官韻

電目金精動，銀屛六箇鷹。誰纆萬里翮，却掣九霄騰。俊氣驚狐兎，餘風振鶚鵬。玉絛明畵架，爭似在秋陵。

上使所次

來時瘴霧濕，日日風濤寒。只願王靈振，寧論行路難。鍾鳴宵欲半，葉落歲將闌。獨對床前燭，昭昭征寸丹。

鍾盡梵宮夕，風生松樹枝。旅床那得睡，寒氣透重帷。露濕寒螿咽，風高歸雁哀。年光忽已晩，客子幾時廻。

從事次韻

節序三秋暮，凉風九月寒。路從滄海闊，夢到故鄕難。行役身將老，功名興已蘭。蠻鄕各努力，心爲戀君丹。

白露凋衰草，黃花着晩枝。悄然心思苦，虛館掩羅帷。

逢秋宋玉恨，去國仲宣哀。雙鬢驚華髮，孤槎幾日回。

次大德寺僧人宗全

苦月嚴霜滿曉天，異鄕風物轉蕭然。黃花綠酒無人管，佳節還嗟白髮年。

次僧人宗元

鯨海風濤渺接天, 驛梅誰遣一枝傳。逢師卽今開淸話, 少慰殊方日似年。

初三日〔乙丑〕
晴。留大德寺。給李涵一弟木一匹, 饋飯。

初四日〔丙寅〕
晴。寺後小刹璘長老稱名僧, 送兩色餠各一折。

初五日〔丁卯〕
午前晴, 午後陰。關伯遣本田上野及板倉送銀子於三使前, 各二千一百五十斤、金屛各十面, 辭不獲, 不折其封, 盡付於對馬島主, 使之處置。兩同知各八百兩, 中官三十七兩、各七十餘兩, 奴子、格軍輩銅錢一千貫, 分給之云。
次上使韻
縹緲張槎跨海來, 忽驚佳節客中回。庭筠曉戞金風動, 園菊朝含玉露開。危鬢蕭蕭凋碧鏡, 輕陰漠漠鎖蒼苔。去年携酒行吟地, 鷗鷺空飛舊釣臺。

初六日〔戊辰〕
留大德寺。駿河守、尾張守兩中納言送回禮銀子二百錠。一錠重四兩三錢, 合計八百六十兩。封二十裹, 還送之。

初七日〔己巳〕
晴。留大德寺。臥痛。五奉行板倉等送回禮銀子二百錠, 還送之。

初八日〔庚午〕
雨。留大德寺。

初九日〔辛未〕

晴。以刷還事，送崔義吉於挾板中書。朝興、義成送餅。臥痛似瘧。

初十日〔壬申〕

晴。發行，來于淀浦。留于館舍。終夜氣不平。

十一日〔癸酉〕

晴。辰時登舟。自巳時瘧病太甚。日晩到大板，强扶投館，氣若斷絶焉。地之俗名五沙介。

十二日〔甲戌〕

晴。留。服益胃升陽湯。

十三日〔乙亥〕

晴。留。離却瘧鬼。

十四〔丙子〕

晴。先來上使軍官李眞卿、副使軍官申景沂書于京家及泉浦。服益胃升陽湯。

十五日〔丁丑〕

陰。夕乘小船，宿于江口。距大板三十里。被虜人幾至二百人，及其承船，纔一百二十餘人。送先來。給米石及酒饌、木疋、紙束、席子等物。服益胃升陽湯。

十六日〔戊寅〕

晴。自江口俗名店浦，至兵庫一百里。兵庫屬於攝津州，富田依門治之。服益胃升陽湯。

十七日〔己卯〕

自兵庫乘船搖櫓。朝因風擧帆，至于室津。宿於船上。

室津屬於幡摩州，本多 美濃守治之。一百八十里。室津以易置之，故無出待者。梁應海等十餘人來投。服益胃升陽湯。

十八日〔庚辰〕

陰。食後發船。無風搖櫓而行，宿于牛窓俗名보지야마。自室津至牛窓一百里，屬肥前州，松平宮內治之。服升陽湯。

十九日〔辛巳〕

雨。留。以推刷被虜人事，送姜遇聖于肥前州等處，崔義吉于小倉、筑前州、浪苦耶等處。

二十日〔壬午〕

晴。張帆風弱，搖櫓而行。午後風勢稍緊。自牛窓至韜浦二百里。俗名道山，屬於肥後州。服益胃升陽湯。二更發船，達夜搖櫓。

二十一日〔癸未〕

或雨或晴。盡日搖櫓，二更量至于浦刈。船上宿。自韜浦至蒲刈〔아망가리〕，屬安豫州，正則主之，一百八十里。服升陽湯。

二十二日〔甲申〕

雨。未時發船，夜一更至于俗[6]名六羽。自浦刈七十里。

---

6 俗 : 底本에는 '夕'으로 되어 있음. 문맥에 근거하여 수정함.

二十三日〔乙酉〕

曉天陰且雨。送言于上船，請勿發船。上使不聽先發，島主及朝興船繼發，不得已上帆，引帆久不上。帆纔上，風勢甚急，前桅交挾之處砉然劃裂，幾至數尺。舟人驚急，下帆裝船，葉葉皆鳴。舟或顚掉，幾於覆沒，不能住泊，進退狼狽。復張帆而行，跳踔驚濤之中，出若升天，沒若墜谷。在傍同行之船，桅出波間者纔數尺餘。激波洶湧，衝射三四尺，逮及而不能盡。軍官、櫓軍輩盡爲病倒，唯倭沙工及我國沙工并五六人起動耳。同知通事鄭彦邦盡脫衣裳，手攀草苫而坐。被虜人船且沉且浮。食時僅得達于上關〔가미셔이〕。上船已先到矣。危險若此，得生幸耳。

朝興輩不爲等待，徑自先行，不敬甚矣。自六羽至上關一百里，屬安豫州，輝光主之。

二十四日〔丙戌〕

晴。卯時發船，達夜搖櫓，來泊文字城下。距赤間關〔심의예기〕不遠之處。關屬長門州，毛利主之。行四百里。

二十五日〔丁亥〕

陰。下船，入接于前所寓阿彌陀寺。夜越中守忠奧送使者送米五十斛、柿子數千箇、鷄首百首、酒五十桶、生魚等物。兼送梁應海出來，乃湖南士人也。

二十六日〔戊子〕

晴。卯時發船，風勢甚緊，激浪如山。舟中人皆顚仆不能起。夕抵于藍島乂麻時麻。下宿於館宇。鄭愛日所乘被虜人船不至。或云直往一崎，或云以檣桅改造事落後云。梁應海涕泣不食云。自赤間關至藍島二百里也。

二十八日〔庚寅〕

晴。對馬島人云:“有風勢當發。”辰時乘船, 風力甚微, 張帆搖櫓而行。宿於神集島, 所謂神集島者, 日本 仲哀天王侵朝鮮, 爲流矢所中, 旋歸長門州死, 其妃神宮皇后欲復天王之讐, 悉奉日本諸神。向朝鮮造船於此島, 島邊積石疑是其時所積云。是日行一百三十里。

二十九日〔辛卯〕

朝陰。食後擧帆, 風微天雨。行且十里, 留泊於郎古治。平秀吉入寇之日, 親來住兵之云。

十月

初一日〔壬辰〕

雨。風逆, 不得行船。到石護室, 宿於船上。

初二日〔癸巳〕

晴。西風連吹, 不得行。留郎古治。崔義吉推刷我國人三十餘人來到。

初三日〔甲午〕

晴。早發到一崎島。風勢甚好, 仍向馬島, 初更到泊。朝興船到。宿於船上。

初四日〔乙未〕

晴。島固請, 下館於流芳院。島主處送石首魚三十、民魚十五尾、清蜜一斗、白紙十卷、栢子二斗、花硯一面、四張付油芚二浮、片脯五丁。

初五日〔丙申〕

晴。留院中。島主以請宴事來見, 朝興隨之。馬當仇羅送餠榼。

朝興處送石首魚三十束、民魚十尾、白紙十束、四張付油芚二浮、清蜜一斗、胡桃二斗、栢子二斗、紫硯一面、片脯五丁。橘智正處石首魚十束、民魚五尾、片脯三丁、清蜜五升、栢子一斗。內匠[7]處如其數。平智張處石首魚十五束、民魚七尾、乾脯五貼、清蜜五升、胡桃一斗、有文席一立。

初六日〔丁酉〕

晴。留院中。往島主家餞筵，固請乃行。

初七日〔戊戌〕

晴。留院中。

初八日〔己亥〕

晴。康遇聖自一崎島來到。被虜人五十餘名所乘船，明日當來云。遇聖初久不來，皆以爲慮，聞其來，一行驚倒。

初九日〔庚子〕

晴。往參朝興振舞筵。初欲不參，固請乃許。故酒五巡而罷。其俗以□客謂之振舞〔후노매〕。被虜人兩船自一崎島來到。遇聖所推刷也。

崔義吉與朴大根同謀縮其軍官輩所當受之銀子，衆義俱非，事覺。與上使、從事同坐，杖臀五箇，崔義吉遽起不受杖，從事怒而起出。坐楹外，加杖三箇。初意欲爲狀啓以待朝廷處置，而萬里同行，只加笞罰。

初十日〔辛丑〕

晴。三使前島主送鳥銃各二柄、長劍各一柄、層函各一部、懸瓶各

---

7 匠 : 底本에는 '匹'로 되어 있음. 다수의 용례에 근거하여 수정함.

一部, 不受。

朝興送鳥銃各二柄、鏡臺各一面、鑞盆各二具、鏡子各二面、圓花盤各二竹, 不受。

橘智正送鳥銃各二柄、花鏡各二面、仙罏各二部, 不受。內匠送丹木各百斤, 不受。

平智張送物, 亦不受。

馬當仇羅、源信安、世伊所各送丹木百斤, 不受。

十一日〔壬寅〕

朝陰且雨。欲發行, 風逆止行。島主以不受贈物爲恥, 朝復送之。且曰: "吾等亦當還所送私禮物云云。" 不得已只抽鳥銃各一柄, 受之卽授眼使喚、急唱, 喜躍極甚, 曰: "吾奉使道而來, 得此重物, 可辦一馬" 云。朝興復送其物, 只受鏡臺各一, 吾則卽授譯官韓德男。

十二日〔癸卯〕

陰。或雨或晴。爲上使初度設酌, 從事亦設酌。朴大根輩亦來。

十三日〔甲辰〕

晴風。辰時發行, 以風逆不得行。午後風少殺, 朝興送人請發船, 搖櫓而行。島主陪來, 累請勿隨, 辭謁於兩船而歸。朝興仍隨之。未及船越浦十里許, 風濤洶湧, 乘月僅得到泊。上使、從事下於梅林寺, 吾則宿於船上。自馬島至此八十里。

十四日〔乙巳〕

晴。朝早發, 波洶風蕩, 不得行。豊前先入, 智長所管矣。女懸、平浦一行隨之。入宿於圓通寺。豊前獵小鹿以進。自船越浦至此五十里。

十五日〔丙午〕

留。或晴或陰或雨。逆風大作，海波如山。從事猶欲發行，生托以氣不平不得行云，上使仍爲停行。寺僧進柚子及半乾柿子，以柳器、扇子償之。島主送使問候三使前，送橘各十箇。

十六日〔丁未〕

晴。卯時發行，風勢似殺，波山不聳。申時到泊完奴羅，下宿於金藏山下普藏寺，來時所館處也，屬豊崎郡。主勘左衛門送鹽瓶、果菜等物。

十八日〔己酉〕

晴。風勢似順，乘曉張帆，兼督櫓役，格軍喜躍盡力。酉時到釜山，水使、釜山僉使及各浦萬戶乘船迎候。下船，入釜山館分定。各官支供及人馬皆不來，東萊以地方官迎候之事，專不致意。水使略設茶啖以進，僅得療飢。杖監官十箇，都色吏十五。二更僅得夕飯，不能食。軍官、下人輩皆闕供。他國之人猶知敬待使臣，而我國之不敬使命如此，可嘆之極。

十九日〔庚戌〕

晴。以人馬未到，留釜山。上使支供官金海府使曺繼明。熊川縣監裵弘祿始至。咸德立隨金海來見。聞得京奇，孫執義下世云，不勝驚悼之至。

二十日〔辛亥〕

晴。留釜山。水使餉以酒樂，從事官及東萊府使竝參，黃正言亦參。上使以病不參。

二十一日〔壬子〕

食後昌原府使供人始來。杖監官十，都色吏二十。曉金泉、沙斤人馬來, 故移文于監司。昌原府使申之悌以支待官來。

全羅左水營格軍黃甫成不爲下直, 徑自逃歸。情狀過甚, 移文于羅水。

二十二日〔癸丑〕

晴。以昌原刷馬及金海刷馬十疋, 僅來到東萊府。咸安郡守以支供官來, 以饌物未及, 東萊代設。

二十三日〔甲寅〕

晴。咸安以東萊代設之故, 東萊 咸安俾餉上使及軍官等人。以金泉、沙斤人馬未到, 留。東萊設酌。黃昏黃正言來話。咸安酌, 夜深乃罷。金泉人馬始到。

二十四日〔乙卯〕

晴。金泉人馬晝夜馳到, 疲極不能行, 留。上使與從事官先發向梁山。送人於察訪鄭瀟。

二十五日〔丙辰〕

晴。乘早發行, 未時到梁山。支供官長岐縣監申邦櫓。自東萊至此四十里。見梁山及長岐。

二十六日〔丁巳〕

晴。到黃山棧, 下轎乘馬, 過鵲院。中火于無訖驛。夕到于密陽府, 與上使相會。從事遭四寸重服, 往弔。且聞譯官李賢男遭母喪而歸, 柳東起亦遭女兒之訃。沙斤人馬始到。自梁山至密陽三舍程。

二十七日〔戊午〕

晴。沙斤人馬疲極之故, 留。上使先發。自此分路, 上使則由中路行，由公洪道，我則由右路，往陜川。祭先墓，由島嶺會於安保驛。

二十八日〔己未〕

晴。早發，中火于甕川驛。夕到靈山縣，三舍程也。縣監適去出官，下吏等無一出待。與泗川竝定而驛卒及下輩不爲供饋，杖鄕所七箇，泗川鄕所則教授而放。

二十九日〔庚申〕

晴。朝早發，中火于昌寧。主倅尹民哲也。分送軍官及驛官輩于星山。未末到沃野站，氣不平留宿。支待官三嘉倅申景禛。自靈山至昌寧三十里，自昌寧至沃野三十里。

三十日〔辛酉〕

晴。朝早發，渡甘勿倉津，中火于草溪。與主倅李光胤相見，白髮皤然，顔容變盡。自沃野三十里。申時渡南江橋，宿于陜川。主倅洪純慤。自草溪三十里。

在靈山時，稱固城遠族安克徽、庶孼李福男·裵輔德、孼子弘祖來見、

在昌寧時，高靈同出身僉正朴延慶、朴景鵬。

在陜川時，前參奉鄭昌瑞、生員朴壽宗、朴德勝、朴太古、朴千歲、朴潤世諸朴姓族而前縣監鄭濯來見。山陰亦送簡，請勿罪山陰下吏下。李咸陽大期亦送簡，問倭消息。

十一月

初一日〔壬戌〕

晴。早發，到畵彩寺。祭先塋，乃前朝侍中公光純之墓也。兩墳荒頹，朴家火城迫於墳前，床石石人等物無有形迹，甚可痛也。祭畢，與

高靈朴姓族人等會話於墳麓。夕宿墓西村。支待官山陰縣監、祭物差使員、安陰縣監鄭思訦來候。自陜川至此四十里。

初二日〔癸亥〕

晴。早發，中火後，宿于海印寺。自至此二十里。高靈姓族五六人同來云，本寺創於新羅哀莊王，時唐貞元十八年，計之，幾至八千年。

初三日〔甲子〕

晴。朝早發，中火于羊腸站 鄭寒江 晴川精舍。所謂羊腸者，以路繞倻山，曲曲紆廻而名者也。申時到新安縣。主倅金仲淸設酌，夜深乃罷。安陰隨行。中路見文察訪。

初四日〔乙丑〕

晴。早發，中火于扶桑站。申時到開寧。仁同府使金俊龍不爲交替公然落後，幽谷察訪金寗率本驛人馬及安奇道人馬，俟于開寧縣。自新安至扶桑四十里，自扶桑至開寧三十五里。

初五日〔丙寅〕

晴。遆馬于安室站，宿于尙州。氣不平。全都事 軾、鄭察訪 彦宏、鄭察訪之兄皆來見。昏見牧伯，廢夕飯。自安室至尙州四十里。安室支待官善山府使柳時晦。

初六日〔丁卯〕

朝陰。早發，奠于木瓜洞 金叔[8]春 歙谷墓、金承旨 士元墓，冒雨奠于李守寬墓。雨裝來投于咸寧，驛官輩已先到矣。夕見主倅金善徵。昏

8 叔：底本에는 '淑'으로 되어 있음. 『국조문과방목』에 근거하여 수정함.

朴纘先、其子成豪持酒來餉，申碩茂亦來見。

初七日〔戊辰〕

陰。朝早發，中火于幽谷驛。醴泉座首孫悅來待，主倅託以捕賊不爲出待，杖醴泉吏二人。高尚曾、金繼重、尹弘鳴來見。路見栗木敬差官郭天衢。夕到聞慶，見李憺僉知及聞慶倅、龍宮倅。龍宮則中廳支待官也。自幽谷至聞慶四十里。

初八日〔己巳〕

晴夕陰。曉發，中火于安保驛。槐山郡守閔宇慶出待，連原驛人馬來迎。夕宿于忠原，城主以影幀差使員出去，留簡書，答授三公兄。座首朴、別監鄭榮先、別監朴屹設酌。劉大英傳淸風簡，卽答以授。金應海來迎于水回村。

初九日〔庚午〕

晴。中火于可興，夕投泉浦。拜于先墓。忠原支供唯獨監官金渾來。

初十日〔辛未〕

晴。中火于陰竹縣，夕投于竹山。聞兄主訃音，痛哭變服，而府使李廷臣來弔。

十一日〔壬申〕

晴。鷄初發行，秣馬于升府院站。安山郡守李寬出待。秣馬于龍仁[9]。初更末發行，夜中到于漢江。

---

9 仁：底本에는 없음. 문맥을 고려해 보충함.

十二日〔癸酉〕

晴。以未成服，不得入城，留漢江。

十三日〔甲戌〕

朝陰。曉成服，朝渡漢江，與上使、從事復命肅拜後，哭于喪次。

十四日〔乙亥〕

晴。

十五日〔丙子〕

晴。往喪次參祭。氣不平卽還。金左尹來于其處。夕李正言來見，閔淨來見，名燁來自忠原。

十六日〔丁丑〕

晴。上使、從事官並駕來吊，哭于喪次而去。其後數日，從事官送人書問兼奇一律。

陸槖寧藏寶，蘇旄不顧身。恩威宣日域，忠信服蠻人。絶海同生死，長道飽苦辛。千秋傳此事，何異一家親。

國都山川

鎭山曰愛宕，東枝則相坂，西迆爲山碕，其間相距八十餘里。南至于奈良，一百四十里，沃野彌滿，畦畛綺錯。左曰白河，或曰鴨河，源出馬鞍山，山卽愛宕之一枝也。右曰桂河，出於丹波州，至于淀浦，與白河及宇治川合流，過大板，西入于海。宇治河源於近江湖，距京三十里，西與白河合流。

市井

國都之中，闤闠且千。東西十町，南北二十四町。町設里門，夜則警守。屋宇相接，男女殷賑，徑亘三十餘里。間以佛宇，松檜掩暎。列肆置廛，珍寶星羅，盖通南蠻、琉球、交趾諸國，懋遷之致也。

城池

凡爲城，倚後漸築，周回不廣，高堅爲最重。設內城，多置子壁，上無女墻。繚以橫障，塗以堊白，間穿銃穴。城之內面，築石爲渠，湊於水桶而下。又建層樓，下瞰賊營，曲城門樓，極其堅密。或引水爲塹，通其戰船，或臨海汀，取其嶄截，其制類此。

宮室

營造之制，棟不甚隆，樑或接斷。疊設廣楣，撑以短柱。上施板子，承以方椽，竟架宗甍，亦不撓折。橫楣之上，或作白，間或塗堊。壁楣脣閾面，鑿以凹之，樹以大屛，以隔閡之。撤其中間屛蔽四圍窓扉，則渾爲一堂，無有礙障。下造窓扇，外挾板扉，凹以合之。闢以通之。無樞環鎖金之制，左右或置房屋，蔽以金屛紗帳。或迂周廊，徧以板樓，竹藉上用薄板，魚鱗層疊。刳木窪中，掛簷承雷，注於懸柱之腹。內布重茵，外飾墻垣，庭植花卉松衫。惟務精潔，不事丹雘。但隔壁置溷，卽卽掃除，而夏月頗有臭氣焉。

風俗

日本之俗，右强凌弱，賤老貴少。以戰死爲榮，病斃爲恥。傾心相與，或至損生，結嫌爭憤，便卽自決。常佩大少刀，與人鬪詰，援刃相向。喜勇而不尙文，雖將官輩，目不通書。男子則剪鬢髡頭，後餘撮髮，剪去其末，白以封之。女之貴者則垂髮於後，束之以紙，賤者則結丫於頂後。小兒則只髡其頂，餘留髮焉。女之已嫁者，涅齒拔眉。男女斑爛之衣，或以雜彩畫爲花草之文。男女亦着褌袴，唯以半幅靑布，遮護臍下，上加完幅襖子，如我國之長衣制。男子則以繒帛紗羅製爲上衣，袖闊下短, 若寺僧袈裟然者。無貴賤皆着鞋子, 或藁或芒。前有兩結, 介於足指, 曳而行之, 如遇急走, 以繩繫之。男子則或露頂, 或裹頭, 或着笠, 如我國之農笠, 暑則戴之。尊貴之處, 跣足解釼, 上衫下裳, 掩足而行。俗無拜禮, 以手攄地, 露膝跪坐, 以爲敬。平等則擧手代揖, 或俯身爲禮。女人多有貌[10]潔者, 但其性頗淫, 雖良家女, 潛有所私。沿途地方, 例有倚市邀迎, 收其寢價, 有同天朝之養漢店。俗尙沐浴, 雖冬不廢。每於街頭, 設爲浴井, 男女露體相狎, 略不羞愧。對客飮酒, 出其姬妾, 同飮一盞, 相與戱狎。或飾男色, 以助客歡。平居亦男色自侍, 嬖甚姬妾。至於嫁娶, 不避甥妹, 父子並淫一娼, 亦無非之者。跌蹼其親, 少無顧忌, 以至兄弟相殺, 父子按釼, 眞一禽獸也。

冠服

關伯之前, 將官輩皆着紅錦段, 唯世族着黑文段, 垂紫芝纓。所着之冠, 竹結紗裹, 下廣而上橢, 纔掩頂上。中貫橫釘, 兩傍各出一寸許, 縈其纓子而垂之下, 束於頷下。後施兩武, 相疊而直上, 長尺許, 唯於盛禮用之。又有三角帽, 以竹爲之, 謂烏帽子。又有皮帽, 如錄事冠而上橫尖。皆着漆而冠之。

飮食

凡飮食先盛小許於漆器, 食盡更加, 任其多少, 最後進酒。酒畢, 以銀器有柄者, 注水於飯。食撤, 更進茶盤, 或果或餠, 進茶而罷。床用板刻, 器塗金銀, 間以花磁。喫飯以著, 不以匙。尊者之前, 宴用花盤, 酌以土杯而無臺, 皆塗金銀。饌物饌果, 亦洒金銀, 燦爛輝暎。崇疊魚菜, 或三或七, 進饌隨其爵數。

---

10 貌 : 底本에는 '貃'로 되어 있음. 문맥에 근거하여 수정함.

饌物

牛肉多筋而無味。鷄有足毛而肉硬, 雉黑而肌腥。銀口少膏, 魚多骨。斫膾極麄, 大如小指, 布於香葉上。酒味多辣, 全不薰甘。烹桃漬蜜, 又沉梅實、楊梅於鹽水, 以爲別饌。細斫青柚, 糝於菜蔬, 爛着鹽生魚, 成團炙。屑豆和蜜, 片割作餅, 如我國之中, 薄桂盛用雙花餅。乾麵如絲, 縷縷不斷。菁根細長而堅, 茄子縮而短圓。西苽甚早, 菟蓮最豊。

賦役

民無私田, 計畝授民。官收其九, 民食其一。歲有凶歉, 未免餓莩。凡調工役, 皆給傭價。入於兵額者俱仰官粮。商人最實, 而國有費用, 擧皆責出。農民最苦, 商人次之。唯爲僧者不解兵不受役, 或率妻子而同居。有解文者則其國尊之, 至掌國王文書, 其尊且安如此。

刑罰

罪無輕重, 不用笞杖。輕則斬頭, 重則以十字木植於道傍, 釘其兩手, 縛其頭, 或以火灸, 或以槍刺, 備極慘毒, 欲其受苦而死。被罪者臨死亦不甚怕, 唯沐浴理髮, 趺坐瞑目, 默念阿彌陀佛, 延頸受刃而已。其鞠囚之法, 以木鉗口, 灌之以水, 人所不能堪忍, 竟至吐實而乃止。有應斬者則諸倭輩皆欲試劍, 莫不礪刃而待。行刑纔訖, 百刃齊下, 亂斫如饅頭餡, 少無惻隱之心。

喪葬

國俗親亡而不哀, 夫死而不痛, 天皇之死, 擧國亦不發喪。崇佛之徒燒盡骨隨, 收其餘燼, 座而爲墳。或於燒屍之處, 起屋一間, 若祠宇然。高貴之人若天皇、國王者, 則不爲火葬, 制爲棺槨, 築土成墳。民間有不崇佛葬其親者, 而火葬者十八九矣。

婚姻

凡爲婚姻，男家擇日，送以金銀、錢幣、酒餠、魚果等物，隨其貧富而高下焉。及其成禮之日，新婦素服乘轎，粧籠、屛帳、器用之物，靡不畢備。來于夫家，卽脫素服，着紅錦長衣，與新郎同坐。夫家會其親族，對飯設酌，三杯行罷，引入寢房。女家從者先設枕席，又賚銀錢若干，分給夫家下人。過三日後，新郎往拜翁姑，賚給銀錢，亦如夫家之爲。新婦初行着素者，往於夫家，至死不歸之義也。

節日

正朝以餠酒相歡。二月朔閭閻間節日。三月三日、四月八日，上於寺刹，誦經設饌。端午崇用粽子餠〔以棕裹之〕。七月初七日至十五日爲節日，無兩親者自十四日至十五日齋戒[11]，謂之盂蘭盆。木蓮上人爲母供佛之日，因以爲例。十六日擇年少者四十餘人，着女華服，以紅白帕首，擊鼓吹笛，揮扇唱歌，回還旋轉，如寺僧焚修之狀。八月十五日謂之八夕節日，九月九日亦爲節日。十月亥日皆作餠以食，謂之亥子餠。

其國有八道六十六州。山城、太和、河內、和泉、攝津屬畿內。伊勢、伊賀、志摩、尾張、三河、遠江、駿河、伊豆、甲斐、武藏、相模、安房、上總、常陸所謂東海道十五州也。近江、美濃、飛彈、上野、信濃、陸奧、出羽所謂東山道八州也。若挾、越前、加賀、能登、越中、越后、佐渡所謂北陸道七州也。丹岐、丹後、但馬、固幡、伯耆、出雲、石見、隱岐所謂山陰道八州也。幡摩、美作、備前、備中、備後、安藝、周防、長門所謂山陽道八州也。紀伊、淡路、潛岐、阿波、伊豫、土佐所謂南海道六州也。筑前、筑後、豊前、豊後、肥後、日向、大隅、薩摩、一岐、對馬所謂[12]西海道[13]九州，而一岐、對馬則其屬島也。

11 戒 : 底本에는 '戎'으로 되어 있음. 문맥을 살펴 수정함.

12 謂 : 底本에는 없음. 용례에 근거하여 보충함.

13 西海道 : 底本에는 '海'로 되어 있음. 내용에 근거하여 앞뒤로 보충함.

官制有攝政、關伯、太政大臣、右臣、內大臣、左大將、右大將、中大將、太納言、中納言、少納言、宰相、侍從、弁、別當、判官。大貳、少貳二位必卿、輔。銀目、司馬、中務、式部、兵部、民部、治刑部、大藏、內司馬、右馬、兵庫、主殿、掃部、木工、主計、主稅、勘解由、藏人、將監、帶刀、絳殿、舍人、圖書、大學、雅樂、番太炊、監物、頭、助、隼人、織部、女內藏、主水、親正、造酒、市正、佐、大膳、左京、右京、修理大史、權大史、進、亮、左衛門、右衛門、左兵衛、右兵衛、左近衛、右近衛、督、佐、衛、彈正、少弼、忠、外記等官, 皆略倣唐制而爲之, 其實別無所關。職事如自稱秘書、少監者目不知書, 自稱主計者初不管錢穀, 蓋皆用虛銜也。

所不產者蜂蜜甚貴。以漆實造燭, 狀如我國牛脂燭。如鷹子、虎、豹皮及綿紬、白布、人參、花席、細柳器皆其絶貴之物也。鷽鵲亦無, 雖籠之以放, 不見卵育, 殊可怪也。

在果而橘柚柑榴爲其繁產, 柿有色青而甘者。葡萄皮厚, 棗栗不敷。枇杷實如杏子而熟於夏初, 厚葉冬青而凋。楊梅色紅而味酸, 盧橘小如杏而味甘酸。唯梨子最彫而甚美。樹則冬青最繁, 其實如李, 可以笮油。篁竹最茂, 環植作藩蘺。蘇鐵無枝, 葉如鳳尾, 或時枯死, 遇鐵則蘇。拔根晒乾, 栽地便生, 眞怪樹也。棕櫚上疎而無條, 葉如菖蒲, 狀如布扇。身有絲毛如馬鬣, 可以作箒綯索, 且用細織作布, 飾以爲冠。其樹處處有之。杉樹如檜, 植於庭, 營造之具、器用之資多藉此木, 如我國之以松爲材也。

所謂天皇者, 極尊而不與國事, 唯逐日三沐浴, 一拜天而已。其長子則娶于其族, 諸子皆不娶。皇女則悉爲尼不嫁, 以爲其尊無對, 不可適人也。

【영인자료】

東槎日記

동사일기

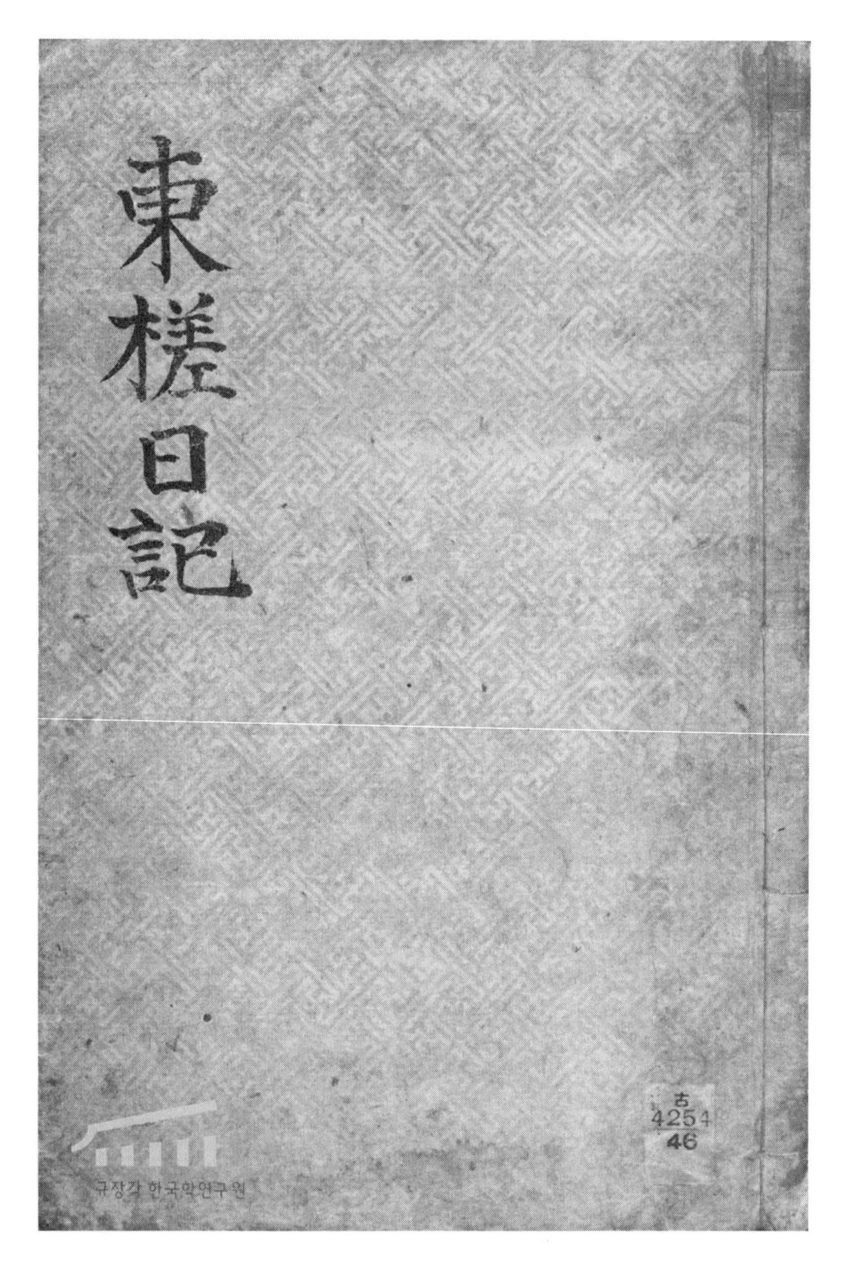
東槎日記
古
4254
46
규장각 한국학연구원

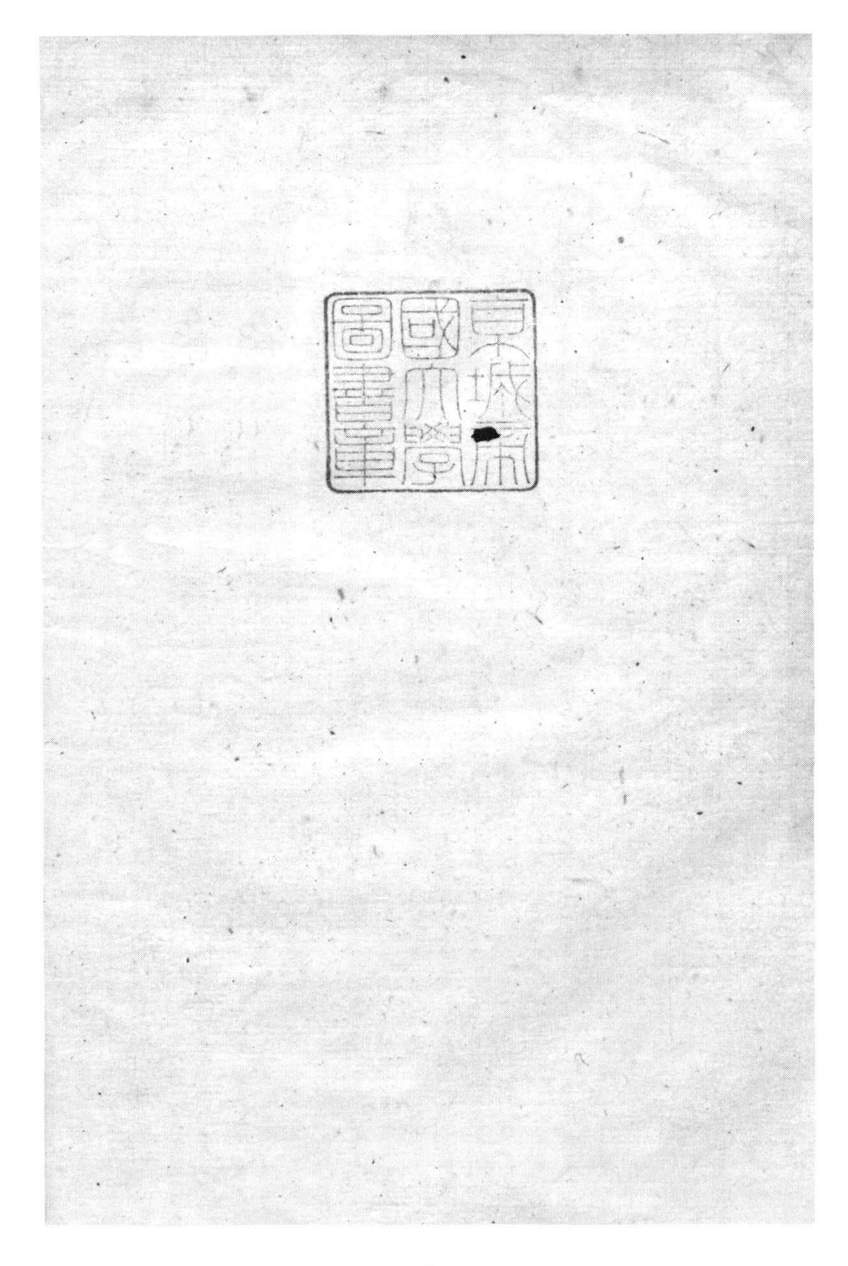
京城帝國大學圖書章

東槎日記

歲萬曆四十四年某月日

朝廷以日本關伯蕩滅讐賊思修舊好使對馬島特書契以通

廟堂特稟差遣回答使兼刷還被擄人口事丁巳正月二十六

七日差上使及從事官累月遷延未差副使同年三月十三

始爲差出梓自丙辰七月退居忠原之墓下四月十八日始聞

除拜之奇同月二十一日乘船二十五日入城翌日 肅拜自

上命賜節鉞又令退定行期初擇於五月初一日退於十二日以

拜

表又退於同月二十八日是日辭

朝回答兼刷還上使僉知知製教假銜兵曹參議吳允謙己未汝益

[illegible]別試 秋灘 海州人

副使軍職假銜軍資寺正朴梓 甲子子挺 己丑司馬壬寅別試 雲巖

高靈人

從事官軍職假銜禮曹正郎李景稷 丁丑尚古 庚子司馬丙午別試 石門

全州人

譯官同知朴大根

同知鄭彥邦

上使軍官宣傳官李真卿

前僉使鄭忠信

前縣監柳時健

前主簿宋德榮

訓鍊主簿禹尚中
訓鍊奉事李景蘭
前叅奉李安農
副使軍官武兼宣傳官安景福
前監察崔 昊
前宣傳申景沂
前司果朴 霽
前司果朴應雲
訓鍊奉事朴成賢
前直長柳潤
從事官軍官前主簿李瀜生

訓鍊奉事柳東起

參奉金晳男

譯官前正崔義吉

前正康遇聖

前正鄭純邦

前正韓德男

寫字官前主簿宋孝男

醫員前僉正鄭宗禮

前奉事文賢男

畫員前司果柳成業

寫字官嚴大仁

旗牌官金廸
别破陣崔義弘
鄭義逸
馬隊 金士吉

五月

二十八日辛卯雨辰時晴是日黎明冒雨上使副使從事官及一
行各負詣 闕拜辭
命賜酒于仁政殿越廊 賜使臣馬裝各一部末 肅拜前見慶
尚監司以橘智正先歸事狀 啓使臣等因 啓曰臣等依聞
橘智正以臣等之行遲延之故至於發怒經先入歸云渠以[illegible]

職之倭驕詐恐喝輕侮朝廷之狀至於此極若不待橘倭導行
輕自渡海恐傷體面請令　廟堂商確指揮入
啓領議政與禮曹判書以上使同年之故會同年輩設餞於掌樂
館大張聲樂並與副使從事而邀之者至於再次以同年榜會
辭不赴最後領相送人不得已自闕下往參只飮領相及禮判
餞盃而經先廳出先到判書兄家拜於。
祠堂及　兄主前　兄主扶病出門至於盡滯悲痛可言竟不至
家直出南大門闈諸宰以餞別事在南關王廟往受餞盃寶昌
及兵曹參判李覺李同知馨郁尹同知重三申提學欽柳輔德
孝立　兄弟兵曹佐郎李用晋迎夕到漢江送別者甚衆不可盡
記名宦則惟柳提學根李翰林久兄弟吏曹參議柳希發鄭相

國昌行金僉知偉男(止男)兄弟柳校理(理)渝也朴典翰昌吉在他船送
人邀之竟不應薄暮渡江乘駕轎帶眼而行投宿良才驛朴羅
州兄弟金守儉鄭進士(俊行)監察父子隨至矣金羅州族丈追
送別章以病不能往(別)云蓋惱於時勢縮頭也上使宿於本家農
舍距本驛五里許上使支待果川縣監 副使支待金浦縣令
黃再中人馬都差使員良才察訪朴弘義也
二十九日(壬辰)陰朴羅州兄弟金生員及朴中燁辭別還京上使
前送宗禮問安上使以軍官鶴尙中還報監察及別坐往拜于
上使前上使之弟兵曹正郎允諧進士允誠來見以相去似遠
不得往拜上使直向廣州牧使金斗男支待食後見牧使牧使
行餞盃自良才至四十里也以阿枝里

先塋奠拜事請於廣牧畧備奠物午時雨洒夕到墓所楊根郡守
權鵾支待不成撲摸軍官壽皆飢倩米於朴源以食自廣州至此
四十里也
三十日癸巳朝微雨早奠于 玄〻祖真言 墓次奠于
玄祖光陽縣監公仁孝 墓次奠于校理公文幹 墓次奠罷還于幕
次朝飯監察及朴珙辭別還京使崔義弘押領楊根色吏移囚
于利川午到利川主倅辛成己支待點心後奉餞盃陽城黃己
來候矣竹山朴孝英四兄弟李瑄朴蘂英輩來見楊根色吏刑
推放送夕到驪州牧使涌出名燁來迎
六月
初一日甲午晴辰時登途晝點于安平驛川邊金郎應海來見甲

尹生員趙將帥閔仁恕來見泉浦下人輩亦來迎午後到泉浦
拜於
先隴夕金僉知來餞查頓金生員及中邦洞諸人皆來見閔丞趙
公淑李贇自山溪來見秣馬里金參奉來別支待官提川縣監
申益慶支待都差使員永春縣監李培迎人馬差使員栗峯察訪
申埈等來候遞送京來人馬自驪州至泉浦五十里是日出齋
外舍明日爲墓拜故也
初二日 乙巳 早墓〻罷即發行未時到山溪有
旨兩度一則云頃日島主差倭等來回答使遲延發送云故發送
書契修答以送矣今不可再爲答送已爲發程之意爾其持書
契倭人等處措辭開諭入送事有

旨一則橘倭雖云渡海想必留泊於絶影島近處矣假使已爲渡
海使臣之行不可以此有所進退到東萊聲言橘倭不留先導
決不可渡海或退住梁山密陽之間則渠必顛倒來迎猶恐後
時而登船卜日尚遠俾無久留難處之患爾其知悉事有
旨五月二十九日同副承旨李次知
初三日丙申晴朝謁趙祭酒叔母主趙監役叔主往趙監寧宅拜
祠堂因往墓所以清風祭物奠于外祖父母墓還于幕次朝飯
後歷拜于金政丞墳墓吊金正郎期遠又吊趙純祐靈座前越峴
往見名燁妻以駕馬渡北津未時到忠原拜上使前及從事官
公洪都事金縉代監司以宴享事已來到矣上使支待官清安縣
監 副使支待官忠原縣監李慶全也 西原縣監將與忠原縣

享並辨事來在矣昏與鄭生員毅温及金應海文㸗兄弟會軍官設小酌別監鄭宗榮先唐突入坐於軍官之上軍官安景福告以體面不當如此我曰是我所親也因命宗榮先出着事因戲曰如此軍官廳不失體貌酒三巡軍官等退去

初四日丁酉晴巳時設宴享上使東壁次副使次從事官公洪都事對坐於西壁朴大根鄭彥邦差後而坐於東壁之末軍官等坐於三使之後驛官輩坐於都事之後別破陣旗牌官坐於南楹外公州西原思妓樂俱集舉床以與民樂慢曲次步虛辭舞童次舞尙鉢次靈山會散次客舞次界面調罷宴曲[illegible]一行奴子等亦享於中門外初昏二使來見

初五日戊戌 霧卯初從事先發蓋欲早行避暑也上使出門五里

許繼發文燁辭情黯然可言巳時雲霧捲盡暑氣薰蒸行三十
餘里晝點于安保驛上使支待槐山郡守尹正言聖任來見副使
支待青山縣監姜遇也過路水石清奇頓有濯熱之想過嶺憩
于龍湫自安保距此三十五里自忠原至龍湫八十里也上使
支待尚州牧使丁好善副使支待金山郡守柳仲龍上下支待極為
精美上使一行人馬差使員幽谷察訪金寧副使一行人馬差使
員昌樂察訪鄭膺人馬都差使員安奇察訪李馨承等皆來於此
遞送公洪人馬察訪則曾於安保落後矣夕到聞慶上使一行
支待本縣〻監沈宗直副使一行支待咸昌縣監金儼也咸昌里
安居金就來子德起醴■泉柳川居張彥邦子大仁安東豊山居
李暹來見自龍湫五十里

初六日己亥 自朝雨從事又先行辰時着簑而行風雨不止衣服盡濕晝點於犬灘自聞慶至此四十里從前出站處也上使支待善山府使柳 時會 副使支待開寧縣監閔汝沉也冒雨向龍宮行潦沒膝泥滑如油下人相繼顚仆申時至龍宮上使入於客舍副行接於鄉射堂上使支待本縣縣監李思顔 副行支待庇安縣監李宗文也豐山朴承燁朴櫓李廷老廷立兄弟來迎本縣高尚程尹參軍渋姜汝巘佐郎全以性李澎李欽伯醴泉權得平來見自犬灘至龍宮四十里 答簡於李咸悅見 答高蔚山書

初七日庚子 晴前有一川水漲難渡遣別陣鄭義逸觀其水勢還答可渡乃因護向醴泉午時到郡上使支待本郡郡守洪瑞龍副行支待奉化縣監朴尚賢兩倅祗迎於門內擇却使入林[illegible]

旁稟不祗 迎禮申時與上使及從事登狀賓樓設酌使柳東起
鼓琴幾至二更而罷是日金洛族弌權惕孫說安僉知渭權濬
權說權鉉許蔣安汝正等來見自龍宮至醴泉四十里也
初八日 辛平明雨俄而還霽聞安奇驛卒溺死於前川見之則
已爲澌陰而去矣可愕遣別破陣崔義弘往見沙川之溪淺義
弘來言水淺可渡三使以發行十三里許到沙川水浸馬背兩
使與從事同坐杖義弘六介本郡鄕所曳入而不杖扶載架子
先運 國書禮段卜物軍官等輩脫衣徒涉以次乘轎而濟上
使及從事直向豐山我行以 祖墳尊拜事進于枝谷眞寶縣
支待而縣監申純一以木手僧軍差使負上京鄕所領來邑殘人
頑不謹支供一行上下皆未夕飯曳入鄕所刑推都色後教文

本道監司使兼令本府支待自沙川至此二十餘里
初九日壬寅陰雨陰晴權浩然四兄弟及金斗一李廷老廷立兄
弟金義元李鑰等各持壺果而來令分饋軍官驛官等是日留
枝谷
初十日癸卯朝洒雨食後晴曉先祭於 祠堂次奠於柳湑墓次
權司藝墓次佐郎墓次鎮岑墓次都承旨墓次 祖父母主墓
次監察叔父主墓奠罷杖安東工房及都色書點于豊山見妾
母困坐于槐亭李璟權詢李琭金士恭金士儉吳爾鄭憲金士
得李玿權杠權得與李坪權天民黃振經南希程李瑱李鑰李
鈛李光遠李璉李明遠鄭維藩金光漢金光澤金光沃金光灝
李廷老廷立兄弟來見其中惟李鑰十餘人持壺笥以餞點心

後向安東譯官崔義吉等出迎于西亭子入處于西上房上使支待安東府判官任義之府使高用厚時未到任矣副使支待寧海府使趙瀐以病不來只送鄕所支供不成摸樣鄕所捉來而不杖只杖都色榮川朴成範自昨日已來本道監司尹暄昨已到本府處于武學堂矣

十一日甲辰晴李瑚兄主李璉朴文範朴承立金斗一金昌先金起先金璞李廷老兄弟吳汝櫓孫胤祖權得平李敬培李得培李瑱李鉽申碩茂安貴壽鄭伉鄭俶李光燁鄭三善吳大渊權恭精李曄李汝韻權誧姜宗瑞進士裴得仁[illegible]朴好信權恒金得礪權忔等來見李參議遲與其弟迴設宴於西軒琴歌交叅舞隊雙雙並招軍官等飮之李遲醉裏欲擊鼓以上使所在處擊鼓未

安禁抑之午後宴饗上使以下東壁交倚坐坐次如忠原宴餉之坐舉床以與民樂慢曲次步虛辭舞童次靈山會散肅饗舞次盤漿曲次獻仙桃次界面調宴罷曲七酌後監司請平坐以奉盃兩使及從事與監司對坐席以飲上使先起出小頃繼起是昏雨下如麻也

十二日乙巳晴以前川水漲留安東座首李珎別監安貴壽主辦設酌慶州提督權暐安東提督李汝馪前別監李瑚亦持晝果來參軍官貟役並參李參議遅請于其家並率軍官貟役往赴之酒進樂作燈燭熒煌幾至二更還府

十三日丙午晴從事越早先行各燁並落別而歸卯時見監司而發行寧海下人投其器仗而走捉致二人駐行南門橋頭各杖五十

便於馬前駈行朴成範朴承燁來別渡頭越小嶺過丹川院至
一直縣自安東至此三十里上使支待本府副行支待禮安縣
監李継祉李典籍逢春李忠義健權生員來見朴櫓柳炫追來
臨發招見倅禮安暑氣薰蒸如在鴻爐中未時末至義城自一
直縣距此四十里也上使支待本縣縣監梁士海副使支待青
松府使許旻邀見與語李暹追來
十四日丁巳晴從事早出先行平朝發向青路站自縣至此三十
里站西七里許有金城山乃韶文國舊基也山之南有李氏底
兄弟家三使並駕往訪設小酌即罷到站上使支待義城副使支
待仁同府使呂祐吉以族親招見發行向義興炎熱如昨午時至
義興自青路至此二十五里上使支待縣監李幼清副使支待

軍威縣監黃得中善山朴弘慶偰慶胤弟及朴備來見
十五日戊戌晴辰時發行午末入新寧自義興至此四十三里上
使入西軒我處東軒蓋西軒有泉石竹林之勝故也上使支待
本縣縣監權暐副使支待新安縣監金中清也副行下人以雨
入置駕轎於大門內營吏等欲避雨於大門脅驛卒使之出轎
驛卒不應營吏等入訴於上使上使令移轎而已營吏等誣以
驛卒徵木於養馬頭入呈於從事從事從重刑推營吏之奸時
昏新安新寧兩倅欲奉盃於三使 懇請同參
十六日己亥朝陰從事先行兩使相繼登程辰末雨洒旋晴午時
末至永川相距五十里也上使入於客舍副使入於西別館上
使支待本郡倅南撥副行支待盈德縣監李挺也支供甚勤上

便於馬前駈行朴成範朴承燁來別渡頭越小嶺過尧川院至
一直縣自安東至此三十里上使支待本府副行支待禮安縣
監李継祉李典籍逢春李忠義健權生員來見朴檍柳炫追來
臨發招見倅禮安暑氣薰蒸如在鴻爐中未時末至義城自一
直縣距此四十里也上使支待本縣縣監梁士海副使支待青
松府使許旻邀見與語李暹追來
十四日朾晴從事早出先行平朝發向青路站自縣至此三十
里站西七里許有金城山乃韶文國舊基也山之南有李氏庄
兄弟家三使並駕往訪設小酌即罷到站上使支待義城副使支
待仁同府使呂相吉以族親招見發行向義興炎熱如昨午時至
義興自青路至此二十五里上使支待縣監李幼清副使支待

軍威縣監黃得中善山朴弘慶履慶兄弟及朴偶來見
十五日戊申晴辰時發行午末入新寧自義興至此四十三里上
使入西軒我處東軒蓋西軒有泉石竹林之勝故也上使支待
本縣縣監權暐副使支待新安縣監金中清也副行下人以雨
入置駕轎於大門內營吏等欲避雨於大門脅驛卒使之出轎
驛卒不應營吏等入訴於上使上使令移轎而已營吏等誣以
驛卒徵木於養馬頭入中於從事從事從重刑推營吏之奸時
昏新安新寧兩倅欲奉盃於三使 懇請同參
十六日己酉朝陰從事先行兩使相繼登程辰末雨洒旋晴午時
末至永川相距五十里也上使入於客舍副使入於西別館上
使支待本郡倅南撥副行支待盈德縣監李挺也支供甚勤上

使人馬差使員長水察訪副行人馬差使員松羅察訪金德一
都差使員自如察訪宋榮業皆來候是夜雨下松羅兵房賂紬
一疋於軍官申景沂欲留驛馬景沂以悞告於從事刑推其人
十七日庚戌晴以祭於判書 先祖事平明以馬裝先上使而發
趁前川由村路度柳嶺至原谷自縣距此二十五六里山勢雄
偉乾坐巽向之地碑石猶存幼學鄭完亂僉知鄭希亂、、之
子顯道懸道味道等來參祭松羅察訪孫德縣監皆陪來祭物
則盈德之所備也東行六七里晝點于阿火驛上使從事已先
行矣上使支待清道郡守任孝達副行支待河陽縣監蔡賁也
前都事鄭湛來見盖倫契原谷墓近處者也陪行差使員新寧
縣監權暐下直還歸未時到慶州自阿火至此五十里也上使

支待本府〻使帶原君尹孝全判官許鏡時未到侍矣副使[illegible]
待慶山縣監李忭後事支待興海郡守丁好寬皆來候
十八日肆晴軍官輩往觀伯栗寺〻在府北五里別無所觀但
寺後一稚松既斫而復出新枝可怪午後宴餉東壁叱如舊府
尹及興海叱西壁宴舊不及於安東而妓樂則過之舞牙白黃
清郎又運[illegible]一尾彩鷁於庭中使小妓着搖櫓形群妓齊唱以
為邊操曲其聲悽上酌後府尹請平坐行杯軍官驛官亦隨量
傳飲即令二人對舞宴後運轎登鳳凰臺日已昏矣三竹為紅
粉萬炬熔煌高歌遏雲長袖翠亮舉至二更令諸妓歌舞而歸
乃口占一律曰蠻蜀興亡一夢中客來無語立斜風騰星臺[illegible]
孤烟碧半月城空露濕紅喬木半多遺廢地亂蓬無[illegible][illegible][illegible][illegible]

昔年文物今何在 鰲齒樓邊水自東 金鰲山在府內

十九日壬辰 晴 蹂亂租辭歸 辰初登程 晝點于鵂巖驛 自府至此四十八里也 上使支待長鬐縣監中彭老 副使支待淸河縣監李康甫也 支待差使員慶山縣監李忭 人馬差使員松羅察訪金德一 除陪行還去 中時至左兵營 自鵂巖至此四十里也 上使入兵營客舍 副行入蔚山衙舍 蓋本郡爲倭賊所焚 舊廨穿未葺故也 上使支供蔚山府判官崔洄 副行軍官双驛官支供延日縣監朴而儉也

二十日癸巳 晴 兵使李時英餞三使於南門樓上 使其軍官與一行分邊射帿 軍官安景福以五巡二十三分居魁 得弓子。

二十一日甲午 晴 自蔚山乘曉發行 中火于龍堂 距郡六十里 自

龍堂抵東萊府七十里畏日當空人極馬煩就陰臨流再憩而
行申時入府館於西軒
二十二日乙卯晴留東萊統制使鄭起龍左水使金基命以統官
尹民逸自釜山來見與從事官書曰橘倭之徑歸皆由於釜山
訓導不能善辭之致則爲訓導者固不得無罪也行到境上即
遣軍官拿致究詰或杖或囚可矣不然無以聳動邊人鎭緝倭
情前頭之變幻百端將不可勝言豈非可慮之甚乎請自上
使臣確處重罪甚當伏惟高明僃諒以示朝與上使從事同坐東
入釜山訓導韓祥及東萊府使軍官于庭韓祥則杖臀三箇因
因小通事朴春杖臀五箇府使軍官則教授還放午見統制使
中軍馳報橘智正還出來云金海府使曹繼明昆陽郡守李

則南海縣令李孝訓 熊川縣監裴弘祿 固城縣令李日章 以
差官應來候東萊並定文慶梁山郡守趙璘 固城幼學李山
立未見鐵城外遠族也
二十三日丙晴 有
旨同副承旨成晉善成貼云 對馬島主使送平智長以回答云上
使行姻探聽兼為隱行事持書契出來云爾等已為發行書
契則別無修答之事爾其平智長處以此意措辭開諭偕行事本
旨上副使處各下朝啟韓祥問情於橘智政後狀
啓咸安倅來見草溪送簡及路資兵曹書者去時送簡于監察
及別座處咸陽郡守林墰送路費
二十四日丁晴辰時發行到釜山統制使鄭起龍右[illegible]使南

以興左水使金命基皆未會統營水營合設宴餉罷統制使
別爲餞設右兵使繼設左兵使李時英以餞別事來于船次辭
談之間語及琴材李曰吾有爨桐請留一詩生即口授曰冷冷
爨下聲琴之松風吟古調何寥亮郡邪自可禁李曰吾齋中自
無邪處之何禁蓋今有所含畜之意也生曰古人以琴爲禁々
邪心也吾之聊詠有何所爲而發哉收稅官曰此係甚合琴銘
云云李則不知詩者也何足云哉前者吾以五言詩示李大諫李
必欲力救而不聽以此處有識諷之意可笑可笑初到釜山以
不稟私禮狀推首釜山僉使鎭撫各浦萬戶輩不爲到界公狀
及以常白紙爲公狀進呈者杖下人或七或五遍於上使之上
使軍官鄭忠信副使譯官姜遇聖修問于橘智政

二十五日伐晴留釜山調度使韓德遠自右道來見東萊府使
黃汝一分付並庭各官設酌至庭乃罷收稅官尹民逸在船上
贈詩曰榮辱昇沉問幾何向來人事苦相磨乘槎試涉蛟龍窟
險惡爭如宦海波與上使同議使崔義吉送食物于橘倭處贈
別慶州妓玉芙蓉以宴享事來到釜山一朶閒花滿意香狂風隨
處任飄揚自知畫餠終無用臨別何須枉斷腸
上使所吟
一別蓬山歲幾除腥閒開眼是吾書明朝更向扶桑去却望幷
州憶舊居
敬次
古來人事有乘除旅榻空勞咄咄書始覺浮生天地大此身隨

處是安居　　　又次右韻

覽鏡無由白髮除苦心何用五車書欲知清淨安身地無限長

臺有廣居

次上使韻呈東萊府使

新竹篩陰苔滿除海天微雨潤琴書紅粧照地敲鐘咽誰道邊

城似野居

二十六日紀晴留釜山東萊設戲於射廳調度使水使收稅官

皆參會諸將與軍官較射諸將皆曰今邊將出東萊不善處乙

諸將不得參於宴會皆不快之云見有

皆西度一則云

先朝例不遣　御史云一則云檢察之事甬其眷之上副使各下

二十七日庚晴留釜山迎事官患病往關上東城樓上眞一形勝也一山斗起其形如釜名釜山者蓋以此也壬辰倭賊城於其上李德馨為體使時增修其制樓其門閣于中丹青之其後十許年繼之無幾盡頹毀可歎

二十八日辛晴留釜山忠原奴末卜去時送家書于泉浦江陵府使洪慶臣送卜定物時書問答之路資無所送泗川河奉事前答書送笠帽一事

二十九日壬晴釜山醫官鄭宗禮奴還去時簡于兄主監察及別座壽孫女處水使設餞咸安亦設

七月

初一日癸自辰時風雨大作掀天動地海波如山戰舡一隻沉

波云記所見魚龍吼鬪雷霆怒鼉鼙鼓喧追萬馬奔應想陽侯

誇壯景故教風雨鬪乾坤

上使次

大風驅雨日光昏險浪掀空怒雷奔海子舟人渾辟易獨持苦

節立乾坤

上使戲吟

君道風流都戲爾人言緣分實無疑錦帳沉沉夜深後一生真

僞有誰知 一生 萊妓名

敬次

嬴得風流播海郡陽臺雲雨摠堪疑蓬山漸遠芙蓉落此夜孤

懷知不知 芙蓉 慶妓名

初二日甲子終日陰霾留釜山南平縣監權俔送路資
初三日乙丑留釜山風少止柳高靈父子以刷還女息事來釜山
因其歸簡于忠原本家兼送魚物左兵使時英遣軍官遺竹笠
花鞵等物
初四日丙寅晴申時乘船放於內洋而還泊今日 母親忌日也
據禮固辭上使以
國家所送日不可不乘云故不得已畧冠帶以備旗纛鄭職乘
之蓋以迎候倭人所見處不可埋沒故也下舡即所着

東萊府使黃汝一所唫

氣崑山還讓風棱海欲氷知公誦詩旧喜我得人曾方丈霞遙
峯扶桑日近昇藹行憑 聖化列島盡西膺

敬次

如鼇扶桑虽金輝襯玉氷色綠闌已熱天焰見何曾氣壓秋濤壯光爭海日昇吟來轉雄健事事可銘膺

次萊伯初一日大雨饋送於從事官

海鷲隨風舞陽侯作怒波驚雷夜更急退湊曉尤多遠瀨傾鮫室險船新棹欲卧聽黄帽鬧棧櫓竟如何

次東萊壁上韻

太宗臺

羽蓋仙幢駐此山天容玉色映孱顔白雲千古臺空在方躅何年去不攀

鄭瓜亭

荒村喬木夕陽斜笳鼓鳴潮咽晩沙無限戀君憂國意至今餘
蔓帶殘花
初五日 矴晴是日五更具黑襦祭海
神釜山南巷造山之上以支待守令及各浦万戶輩充諸執事
謁者引三使臣就位次引堂上譯官及軍官輩就位各四拜謁
者引上使詣 神位前焚香奠幣獻酌一杯謁者引降復位在
位者皆四拜畢左兵使李時英自兵營設饌張樂指水營樓舡
調度使韓德遠水使金基命收稅官尹民逸皆來會申時量慶
尚方伯亦自上道落餞別特臨並象張樂徵歌日暮乃罷橘智
正舡在傍近言于兵使送牛脚二酒二盆智正感說云無風以
舡上多有濕氣降次于海村

初六日陰晴方伯設餞于造山水使調度使密陽府使杖機官東萊府使並參未時乘船到戡蠻浦留泊候風諸公皆乘船來別而去

初七日陰晴占雲候當有風黎明上帆挽櫓出於大洋風勢甚微難以櫓役行舟船人疑懼巳午間便風大作舟行如飛申時到泊于對馬島完伊浦一云元老乃一云鰐浦浦之東南有僧寺離而待之島主平義成平義成之子也其年十四歲及豐前平調興調信之孫景直之子義成之妹夫用權惡於島主其年五十歲送人致問及其五日支供距完伊浦十餘里倭人以小船三十餘隻來迎因曳行船而導自釜山至于完伊浦四百里夕見橘智正平智長下立於交椅前智正輩入拜時揖而答之因遣智正往敍之失智正亦服知罪云鰐浦右邊一麓彎曲中有

一港〻之東南有洞乃其寺觀所在也前有人家二十餘戶
右邊處只有隙地種芋莖葉跡短殊不似我國所産寺後有椶
櫚樹葉如布扇冬稻着實如李不可食秋刹其子只取其油云
是日晩飮粘酒半甫兒朝飮燒酒一杯薑苡粥半[illegible][illegible]太甚
胃煩盡吐午後覺肌脹薏苡粥不着寢着氣頗降歇因進夕飯
乘船飮酒最忌
初八日 鎭晴 食後發船還出港口 橘智正前導又以小舡載格
倭左右曳行過豊崎船浦西泊浦以風逆不得行泊于鰐浦宿
於舡上自鰐浦至此八十里島主致問 調興來候見於舡上此
日不發水候釜山伺候舡故付送狀
路無備于文煒諸處 沿島而行多有松林森鬱巖崖奇絶之處

初九日 晴 自塩浦旅舶島主送書問安送酒果書以謝之以所送酒一桶行中所儲果子七十葉分給格倭未及舶越浦兩山挾海港十許里有一海門僅容行舟其君下瀨舟人或慎而過右边汀上有板屋一間乃是住吉 神社云舟人往來祈禱之所也過此二一邊右對州之山左一邊粘天無際疑是江原咸鏡兩道相連之海

住吉千年社靈奇万古傳恩然風借便知是荷神怜 從事官

過下瀨辭

鮮余纜於塩浦 日出兮扶桑 靈鼇從兮樓船 鯨

擲危帆兮駕長風 金波湧兮涵碧空 導王節而東兮 渺

濤兮欄干 來兵兮 陽侯先兮馮夷後

万里兮無際 勞歸兮相春嗌 閔懍悅悅兮万化而千變

舟搖搖兮靡所居 臨臣壑之駭浪 舟人指予以畓灘

慢予神兮目眩轉 思而隔之穩流 曰此下瀨之長灘

鼓角鳴二芳權夫奏歌 劈波島芳水中外 丹崖峯望[illegible]奇
急予望兮浦之口 削層[illegible]於左右 三山浮來分此

[illegible]而明鳴 [illegible]壽奇異草之葡萄芳 闌水散芳句輪兩庭
傳[illegible] 園苑玄圃芳不可與倚 田迤坨芳[illegible]十里

水勢則龍逶迤紀奔 西望山阿 南紅覺韵之過此芳
島[illegible]則鳳翥而鳴時 美有祠芳佳吉 岳也祈神而要福

浮路庭玉石芳[illegible]沙 [illegible]臂芳[illegible]離廬數 要仙女芳舶子[illegible]
列仙於島兮[illegible]飛術 肩衣可把來皇[illegible] [illegible]清[illegible]兮[illegible]桂[illegible]

回首來之濤濤漄浒芳 聞公山心在東海芳 臺男女芳
入諸天首到[illegible]方 蓬萊[illegible]芳無乃是 悵文成興

在析[illegible]目極芳貪抗 望美人芳天一方 [illegible]造[illegible]之多[illegible]
五[illegible]利[illegible]風[illegible]多起 非吾[illegible]芳欣斷腸 [illegible]於臺[illegible]

變作[illegible]之[illegible] 倘此精英之鍾[illegible]萬一方 [illegible]為山
[illegible]別一區[illegible]海中央 人胡[illegible]今[illegible]場[illegible] 東臺澤

芳叢方水此[illegible]芳識熟持 祇足以庭鶴[illegible]之[illegible]思
於龍[illegible] 信物埋芳難識 非欲修於[illegible]域之[illegible]芳

[illegible]之[illegible]此間書 [illegible]前路芳出海門
如不可今[illegible]於此芳 [illegible]然風芳於水

次從事廷下過下瀨驛

奉玉[illegible]芳向日域 [illegible]天邑芳鼓紫鳳 長[illegible]見[illegible]芳[illegible]
[illegible]情使風 下深谷芳上青空 嘯雪霜芳遶而東[illegible]

久河 思推 臨遐 心羌 華一 大陸 萧日 也戒 國羈 [illegible]
此恙 佛天 搖衆 滄東 悵碧 詩瞬 渡鳥 芷醫 卽以 兮兮 [illegible]
乘地 々桃 波追 々詩 獨息 心之 兮々 前機 悵頻
愁龍 陰蒞 兮兮 兮猶 兮緊 地三 山迤 來兮 輝 氣刻 落翰
洋耽 之々 夜步 夕陽 迷浪 之百 時空 芳特 万異 重帆
々寡 雖然 木庭 風々 方之 年其 兮 社谷 荒田 更服 水宣
兮兮 識此 央月 起 在 術程 千此 于汎
此無 路 耳 若馮 閑歷 身住 叢息 杳兮
水窮 通 復在 嗟北 瀾馬 主弟 樽陰 兮古 海一 亘廉
席弟 一極 望聘 旗島 張海 氣眾 鎮之 流港 [illegible]
赤舡 尾陰 日遠 邑淹 旆通 夫差 兮兮 浦神 之兮 上
何來 兮兮 兮兮 此國 之兮 洪兮 此橋 口社 回路
悍業 觸不 孔南 兮兮 張鼓 吉相 海神 轉呼 衛皇
浮兮 乾可 迴匯 仍尚 皇南 護 留陰 蒼青 泪湧
隨追 錫易 朧陽 延莊 閘 拈 壁松 雲霹 肖隅
於秦 圖 差 佛時 升掩 下雨 騰屋
異室 胡百 水下 塞惟 旗吳 崖騰 瀨峽 子以
域 思破 然年 當惟 蘭芳 不急 腳神 兮兮 之兮 争害
一信 滯憂 叢根 禪州 田伏 兮兮 東冬 鳥如 [illegible]
攄恨 言美 迎來 々國 兮兮 於驚 吹翹 古栢 流行 浮兮
丞美 兮兮 衣芳 采之 菭聊 承教 万之 古積
訊人 服構 密相 名未 松自 朴以 皇傳 蔦 指舟 [illegible]
兮前 玉贈 卿中 利違 播安 相 一人 [illegible]
[illegible] 寄葛 特 候垂 指白 邊相 [illegible]

自蓋浦至船越浦一百三十里自船越浦至府中七十里
酉時下船具冠帶陳儀物於上使前三使軍官陪 國書而前
導抵于府西館宇乃是新造板屋為迎候使臣之所也鋪陳床
帳儀皆精潔請供夕飯許之一行員役皆饋之盤用素色器用
花磁茶盞以塗金土盃進酒以木箸代匙用後即毁示不復用
待尊貴者之禮也先將飯小許貯於器中俟喫更進飯進酒床
撤進茶果自此糧餉支供逐日繼呈 到于館舍調興先送人問候繼具鮭飯島主則戌時始為送問令通官責言之則曰已送不來否云云夜二更雨下如注雷電並作
初十日壬申雨勢崇朝方午快晴留館中未時島主平義成及平
朝興等具冠帶請現三使亦具冠帶先設高足床置 國書禮
段于其上調興則自以世受 國恩受書四拜而出義成則以

爲不受戰不爲入禮謁興拜禮之時使臣等立於交椅前次橘智
正具冠帶四拜於楹內受｜國書而出次受戰倭源信安信時
老世伊耶亦具冠帶行四拜智正輩拜禮時使臣起立禮畢後
行相見禮義成先入謁興次之立於坐卓前行再揖禮使臣亦
答揖因坐對於交倚使通官朴大根傳語進酧酬茶而罷出行
禮時受職倭馬當古羅以病不來玄蘇之弟子宗方僧亦稱病
禮段等物使人傳致修書契人內匠官名來謁府中閭閻鱗次民
物殷賑挾路左右門閭對設墻垣之內竹木從秀異樹蔭蔚道
邊男女簇立如堵皆着班衣或有遮帳而觀者或有以衣掩面
立者頗有玉面雪膚者昏徹雨夜漲大霈雷電俱至此島主山
高雄前臨大浦〻口寬闊潮落則成陸築石爲堤開三處以通

來泊之道人家皆用板蓋間有瓦舍島中人户幾至千餘街衢
四達市廛連絡島主居島西北外設城墻不甚高大山頂設山
城々下西麓有國分寺島中大刹也東麓有八幡宮浦之西岸
有流芳院平景直之父調信齋字也院北有慶雲寺迤北有西
山寺制極精巧不施丹青浦東有石岸百仞曰立龜巖島中南北
三日程東西或一日程或半日程屬郡八曰豊崎都伊沙其曰豆
々々曰伊那(伊乃)曰卦老曰與良(堯羅石)曰峯(娥)曰進古(敘古)今則合八郡
爲上縣下縣屬浦八十二山多田土瘠民貧水田絶無雖山頂
亦種土蓮或值阻飢采掇葛根搥碎沉水取末拌於米麵以充
朝夕大米等穀皆取資於西海諸處一島之民采山釣[illegible]海以
資計沽食穀者稀多有菜色田畓有踏驗收税之規島主食邑

在筑前州一年所收幾至萬石曾為奪削今復給之云

十一日癸酉曉雨勢暫歇朝陰午晴留館中

上使所吟

落浦依曲浦下碇瞰瀠清水宿難成夢船行不計程秋從昨夜至月似故鄉明裏病惟丹悃三更望北星

從事官次韻

月出金波靜雲收玉宇清旅䰟迷極浦鄉夢阻歸程努力須忠信威靈荷 聖明明朝又卦席舟子夜占星

次上使韻兼呈從事官

高風刷炎瘴零露釀秋清海濶三千里雲開九萬程南天雙鬢白北闕寸心明獨夜難成夢推篷看曉星

上使批云伏覩佳什非但十分清健古人以詩有占其吉凶者海谿三千里雲開九萬程十字可占前路之平坦鵬程之遠到為之深賀

上使所吟馬島館中聽雨 圃隱有梅窓春色早板屋雨聲多之句

板屋雨聲圃隱詩平生曾詠未曾知晩來蠻館逢真境始覺當時即此時

次上使韻

圃老東行有此詩薄雲高義外莫知如今持節尋先躅板屋寒聲似舊時 圃隱於吾外遠祖故稱先也

十二日甲戌朝雨留館午晴島主設宴請之往參七酌而罷

十三日乙亥自昨患冷嗽終夜不平調興設宴請之既無

國書之前陳切欲備儀而行朴大根高聲叫怒傍若無人深可
痛也

上上使書

朝廷不以榟無狀充於輔行之任授以節鉞旗纛備儀物也旣
無國書之前導猶可備儀以行則榟之切欲前陳者存體面也
未有先失體面而能自持者也榟之所見非欲自尊不過如此
也昨者大根之高聲頓足傍若無人者是何道理設令鄙生不
顧前後晏然行之渠以首譯猶當面議商確未爲不可何至於
失聲顚倒以駭遠人之瞻聆乎此其未安之甚者也是不過庸
劣備數見侮至此豈知辱
命之舉不在他國之人而反出於一行之通官乎綱隳紀壞進

來益甚尚何言哉痛歎而已伏惟
下察

病卧馬島舘中次圃隱先生宿登州韻

東溟限南北淼淼無津涯境界連蓬壺風氣判東華死生寄一
帆壯遊吾所誇海國草木殊經春多異花驚濤萬重險水程十
里賒丹心讋耿耿白髮已蹉跎謂君試此行何如蹈海波一樽
雖易得疊鼓誰相撾愁城苦難降腦裏猶戎戎夜來棲板屋挑
燈空自嗟

次圃隱先生蓬萊館韻

風薄孤舟弱怒波接空雲水淼無涯天抵馬島紅輪近身入蛮
鄉緑鬢華夜雨無端驚客夢秋蛾多事掠燈花何時回棹沿歸

路郤向蓬山聽豔歌
橘智正送餠櫨島主送果餠二器及酒二壺朝柳川送大蝦一
刀尾二夕送銀魚各五尾
十四日丙子晴留館中柳川請一行於其第辭不獲未時連轎而
往調興引入于中堂與島主及宗方聯坐而待之先以飯具繼
之以饌揮酒金銀燦爛輝暎進酒茶果之規一如初儀行酒五
巡而罷又請觀內堂浴室蓮池果園等處移床池上納凉逍遙
荷香襲人竹色侵衣遠近松栢掩暎蔥鬱眞勝槩也還次于小
堂調興請聽笛徵歌使一行吹笛弄了數曲又使文賢男金廻
歌之島主調興輩喜不自勝因暮罷歸從事入浴室浴罷并會
問於宗方酒吾戒之一何也以飮之宗方笑答曰雖不能飮待

來益甚尚何言哉痛歎而已伏惟
下察

病臥馬島舘中次圃隱先生宿登州韻

重溟限南北淼淼無津涯境界連蓬壺風氣判東華死生寄一帆壯遊吾耶誇海國草木殊經春多異花驚濤萬重險水程千里賒丹心謾耿耿白髮已蹉跎謂君試此行何如宦海波一樽雖易得疊鼓誰相撾愁城苦難降胸裏猶戟戟夜來樓板屋挑燈空自嗟

次圃隱先生蓬萊舘韻

風薄孤舟劈怒波接空雲水淼無涯天抵馬島紅輪近身入蠻鄉綠鬢華夜雨無端驚客夢秋蛾多事掠燈花何時回棹沿歸

路却向蓬山聽豔歌
橘智正送餅欌島主送果餅二器及酒二壺朝柳川送大蝦一
刀尾二夕送銀魚各五尾
十四日丙子晴留舘中柳川請一行於其第辭不獲未時連轎而
往調興引入于中堂與島主及宗方聯坐而待之先以飯具継
之以饌揮酒金銀燦爛輝映進酒茶果之規一如初儀行酒五
巡而罷又請觀內堂浴室蓮池果園等處移床池上納凉逍遙
荷香襲人竹色侵衣遠近松栢掩映蔥欝眞勝槩也還次于小
堂調興請聽笛徵歌使一行吹笛弄了數曲又使文賢男金連
歌之島主調興輩喜不自勝因暮罷歸從事入浴室浴罷并會
問於宗方酒吾戒之一。何也以飲之宗方笑答曰雖不能飲待

賓不可廢也從事又曰風濤萬里舟行甚難頗得渡海之孟宗方不鮮所患冷嗽殊未快差服正氣一貼

十五日丁丑晴寅時行望闕禮

答宗方書 宗方以外遠祖鄭圃隱記行詩三首書示盖以樟欲觀外遠祖圃隱奉使日本事跡及外曾祖權應教來嘯馬寄島上事故以酊菴規伯下

屢次奉晤色相昭朗道範閒靜欽艷耿想不能置之于懷也昨蒙 書示外先祖記行詩三首非但使樟咏玩而追感足見賡下韻慕餘風之未已也感歎無任就中小錄畧表微悃伏惟照亮只此不宣白紙五卷黃筆十枚真玄十笏鳳尾扇三把

天賦皆同得靈鄉亦有人馳誠則慕化盡禮解娛賓金槐羅琮饌銀屏設罘罳誰云小島裡風俗尚慳貪 右次圃隱先生韻

又次圃隱先生韻

横被徵尤十分稠只冝帰去理鋤耰宅饒花竹青春爛甕滿蒲

萄緑蟻浮終擬江湖為棄物那知滄海作遐遊鶴䂓不下雲上道壽

隔夜〻丹墀拜

玉旒 午宗方送酒二桶餅二器饅頭一器豆腐一器野采兩種

又次先生韻

駭浪兼天湧揭帆特地難眼中惟見水雲除杳無山雨過新凉

動風高暮靄殘何須吟更苦辜負片時閑

又次先生韻

窮情羈思兩茫〻秋夜孤燈一縷香夢裡風。光多好事半窓明月

詠高唐

又次

槎水鷄山已渺茫異鄉明月對殘香傍人不解紆孤憫錯道詩
調學戚唐

十六日戊寅晴留館中氣不平脤正氣散夕島主及調興來現行
酒五巡而罷調興請呈雜戲許之無慮五十餘人着倭女人服
以紅白巾裹面以扇拍地有同寺僧讀經之狀并次則回轉而
舞殊不似我國之舞有同寺僧梵修之狀行四巡而罷其狀各異
此日燃燈列戟先自頭倭次及閭里衆人傾觀

十七日己卯晴館中受職倭馬堂仇羅世伊所愼時老元愼安壽
送酒饌馬堂仇羅自稱僉知不書其名還給單子改書以呈然後
受之宗方書送四韻云云唐突使臧固知泛濫而詩可言志

玆忘鄙拙敢塵淸鑑伏顧僉使相公原恕垂憐運斤筆削萬幸
特報綸音超海來使華應自且寬懷休疑往日情無准須信今於
朝事有諧宜把客鞭推打着好將旅梳頓安排歸期之在菊節
不必登臨望思臺 請以望鄉臺改之 宗方卯去云

十八日 庚辰 晴 留館中

次宗方韻

絳節遙臨日域來蓬壺萬里豁覊懷輸平已見交隣篤修聘應
知使事諧帆落暮汀金柱瞑雲收晩嶼玉簪排想師淸坐孤吟
處風滿踈欞日滿臺

上使次

方師昨夜送詩來爲愛山人有好懷夢裡何曾一面識晤言還

宿似心諧每加禮意知相荷已斷鄉愁不用排此句頻涉通韻非詩家古法也然仍步末韻以酬厚意云願得暫尋松桂路藥爐經卷共禪臺

十九日辛巳晴夜微雨留舘中宗方送酒二缸橘智正送煎油抹、餅各一榼乃我國餅樣蓋智正所學朝鮮人也三使同坐各食二介餘分軍官下輩

馬島雖云阻海波扁帆容易到東涯各循風習行雖遠共愛天心類處多男子腰間皆尺水婦兒衣上盡斑花從知聖化絕國猶能蹈舞歌

右上使次鄙韻

天分區域限滄波小島彈丸在一涯禮樂衣冠人道少刀鎗技藝獻心多還如秃鬼依溪壑更似輕鷗逐浪花使蓋東來應漸

化伻聞風俗變謳歌

右從事官次鄙韻

二十日壬午晴移住流芳院乃柳川祖父調信及其父景直齋室也隅壁龕中有燭臺香椀之具軒廟蕭洒俯臨滄海右有瀑流竹石之勝列植梧桐梔子蘇鐵杉松等樹於庭隅玄蘇弟子昌傳來謁調興及宗方以島主意來邀

二十一日癸未晴留院中島主懇請設享未時連轎以赴進飯後行酒五巡而罷仍進茶果且請逍遙異木蒼檜松杉掩映庭植梨柿橘柚結實離離覽畢還坐又進酒果五巡罷還

二十二日甲申朝晴午陰有雨徵橘智正送團餠一榼柳川送燒酒二瓶生鮑等物留院中

二十三日乙酉午晴夕陰留院中島主及豐前來謁啜茶而罷島主送餅三器分給通軍官及下輩直宿倭人等

二十四日丙戌朝陰留院中

從事次上使韻

坐愛溪山好 愁慵懶着巾 閒眠日西夕 誰是遠遊身

上使韻

臨流散鬢髮 坐石清衣巾 有似尋山客 不知槎上身

次上使從事韻

籍石復臨水 脫衣兼帨巾 翛然即非我 悅爾忘却身

又次

披襟映水竹 散髮擲冠巾 滄海孤吟客 乾坤一葉身

秀玉清侵骨跳珠冷透巾暫遊龍象地還作虎溪身

又次

客久紅凋頰秋來白滿巾扶桑杳何許愁恨漫纏身

上使韻

留處閑〻展枕席行時草〻捲琴書隨遇安身自有宅不須州
里是吾居

從事次

萬里行裝何所有孤舟點檢滿羣書夜來風雨秋聲早回首鄉
閑憶舊居

次

蒼龍飛杖白鹿車丹訣奇方玉笈書蠻觸永辭塵世去蓬山欲
問廣成居

又次

世紛其奈若纏車心 靜還思展貝書玉節東來君莫歎金鰲頭
上璨琳居

又次

鄕山逈隔重〻海旅榻空勞咄〻書已見生浮天地大此身隨
處是安居

從事詠瀑布韻

林間小瀑望中懸步出西溪幾屐穿珠散輕霞噴石上玦鳴寒
雨洒巖邊澗芳襲氣青苔 潤嶽色 侵衣翠竹連共設鄕關日已

夕胡僧爲客茗茶煎

次

銀蛇屈曲林間懸霜練縈紆石底穿散沫排雲飛榻上寒聲撼雨鬧床邊朝霞映玉千層亂夜月流金萬頃連頓覺煩炎都洗濯人間膏火詎相煎

次圃隱先生韻

大德包荒日殊方革面時鳥言那得解蠻屬最難知蹈海聞高士乘桴驗聖師迢然四方志寧自歎羈離

次宗師前韻

一葉秋風跨海來道林爭慕有高懷清詞屢貫瓊瑤重琅咏還如金石諧幽穩頻由禪力定清圓端自俗塵排瀾翻千偈無餘

事玉露三更潋石臺

從事題豐前壁上老星圖

堂上槐梧見老翁精神洒落如水月鬢眉霜雪且高頂左挾白
鹿右馴鶴儼若仙翁骨法奇曽是人間所罕覯初疑四皓少三
人更訝橘翁坐何獨何年虎頭運機思毫端巧剞造化屈寫出
南極老人精流入海濤掛素壁堪笑夷兒對此圖作贄妄求五
福一作善作惡殃慶隨此理不爽如契合爾以殺戮為耕作真
星移照亦何益何不易俗聲教中鼓舞春臺為壽域不然老精
奈爾何異姿空為眼中物我欲持獻
聖[illegible]王壽賀祝千〻萬〻億

次

祝融之紀 丁女方瑞彩璨爛明如月精光變化作老仙 導以青
鸞騎白鳥鬢霜眉雪蔚奇姿骨秀神清未曾覿何年偶入龍眠
手幻出手容古來獨初疑太乙出天地旋訝吳剛出月窟祥光
靉々滿尺素紫氣微々凝半壁誰將此圖付蠻童憶事多端此
其一我聞古聖仁者壽一曰箕疇理相合嗜殺安能福要爾
盡雖存百不益吾
王 聖化陶太和民物熙々登壽域老人應自炫晶耀肯作吏
家奇玩物移照春臺炳流輝壽我
君王千萬億
　從事槐子韻
團々結子點金丸羣葉離披露未乾擬待騷人 供藥餌肯教兒

次

葳蕤蜜葉東青九秋後方看紫蔕乾爭似滿庭明月夜一枝梅

雪剪霜紈

上使韻

步出碧梧下相随蒼竹西臨溪散語漫分石坐高低爲愛樹陰窓

驚亂氣悽 王程猶杳杳不敢討幽棲

次

觸石連珠碎琮琤萬竹西清泛紅霞映吟蘸碧雲低爲滌朱炎

惱還疑白露悽暫時未静境莫自恨羈棲

從事咏撲鐵樹韻

五行本自相生克病樹如何貫鐵甦物性亦隨夷夏變蠻鄉草木品還殊蠻中有蘇鐵樹葉如鳳尾或時病枯拔而曝之貫鐵還種其氣方蘇可怪也

次

釘鐵方看翠葉展曝陽終占碧莖甦風聲自是華夷別怪氣何論草木殊

上使韻

不借乾坤雨露滋還魂只待鐵針爲箇中自有相生理爲驗報人且莫訾

二十五日丁亥晴留院中島主送餅各一器

有所思

波上驚鸞東復西楚雲消息夢中迷寃禽不解相思苦明月虛

前夜々啼
從事次
一在天東一在西吳山楚水望中迷滿天明月淸秋夜失侶驚鷖隔浦啼
宗方僧韻
相逢何事即相嚬異服殊音不可親四海書同唯一幸朝來來輸龍袞芳塵
次
遠客愁眉未展嚬爲師高義澹相親沙場已見圓通力靈境應無一點塵
又次

自得吾師笑不顰爲將雲茗語情親風前玉樹元無累雪上氷
壺逈絕塵
二十六日戊子 留院中
次金萬峰霽景十韻
秋浦收銀竹前山展金屛天開遐矚騁霧豁鬱懐醒列嶼螺呈碧
涼鏑玉撼青洑含鋪練淨巖碎亂珠熒鮫室晴騰彩蜃臺爛炳
靈鼉栖輸爽槩蠻域刷膻腥桂楫停瑤鏡明霞襯晩亭乾坤轉
雪髩滄海一風萍漢節懸威信騷槎指杳冥夜來頻擧目北極
晳明星
二十七日己丑 陰留院中夜大風雨板葺盡撥屋瓦皆飛碇纜牽
斷草芚捲盡倭人達宿叫讙諸艀僅免敗蕩之患

次圃隱先生韻

青燈耿半壁白露泫三更繡帳金風動瑤空銀漢明蓬山勞遠目雲海杳歸程獨有還夢頻驚鼓角鳴

二十八日庚寅雨勢不止夕晴留院中橘智正及島主送梨子國分寺僧送酒桶菜物豆腐

二十九日辛卯晴留院中宗方送酒餅及梨子

次圃隱先生韻

禍福由來各自招澗松休復善原苗昆炮火冷無多日蓬海揚塵亦一朝春過松扉風勢急秋深板屋雨聲驕四時變易如雲化今古虧盈見豈遙

又次

風颭巨浪若雷轟雨挾輕涼特地清不耐殘燈燃客恨孤吟直到曉鍾鳴

次圃隱先生延日縣韻

孤城迢遰接炎荒初日曈曨海上桑此去三山更何許風濤萬里隔蠻鄉

又次

百年迢遞似風狂萬恨無如澆酒觴東去行裝何所有西歸惟有一詩囊

三十日壬辰晴留院中服平胃散一貼

八月

初一日癸巳晴以風勢似便朝發留芳院乘般橫帆向一歧島泊於

風本浦島主及調興橘智正平智長宗方船皆隨之下宿于聖
毋坊之寺之別名也島中人戶近百餘家我國被虜之人或船
頭流涕請歸[illegible]代馬州人痛禁之有順天見擄者來謁於上使
前本島太守以迎聞白事[illegible]還島人請供夕飯許之殊甚齟齬
自代馬府至此四百里
初三日乙未晴辰時發船夕抵于藍島島屬於筑前州島人夕供
甚盛下宿於院中自一岐州至此二百里
初四日丙申晴辭朝供發船向赤于関屬長門州　前代官源正
直來現盖察支供之官也自藍島至此二百八十里距藍島一
二百里有巖屹于海中之豁如門名之曰鼻口巖

贈宗師

一見道容真洒 ∶ 清泉潔月暎氷壺詩仙綺語尤驚俗韻釋高
風更起愚隅海風聲雖自別源天賦與却何殊秉杯遠趂旌幢
至仔共爐烱坐到晡
距赤関越邊三十里有豊前州城中高築五層上有城樓地名
小倉本守則長崗越中守名忠奥者也使其代官下野進夕供
及酒麵館於阿彌陀寺夜大雨雷電寺中有棕櫚蘓鐵樹赤木
冬青杉松等樹
初五日 丁酉 雨留寺中豊前守以迎守忠事往在大板使其軍官
平景嘉送餅折各一酒百桶鷄百首以越站所固辭軍官懇請
受其半分諸下輩調與送乾麵一太盤燒酒二瓶
寺中安德天皇廟安其木主寺僧守之天皇年八歲嗣位爲權

臣源頼朝所逼兵敗于赤関其姑婆背負投于海以死國人哀之立廟以祠自後天皇無權関伯擅國云ゝ

晚夕調興送言本島右衛門還自國都関伯來在伏見城當以九月望間還於江戸云ゝ

島主送人云明曉當發船請於今夕乘船一行宿於船上

弔安德祠文

副使雲溪

大阿兮倒持 蠢虺兮憑陵 犲狼鼓吻以流血
冠屨兮易置 奔鯨兮失水 猰貐信ゝ其未已
見劒托姑婆之背上 年八歲兮何知 白日黯
極否赴千尋之黝碧 但彼蒼之邈ゝ 馬夷爲
況靈婦伏郎之尤可尚兮 立孤祠兮儼遺像
赤関哉ゝ兮硯浦茫ゝ 千秋萬歲兮流恨長
海水溪傳蘭舟兮久夷猶
兮魂魄飄搖 邈層波兮增悲傷

哀安德之
遭陽九之
兮悲風悽
之雷流
海雲愁兮
魚龍呼嘯

敬次安德祠文

上使秋灘

天無二日兮爲歸兮僭竊既紀分而亂名兮
曰天皇兮誰所豎自多兮勺水弱肉強呑兮難未已
孤嗣之初弱怨萬甲之東來兮勢蒼黃而流離天台折兮
夷邦之運否致漂杵之血碧寄孤屿之蒐遁硯海黑兮
壯士死老婆背兮托六尺同日死兮懸君臣怒潮奔兮
謀臣泣哀狀月兮墜茫茫東海深兮恨共長想髣髴兮
愁雲結有孤祠兮至今存
魂飛揚吊遺像兮令人傷
又[illegible]

初六日戊戌朝雨以風逆還下于寺院中
初七日己亥陰以風逆不得行船留院中夜大雨
初八日庚子雨勢不止留院中朝下餉送圓餅二色分諸下輩夜夢
予坐兩間房樓望見數三帆檣隱現於山之尾有云孔明與孫
仲謀合而曹瞞遁去云俄而孔明爲來見余云予下堂迎拜生
曰以病不得趨迎以來云仍讓先入而楣弟先入余曰汝何先
入曰使之先入矣余亦先揖之入上以上展席之處書冊傾頽床

几紛紜有若捲席之状余曰此鋪陳等物何故至此曰自内欲
見先捲展席而去云即移床開迎坐與語余曰晩生偏荒滄海
間之云更欲書示何者為孔明未及成書而驚覺一客目瞞無
乃曹分耶千載之後夢寐相接實是奇事也孔明方入之際余貼
史記中將軍帝室之胄等語俟其入以示為許之矣而迎入之
後　未果又於夢中余率家屬過一小寺不入又越一嶺寓
於一寺余與名燁　於外房家屬則處於内寺臨絶壑山中衆木
葉已盡落矣余入家屬所居以板扉遮障余令啓焉亡女及小
女擧板來啓余入謂家人曰所寓之處暫似明朗云云溪山之
中恐有横刼之禍多有戒心使名燁權辭以播繼此人衆多至
云云

初九日辛丑 陰留寺中橘倭送麵
初十日壬寅 晴辰時乘船距赤間關七十里以風逆停船移泊于
磯門浦夕間黑雲四起東南風不止夜來恐有風薄之患欲還
赤間關島主送人止之夜中風勢尤緊雷煇雲匝處風雨大作
磯門無倚泊之處通於島主乘曉張帆僅達于赤間之田後浦
赤間等處皆屬薩摩州
十一日癸卯 晴乘船來泊是日宿於船上巳時順風即發船以行
二更達於上關是日行四百餘里
十二日甲辰 晴黎明張帆以行午後風逆搖櫓夕泊于可留島仍
宿于舟中倭人進支供及酒桶二十四杖燒藥者八箇仍投藥筒
于海杖管草芚者五箇以雨濕不即出乾故也格軍一人因炊

透火〻將起韓德男擘刀尺等撲滅之即杖失火者二十箇使
軍官監杖於船外申景沂病瘳而起 上使與余及從事官上
浦後山有頃還下坐于浦沙還於船中昏發送火箭于海中倭
船亦應之以發而不及於崔義弘所射
十三日乙巳晴風逆黎明搖櫓以發點心于三瀨三瀨屬于安豫
州福島太保正則主之下官代來支供夕泊于斲〻牛尾仍宿
於舟中是日行二百里
十四日丙午晴四更發船點心于韜浦韜浦屬備後州亦正則所
管也有觀音寺構于巖上僅一間半前懸小鍾而撞之舟人以
紙裹米繫於木頭擲之于海僧人下來取之亥時抵於木路島
一行宿於船中夜雨且風是日行一百七十里

十五日紆朝雨陰風順開洋午後晴過下津廢城又越牛窓酉時到室津下宿于松平宮内之家宮内名忠長池田三佐衛門之末子牛倉亦此人之所管也牛倉屬肥後州室津屬幡摩州皆屬東山道

室津迺田武莊之所管也武莊死後子新太良承襲去月關伯來于國都替其郡以其婿義濃守代之云

船到韜浦時初引上船若入舘次者然 報幡摩州散兵多有來在者使之勿入仍使退泊于泉水山下距舘次不遠之處也蓋代馬人以儐護未具少退耳然其實情則既散五日軍粮不欲疊搜自其舟中盡受支供來納之物且錄不欲入舘仍推被擄者流也

昨到室津上船已泊副船則下碇中流故為不入朝興送言請入上使亦送軍官柳大靜來邀遣軍官安景福報以鞱浦故退之由俄而内政亦來請回船下于舘次　是日行二百里

十六日戊申 朝發船無風各以小船七隻曳行初更冒雨到兵庫夜二更風勢頗豪舟甚蕩漾上使先下于岸上村家吾行纔之安寢以過　是日行一百八十里

兵庫屬攝津州乃秀忠之私藏需入之所而主守庄桐稱名人

十七日己酉 朝陰受支供食後島主請行發船未二三里為風所阻泊于脅浦酉時發船到江口蘆屋村海邊宿于船上界濱在於越邊乃金鶴峯黃會元所泊之處也

十八日庚戌 朝雨灑食時乘潮促櫓到尼浦移乘小船過五板橋

到大板城外宿于大御堂　五橋一名土佐二越中三筑前四三佐五肥後舟行於橋下

大御堂曰向宗佛寺之名大板城即松平下摠之所主下摠乃家康之孫秀忠之姪也

支待官利川所管小澤清兵衛長川左兵衛末孫左衛門三官也進夕飯下摠進呈大折各一酒各五桶鷄各十首折以白薄板裝成高足榼樣盛餠果雜物之器也支待三官呈折各一

大板屬攝津州挾江十餘里閭閻雜物櫛比舸艦鱗次人烟之繁市廛之富罕有其比

十九日辛亥朝陰食時將發向淀浦値雨而止行

二十日壬子　朝船行過大板城歷新舊天滿二橋行五十里至

平方俗皮羅可多河内[州]地方中火支應官小河大和守内藤記
伊守請謁行禮復來船行四十里初更抵淀浦上使以通官不
為預通懸燈擧火事招致崔姜以二通官詰責支待官本村總
衛門市衛門竹菴請謁行禮　上野守遣荒木虎助書使臣等
姓名而去淀浦屬山城州淀浦俗名要下道下宿舘次
二十一日癸丑晴乘轎行十許里至東寺冠帶以行申時到大德
寺徹兩酒壺關伯遣本田上野守問候乃是執政云云板倉伊
賀守亦同謁所謂板倉乃掌治國都之官而亞於本田以年老
居右坐定使臣曰使臣等無事到此無非曲護且入城中關將
軍好樣來駐實深欣幸又曰我國二百[年]不替舊好壬辰敗盟天
厚其惡幸賴先將軍擧義蕩滅反其所為故我

殿下再遣使臣以答勤悬之意實非偶然上野曰朝鮮若以誠信相結則可保隣好之義答曰我國以禮義爲國交隣誠信之義豈敢少欠上野復言使副使從事曰若以誠信相交則幸矣副使答曰國家本以禮義爲國豈有崇禮義而棄誠信者乎固不待上野勤教云仍罷出迎送於檻外閑伯特送執政上野等冠帶冒雨而來禮遇之意可掬島主謂與輩奔走於上野板田之前有司使嗄之人夕進支供剪綵爲松樹龜鶴之類陳于案前

二十二日甲寅晴留大德寺移寓寺之東邊夕流觀寺後諸刹

二十三日乙卯晴留大德寺忠原人爲倭人者安大仁稱名者來謁島主及豐前以二十六日傳 命事來告執政送下程

二十四日丙辰晴留大德寺

二十五日丁巳晴留大德寺
二十六日戊午晴早朝發將 國書向關伯所乃伏見城也距大
德三十餘里歷國都市井而行觀者如堵初到城外以大官屋
對馬島主輩皆下馬而入故軍官輩問下馬與否令於其廳下
之前則下於城門云三使臣因乘轎以次入於外城又過一門
逮於內門之外下轎以入倭人以關中不入鈎戟請去鉞但以節
隨行止於廳上上野及板倉伊賀守皆迎揖使臣等亦答揖坐
於西廳上有頃傳 國書調興持入上於關伯俄引使臣以入
過中廳乃六十六州將官所坐入於正廳關伯坐於廳上榻高於下廳僅
半尺許使臣等入於楹內廳中向關伯行四拜禮畢退立俟之
坐東向西次兩同知楹內 通事次上 通事次軍官次寫字醫金

適輩皆行四拜禮 上通事以下楹外次下人庭中閔伯之前無一
人侍坐惟本田板倉又將語者大澤小將一人及島主朝興輩
皆楹外西偏六十六州將官輩盈坐於中廳閔伯不見之處也
南檻掛陳虎豹皮東楹列陳文段及人參等物皆以紙累廣半
間餘長七八間許無有空處閔君(伯召)傳語者致辭曰年代所罕之
行適至今日不勝喜慰使臣等曰二百年修好之義適遇於壬
辰年今見復舊使臣等亦甚欣幸閔伯聽之有喜色仍下東南
楹掛簾即進塗金有足方榼內陳引鱑一器栗子一器又饌一
器次進和蜜豆末餅及雜饌一盤皆畫塗金廣大杯行酒閔伯
手取塗金盃承灌進酒者以盛酒器舉而注之閔伯引飲少許
次上使以次而皆手(下)取(取)土杯承注而飲又進金板如盤中廣稍

兩角微綴進於閔伯之前造松樹岩竪童子龜鶴列於盤上且
置塗金廣土盃於一邊閔伯取手承注而飮仍下其盤於上使前
勸飮上使出於位次飮之仍退坐閔伯又請加一盃上使又飮
之而退坐次副使次從事官皆如前禮但行盃時各進花盤皆
令異色副使前桃樹三顆下有岩石等物從事前銀葉葡萄禮
畢使臣等行四拜禮閔伯即起入曰恐勞久坐駿河守尾張守
年可十八九者繼令兩弟對飯行盃徹床之後即辭出與執政
立語曰旣爲通好刷還之事惟望力圖耳不然何信義之有哉
執政板田等曰當勉力爲之耳本田上野雅樂等兩三人又下
送使臣于庭使臣又爲之致語執政等曰專恃專恃即出門乘
轎行至半程有佛寺朝興先進小飮閔伯又送使者於平右門

伊丹木助二人仍進饌盤及飯具又饋下人各饋粘飯摠大如
毬者盞釆一器及酒一大鉢即輟行出関伯前進饌者皆着紅
文陵若長衫者受祿萬石者云
大佛寺在伏見城西十七八里梵宇棟樑皆合木為之間圍以
鐵比於 仁政殿廣則倍之高亦過焉兩邊越廊〻〻之間
倍於 仁政殿庭秀吉之所創而中間天火灾焉守頼復搆之
佛像甚鉅手指如大椽他可知矣或云家康欲瘦守頼之物力
潜火之云佛寺之前築小堆皆藏所斬我國人耳鼻之處云
佛像觀音云
二十七日杞晴送朴大根崔義吉致執政處私禮物
本田上野守

土井大炊公 五奉行處虎皮各二張花席各五張人參各二斤白紬各五匹白紵各五匹
安藤代馬守
酒井雅樂
板倉伊賀守
田長老掌文書之僧 松子十斗黃筆五十枚人參一斤圓扇十把眞墨二十笏
大澤小將處錦緞段二匹對馬島主自備以給
尾張守中納言駿河守中納言處虎豹皮各貳張黃筆各百柄
墨各三十丁尾扇各十柄　朴大根見執政致私禮物上野曰
諸官散處不合獨受姑置于朝興下人處會議領之云且曰今
日天皇父親甍逝閑伯不爲出坐刷還之事不得稟定當俟後
日報之云二更量朝興與大根還

二十八日晴曉雨終日陰 安藤對馬守送下程酒六桶鹽鴈五長魚一折乾魚三十尾 土井大炊送下程酒二十桶乾麵百沙里引鰒一百把乾魴三十尾 酒井雅樂送酒二十桶乾麵五箱乾糒一百累夜二更格軍與倭人鬪鬨上使使軍官禹尚中捉致與倭鬪者乃二船格軍福同雀斗鳳也倭人拔釰刺福同之左臂又打金海人上船格軍至於頭破擊破板窓入於寫字官嚴大仁寢處大仁驚恐失措但曰上官〻〻諸人莫有抗者皆以被蒙頭而臥喧鬧震動當初以不閑語言相詰至此倭奴之性燥異於人如此

杖

二十九日醉或陰或雨福同臂四十謂斗鳳助勢杖二十鄭義一高聲叱倭以成亂階杖二十賞奪怒倭大小刀者木一疋若

不奪刀釼則必有乘怒刺殺之患也
朝興往執政所聞見刷還等事李正涵一之弟進餅三器咸安
校生河宗海來謁請歸
三十日壬戌陰寺本僧宗清以柿子十五箇來現豊前請斬拔釼
之倭止之
奉呈上使兼叩從事厚次
旅館重須外沉吟至日曛我行何杳杳時序自沄沄白髮生秋
兩島山陽海雲高歌臨異域悽惋不堪聞 島山先塋所在
從事次
客裏驚時序秋林帶夕曛西流光冉冉東去水沄沄幾洒思親
淚空看憶弟雲傷心何處是鳴鴈最先聞

贈甘棠寺僧宗清絶句

方丈清杳真空庭綠竹猗蒲團白日靜幽鳥在松枝

九月

初一日癸亥晴留大德寺内政以書契完了事往閑伯處宗方僧來現自對馬島並舟而來落帆之後絶不來問今始來現未知何故仍贈未見時所吟一絶

不見手容久秋懐正悄然風帆落浦夕何處白雲邊

偶吟呈上使兼示從事官

白酒黄花節金風玉露寒異鄉為客久重海見書難獨鴈驚秋晩鳴蛩吊夜闌一身叢萬病猶抱寸心丹沙鷄泣露惻落葉辭寒枝夜半孤衾冷空堂風打帷

秋風颯萬里蟋蟀鳴何處曉燭殘花落霜空孤鴈迴

上上使書

刷還之事不可專委於馬島今日須遣通官奉其條約而來未知
如何

初二日甲子 晴風始凜加着襦衣 留大德寺

上使韻

金屏開六面颯爽六連鷹粉墨神猶旺乾坤勢欲騰疾禁千里
馬威攝九霄鵬如何齊見縶狐兎任憑陵

從事官韻

神俊看秋骨金屏畫六鷹條縧任羈紲雲海失飛騰馳逐思歸
兎扶搖羨化鵬電光隨轉目意氣在高陵

次上使韻

雲開屏六曲一々畫秋鷹勢落衝天雄心如割霧騰餘風猶襲

兔何日似搏鵬倘遇金飆動還疑隮九陵 用易隮于九陵

次從事官韻

電目金精動銀屏六箇鷹誰纏萬里翮却掣九霄騰俊氣驚狐

兔餘風振鶚鵬玉條明畫架爭似在秋陵

上使所次

來時瘴霧濕去日風濤寒只願王靈振寧論行路難

鐘鳴宵欲半葉落歲將闌獨對床燭前照々征寸丹

鐘盡梵宮夕風生松樹枝旅床那得睡寒氣透重帷

露濕寒螢咽風高歸鴈哀年光忽已晚客子幾時回

從事次韻

節序三秋暮涼風九月寒路從滄海濶夢到故鄉難行役身將老功名與己闌蠻鄉各努力心爲戀 君丹

白露凋衰草黃花着晚枝悄然心思苦虛館掩羅帷逢秋宋玉恨去國仲宣哀雙鬢驚華髮孤槎幾日回

次大德寺僧人宗全

苦月嚴霜滿曉天異鄉風物轉蕭然黃花綠酒無人 管佳節還嗟白髮年

次僧人宗元

鯨海風濤瀲接天驛梅誰遣一枝傳逢師卽今閑淸話 少慰殊方日似年

初三日乙丑 晴留大德寺給李涵一弟木一匹且饋飯

初四日丙寅 晴寺後小刹璘長老稱名僧送兩色餠各一折

初五日丁卯 午前晴午後陰閑伯遣本田上野及板倉送銀子於

三使前各二千一百五十斤金屛各十面辭不獲不拆其封盡

付於對馬島主使之處置兩同知各八百兩中官三十七兩各

七十餘兩奴子格軍輩銅錢一千貫分給之云

次上使韻

縹緲張槎跨海來忽驚佳節客中回庭鋪曉憂金風動園菊朝

含玉露開危鬢蕭蕭凋碧鏡輕陰漠漠鎖蒼苔去年携酒行吟

地鷗鷺空飛舊釣臺

初六日戊辰 留大德寺駿河守尾張守兩中納言送回禮銀子

二百錠一錠重四兩三錢合許八百六十兩封二十褁還送之

初七日己巳 晴留大德寺卧痛五奉行板倉等送回禮銀子二百錠還送之

初八日庚午 雨留大德寺

初九日辛未 晴以刷還事送崔義吉於挾板中書朝興義成送餅卧痛似瘧

初十日壬申 晴發行來于淀浦留于館舍終夜氣不平

十一日癸酉 晴辰時登舟自巳時瘧病太甚日晩到大板強扶摟館氣若澌絶焉地之俗名五沙介

十二日甲戌 晴留服益胃升陽湯

十三日乙亥 晴留離卻瘧鬼

十四丙子晴先來上使軍官 李真卿副使軍官申景沂書手[illegible]京
家及泉浦服益胃升陽湯
十五日丁丑陰夕乘小船宿于江口距大板三十里被虜人幾至
二百人及其乘船纔一百二十餘人 送先來給米石及酒饌木
疋紙束席子等物服益胃升陽湯
十六日戊寅晴自江口倭[illegible]名庄浦至兵庫一百里屬於攝津州
兵庫
富田依門治之服益胃升陽湯
十七日己卯 自兵庫乘船搖櫓朝因風擧帆至于室津宿於船
上室津屬於播摩州本多義濃守治之一百八十里室津以易
卧之故無出待者深應海等十餘人來授 服益胃升陽湯
十八日庚辰[illegible]陰食後發船無風搖櫓而行宿于牛窓倭名 보리야마

自室津至牛窓一百里屬肥前州松平宮内治之服升陽湯
十九日辛巳雨留以推刷被虜人事送姜遇聖于肥前州等處崔
義吉于小倉筑前州浪苦耶等處
二十日壬午晴張帆風弱搖櫓而行午後風勢稍緊自牛窓至韜
浦二百里俗名道山屬於肥後州服盖胃升陽湯二更發船達
夜搖櫓
二十一日癸未或雨或晴晝日搖櫓二更量至于蒲刈船上宿自
韜浦至蒲刈아마가리屬安藝州正則主之一百八十里服升陽湯
二十二日甲申雨未時發船夜一更至于夕名六羽自蒲刈七十里
二十三日乙酉曉天陰且雨送言于上船請勿發船上使不聽先
發島主及朝興船繼發不得已上帆引帆久不上帆繼上風勢

甚急前桅交挾之處砉然劃裂幾至數尺舟人驚急下帆裝船
業〻皆嗚舟或顛掉幾於覆沒不能住泊進退狼狽復張帆而
行跳踔驚濤之中出若升天沒若墜谷在傍同行之船桅出波
間者纔數尺餘激波洶湧衝射三四尺遆及而不能盡軍官櫓
軍輩盡為病倒唯倭沙工及我國沙工并五六人起動耳同知
通事鄭彦邦盡脫衣裳手攀草芚而坐被虜人船且沉且浮食
時僅得達于上關(가미세키이) 上船已先到矣危險若此得生幸耳
朝興輩不為等待徑自先行不敬甚矣自六刕至上關一百里
屬安豫州輝光主之
二十四日丙戌晴卯時發船達夜搖櫓來泊文字城下距赤間關
(심외세기)不遠之處關屬長門州毛利主之　行四百里

二十五日丁亥陰下船入接于前所寓阿彌陀寺夜越中守忠興
送使者送米五十斛柿子數十箇鷄數百首酒五十桶生魚等
物兼送梁應海出來乃湖南士人也
二十六日戊子晴卯時發船風勢甚緊激浪如山舟中人皆顚仆
不能起夕抵于藍島刈麻時麻下宿於館宇鄭愛日所乘被虜
人船不至或云直往一岐或云以檣桅改造事落後云梁應海
妾上於其船應海涕泣不食云自赤間關至藍島二百里也
二十八日庚寅晴對馬島人云有風勢當發辰時乘船風力甚微
張帆搖櫓而行宿於神集島所謂神集島者日本仲哀天王侵
朝鮮爲流矢所中旋歸長門州死其妃神宮皇后欲復天王之
讎悉率日本諸神向朝鮮造船於此島島邊積石疑是其時所

積云　是日行一百三十里
二十九日辛卯朝陰食後擧帆風微天雨行且十里留泊於郎古
治平秀吉入寇之日親來住兵之云
十月初一日壬辰雨風逆不得行船到石護屋宿於船上
初二日癸巳晴西風連吹不得行留郎古治崔義吉推刷我國人
三十餘人來到
初三日甲午晴早發到一岐島風勢甚好仍向馬島初更到泊朝
興船到宿於船上
初四日乙未晴島固請下館於流芳院島主廣送石首魚三十
民魚十五尾清蜜一斗白紙十卷栢子二斗胡桃二斗花硯一
面四張付油芚二浮鹿脯五丁

初五日丙申 晴留院中島主以 請宴事來見朝興隨之騎堂仇羅送餅榼

朝興處送石首魚三十束民魚十尾白紙十束四張付油芚二浮清蜜一斗胡桃二斗栢子二斗紫硯一面乭脯五丁橘智正處石首魚十束民魚五尾乭脯三丁清蜜五升栢子一斗内匹處如其數平智張處石首魚十五束民魚七尾乾脯五貼清蜜五升胡桃一斗有文席一立

初六日丁酉 晴留院中往島主家餞筵固請乃行

初七日戊戌 晴留院中

初八日己亥 晴康遇聖自一岐島來到被擄人五十餘名所乘船明日當來云遇聖初以不來皆以為慮聞其來一行驚倒

初九日庚辰晴往參朝興振舞遊初欲不參固請乃許故酒五巡
而罷其俗以 客謂之振舞辛苟被虜兩人船自一岐島來到
遇聖所推刷也
崔義吉與朴大根同謀縮其軍官輩所當受之銀子衆義俱非
事覺與上使從事同坐杖臀五箇崔義吉遽起不受杖從事怒
而起出坐檻外加杖三箇初意欲為狀啓以待 朝廷處置而
萬里同行只加笞罰
初十日辛巳晴三使前島主送鳥銃各二柄長劍各一柄層函各
一部懸瓶各一部不受
朝興送鳥銃各二柄鏡臺各一面 鑞盆各二具鏡子各二面圓
花盤各二竹不受

橘智正送島銃各二柄花鏡各二面 仙鑪各二部不受內匠送丹
木各百斤不受
平智長送物亦不受
馬堂仇羅
源信安
世伊所 各送丹木百斤不受
十一日壬寅朝陰且雨欲發行風逆止行島主以不受贈物篤恥
朝復送之且曰吾等亦當還所送私禮物云云不得已只抽島
銃各一柄受之卽授眼使嗄急唱喜躍極甚曰吾奉使道而來
得此重物可辦一馬云朝與復送其物只受鏡臺各一吾則卽
授譯官韓德男

十二日癸卯陰或雨或晴爲上使初度設酌從事亦設酌朴大根
輩亦來
十三日甲辰晴風辰時發行以風逆不得行午後風少殺朝興送
人請發船推櫓而行島主陪來累請舠隨辭謁於兩船而歸朝
興仍隨之未及船越浦十里許風濤洶湧乘月僅得到泊上使
從事下於梅林寺吾則宿於船上自馬島至此八十里
十四日乙巳晴朝早發波洶風濤不得行豊前先入智長所管矣
女懸乎浦一行隨之入宿於圓通寺豊前攜小鹿以進自船越
浦至此五十里
十五日丙午留或晴或陰或雨逆風大作海波如山從事猶欲發
行生託以氣不平不得行云上使仍爲停行寺僧進柚子及[illegible]

乾柿子以柳器扇子償之島主送問候三使前送橘各十箇
十六日丁未晴卯時發行風勢似殺波山不聳申時到泊完奴羅
下宿於金藏山下普藏寺來時耶館處也屬豊崎郡主勘左衛門
送蓋紙果菜等物
十八日己酉晴風勢似順來曉張帆督篙櫓格軍喜躍盡力酉時
到釜山水使釜山僉使及各浦萬戶乘船迎候下船入釜山館
分定各官支供及人馬皆不來東萊以地方官迎候之事專不
致意水使略設茶啖以進僅得療飢杖監官十箇都色吏十五
二更僅得夕飯不能食軍官下人輩皆闕供他國之人猶知敬
待使臣而我國之不敬使
命如此可嘆之極

十九日庚戌晴以人馬未到留釜山上使支供官金海府使曹継
明熊川縣監裴弘祿始至咸德立隨金海來見聞得京奇孫執義
下世云不勝驚悼之至
二十日辛亥晴留釜山水使餉以酒樂從事官及東萊府使並參黃
正言亦參上使以病不參
二十一日壬子食後昌原府使供人始來杖監官十都色吏二十
曉金聚沙斤人馬來故移文于監司昌原府使申之悌以支[illegible]
待官來
金羅左水營格軍黃甫戚不爲下直徑自逃歸情狀過甚移文
于羅水
二十二日癸丑晴以昌原刷馬及金海刷馬十疋僅來到東萊府

咸安郡守以支供官來以饌物未及東萊代設

二十三日(甲寅)晴咸安以東萊代設之故東萊 咸安俾餉上使及軍官等人以金泉沙介人馬未到留東萊設酌黃昏黃正言來話咸安酌夜深乃罷金泉人馬始到

二十四日(乙卯)晴金泉人馬晝夜馳到疲極不能行留 上使與從事官先發向梁山送人於察訪鄭灊

二十五日(丙辰)晴乘早發行未時到梁山支供官長岐縣監申邦櫓自東萊至此四十五里見梁山及長岐

二十六日(丁巳)晴到黃山棧下轎乘馬過鵲院中火于無訖驛夕到于密陽府與上使相會從事遭四寸重服徃吊且聞譯官李賢男遭母喪而歸柳東起亦遭女兒之訃沙介人馬始到自梁

山至密陽三舍程
二十七日戊午晴沙斤人馬疲極之故留上使先發自此分路上
使則由中路行田公洪道我則由右路往陜川　祭先墓由島
嶺會於安保驛
二十八日己未晴早發中火于甕川驛夕到靈山縣三舍程也縣監
適去出官下吏等無一出待與泗川並定而驛卒及下輩不為
供饋杖鄕所七箇泗川鄕所則教授而放
二十九日庚申晴朝早發中火于昌寧主倅尹民哲也分送軍官
及驛官輩于星山未末到沃野站氣不平留宿支待官三嘉倅
申景禎自靈山至昌寧三十里自昌寧至沃野三十里
三十日辛酉晴朝早發渡甘勿倉津中火于草溪與主倅李光胤

相見白鬚皤然顏容變盡自沃野三十里申時渡南江橋宿于
陜川主倅洪純慤自草溪三十里
在靈山時稱固城遠族安克徽廒孽李福男裴輔德孽子弘祖
來見
在昌寧時高靈同出身僉正朴迎 慶朴景鵬
在陜川時前參奉鄭昌瑞生員朴壽宗朴德勝朴太古朴千世歲
朴潤世諸朴姓族而前縣監鄭濯來見山陰亦送簡請加罷山
陰下吏下李咸陽大期亦送簡問倭消息
十一月初一日戊戌晴早發到畫彩寺祭 先塋乃前朝侍中公
光純之墓也兩墳荒頽朴家火城迫於墳前床石石人等物無
有形迹甚可痛也祭畢與高靈朴姓族人等會話於墳麓夕宿

墓西村支待官山陰縣監祭物差使員安陰縣監鄭思誠來候
自陜川至此四十里
初二日癸晴早發中火後宿于海印寺自　　至此二十里高
靈姓族五六人同來云本寺創於新羅哀莊王時唐貞元十八
年計之幾至八千年
初三日甲晴朝早發中火于羊腸站鄭寒江晴川精舍所謂羊
腸者以路繞鄉山曲〻紆迴而名者也申時到新安縣主倅金
仲清設酌夜深乃罷安陰隨行中路見文察訪
初四日乙晴早發中火于扶桑站申時到開寧仁同府使金俊
龍不爲交替公然落後幽谷察訪金寧率本驛人馬及安奇道
人馬候于開寧縣自新安至扶桑四十里自扶桑至開寧三十

五里
初五日丙寅晴遞馬于安室站宿于尚州氣不平全都事軾鄭寀
訪彥宏鄭寀訪之兄皆來見皆見牧伯廢夕飯自安室至尚
州四十里安室支待官善山府使柳時晦
初六日丁卯朝陰早發奠于木瓜洞金淑春歙谷墓金承旨士元
墓冒雨奠于李守寬墓雨裝來投于咸寧驛官輩已先到矣夕
見主倅金善徵昏朴纘先其子成豪持酒來餉申碩茂亦來見
初七日戊辰陰朝早發中火于幽谷驛醴泉座首孫悅來待主倅託
以捕賊不爲出待杖醴泉吏二人 高尚曾金繼重尹弘鳴來見
路見栗木敬差官郭天衢夕到聞慶見李惰僉知及聞慶倅龍
宮倅龍宮則中廳支待官也自幽谷至聞慶四十里

初八日己巳晴夕陰曉發中火于安保驛槐山郡守閔守慶出待
連原驛人馬來迎夕宿于忠原城主以
影幀差使負出去留簡書答授三公兄座首朴 別監鄭樂
先別監朴屹設酌劉大英傳淸風簡即答以授金應海來迎于
水回村
初九日庚午晴中火于可興夕投泉浦拜于 先墓忠原支供唯
獨監官金渾來
初十日辛未晴中火于陰竹縣夕投于竹山聞 兄主訃音痛哭
變服而府使李廷臣來吊
十一日壬申晴鷄初發行秣馬于升府院站安山郡守李寬出待
秣馬于龍 初更末發行夜中到于漢江

十二日癸酉晴以未成服不得入城留漢江
十三日甲戌朝陰曉成服朝渡漢江與上使從事復
命肅拜後哭于喪次
十四日乙亥晴
十五日丙子晴往喪次參祭氣不平即還金左尹來于其處夕李
正言來見閔淨來見名爗來自忠原
十六日丁丑晴上使從事官並駕來弔哭于喪次而去其後數日從
事官送人書問兼寄一律
陸槖寧藏寶獲旋不顧身恩威宣日域忠信服蠻人絶海同生
死長途飽苦辛千秋傳此事何異一家親

國都山川

鎭山曰愛宕東枝則相坂西迤爲山碕其間相距八十餘里南至于奈良一百四十里沃野彌滿畦畛綺錯左曰白河或曰鴨河源出馬鞍山〻即愛宕之一枝也右曰桂河出於丹波州至于淀浦與白河及宇治川合流過大板西入于海宇治河源於近江湖距京三十里西與白河合流

市井

國都之中閭閻且千東西十町南北二十四町〻設里門夜則警守屋宇相接男女殷賑徑亘三十餘里間以佛宇松檜掩映列肆盈廛珎寶星羅盖通南蠻琉球交趾諸國懋遷之致也

城池

凡為城倚後漸築周回不廣高堅為最重設內城多置子壁上無女墻繚以橫障塗以垩白間穿銃穴城之內面築西爲渠湊於水桶而下又建層樓下瞰賊營曲城門樓極其堅密或引水繞塹通其戰船或臨海汀取其嶄截其制類此

宮室

營造之制棟不甚隆樑或接斷疊設廣楣撐以短柱上施板子承以方椽竟架宗甍亦不撓折橫楣之上或作白間或塗垩壁楣唇閾面鑿以凹之樹以大屏以隔閡之撤其中間屏蔽四圍窓扉則渾為一堂無有礙障下造窓扃外挾板扉凹以合之闔以通之無樞環鎖金之制左右或置房屋蔽以金屏紗帳或遮周廊偏以板樓作藉上用薄板魚鱗層[illegible]疊剡木窪中[illegible][illegible]承

畱注於懸柱之■腹內布重茵外飾墻垣庭植花卉松杉惟務精潔不事丹雘但屬壁置溷即〻掃除而夏月頗有臭氣焉

風俗

日本之俗右強凌弱賤老貴少以戰死為榮病斃為耻傾心相與或至捐生結嫌爭憤便即自決常佩大火刀與人鬪詰拔刃相向喜勇而不尚文雖將官輩目不通書男子則剪鬢髮頭後餘撮髮剪去其末白以封之女之貴者則垂髮於後束之以紙賤者則結了於頂後小兒則只髡其頂餘留髮為女之已嫁者涅齒拔眉男女斑爛之衣或以雜彩畫為花草之文男女亦著襌袴惟以半幅青布遮護臍下上加完幅襖子如我國之長衣制男子則以繒帛紗羅製為上衣袖濶下短若寺僧袈裟然者無背

賤皆着鞋子或藁或芒前有兩結介於足指曳而行之如遇
走以繩繫之男子則或露頂或褁頭或着笠如我國之農笠
則戴之尊貴之處跣足解釦上衫下裳掩足而行俗無拜禮以
手據地露膝跪坐以為敬平等則擧手代揖或俯身為禮女人
多有貌潔者但其性頗淫雖良家女潛有所私沿途地方側右
倚市邀迎收其寢価有同
天朝之養漢店俗尚沐浴雖冬不廢每於街頭設為浴井男女露
體相狎罵不羞愧對客飮酒出其姬妾同飮一盞相與戲押或
餙男色以助客歡平居亦男色自侍嬖甚姬妾至於嫁娶不避
甥妹父子並淫一娼亦無非之者跌蹼其親少無顧忌以至兄
弟相殺父子按釰真一禽獸也

冠服

閔伯之前將官輩皆著紅錦段唯世族著黑文段垂紫芝纓再著之冠竹結紗裹下廣而上橢纔掩頂上中貫橫釘兩傍各出一寸許縈其纓子而垂之下東於頷下後施兩武相疊而直上長尺許唯於盛禮用之又有三角帽以竹爲之謂烏帽子又有皮帽如錄事冠而上橫尖皆著漆而冠之

飮食

凡飮食先盛小許於漆器食盡更加任其多少最後進酒酒畢以銀器有柄者注水於飯饌撤更進茶盤或菓或餠進茶而罷床用板刻器塗金銀間以花磁喫飯以箸不以匙尊者之前宴用花盤酌以土杯而無臺皆塗金銀饌物饌果亦酒金銀[illegible][illegible]

輝暎崇疊魚菜或三或七進饌隨其爵数

饌物

牛肉多筋而無味鷄有足毛而肉硬雉黒而肌腥銀口少膏
魚多骨斫膾極麄大如小指布於香葉上酒味多辣全不薰甘
烹桃漬蜜又沉梅實楊梅於塩水以為別饌細斫青柚糝於菜
蔬爛着塩生魚成團炙屑豆和蜜屵劃作餅如我國之中薄桂
藏用殖花餅乾麵如絲縷縷不斷菁根細長而堅茄子縮而短
圓西苽甚早兌蓮最豊

賦役

民無私田計口授民官收其九民食其一歲有凶歉未免餓莩
凡調工役皆給傭價入於兵額者俱仰官粮商人最富而國有

費用擧皆責出農民最苦商人次之 唯爲僧者不解兵不受役
或率妻子而同居有解文者則其國尊之至掌國王文書其尊
且安如此

刑罰

罪無輕重不用笞杖輕則斬頭重則以十字木植於道傍釘其兩
手縛其頭或以火炙或以槍刺備極慘毒欲其受苦而死被罪
者臨死亦不甚怕唯沐浴理髮趺坐瞑目默念阿彌陀佛延頸
受刃而已其鞫囚之法以木鉗口灌之以水人所不能堪忍竟
至吐實而乃止有應斬者則諸倭輩皆欲試釖莫不礪刃而待
行刑纔訖百刃齊下亂斫如饅頭餡少無惻隱之心

喪葬

國俗親之而不哀夫死而不痛天皇之死舉國亦不發喪崇佛之徒燒盡骨隨収其餘燼瘞而為墳或於燒屍之處起屋一間若祠宇然高貴之人若天皇國王者則不為火葬制為棺槨葬土成墳民間有不崇佛葬其親者而火葬者十八九矣

婚姻

凡為婚姻男家擇日送以金銀錢幣酒餅魚果等物隨其貧富而高下焉及其成禮之日新婦素服來轎粧籠屛帳器用之物靡不畢備來于夫家即脫素服着紅錦長衣與新郎同坐夫家會其親族對飯設酌三杯行罷引入寢房女家從者先設枕席又賫銀錢若干分給夫家下人過三日後新郎往拜翁姑賫給銀錢亦如夫家之為新婦初行着素者往於夫家至死不帰之義也

節日

正朝以餅酒相歡二月朔閭閻間節日三月三日四月八日上於寺刹誦經設饌端午崇用粽子餅(以粽裹之)七月初七日至十五日為節日無兩親者自十四日至十五日齋戒謂之盂蘭盆木蓮上人為母供佛之日因以為例十六日擇年少者四十餘人着女華服以紅白帕首擊鼓吹笛揮扇唱歌回還旋轉如寺僧梵修之狀八月十五日謂之八夕節日九月九日亦為節日十月亥日皆作餅以食謂之亥子餅

其國有八道六十六州山城太和河內和泉攝津屬畿內伊勢伊賀志摩尾張三河遠江駿河伊豆甲斐武藏相模安房上総常陸所謂東海道十五州也近江美濃飛彈上野信濃陸奧[illegible]

州所謂東山道八州也若狹越前加賀能登越中越後佐渡所
謂北陸道七州也丹岐丹後但馬因幡伯耆出雲石見隱岐所
謂山陰道八州也播摩美作備前備中備後安藝周防長門所
謂山陽道八州也紀伊淡路讚岐阿波伊豫土佐所謂南海道
六州也筑前筑後豊前豊後肥後日向大隅薩摩一岐對馬所
海九州而一岐對馬則其屬島也
官制有攝政閔伯太政大臣右臣内大臣左大將右大將中大
將太納言中納少言納言宰相侍從弁別當判官大蔵少蔵二
位必卿輔　銀目司馬中務式部兵部民部治刑部大蔵内司
馬右馬兵庫主殿掃部木工主計主稅勘觧由蔵人將監帶刀
縫殿舍人圖書大學雅樂番太炊　監物頭助隼人織部女内藏

主水親正造酒市正佐大膳左京右京修理大史權大史進亮
左衛門右衛門左兵衛右兵衛左近衛右近衛督佐衛彈正少
弼忠外記等官皆略倣唐制而爲之其實別無所関職事如自
稱秘書[illegible]少監者目不知書自稱主計者初不管錢穀盖皆用
虛銜也所不産者蜂蜜甚貴以柒實造燭狀如我國牛脂燭如
鷹子虎豹皮及綿紬白布人參花席細柳器皆其絶貴之物也
鸚鵡亦無雞籠之以放不見卵育殊可怪也
在果而橘柚柑榴爲其繁産柿有色青而甘者葡萄皮厚棗栗
不數枇杷實如杏子而熟於夏初厚葉冬青而凋楊梅色紅而
味酸蘆橘小如杏而味甘酸惟梨子最彫而葉美樹則冬青最
繁其實如李可以笮油篁竹最茂環（環）植作藩籬蘊鐵無枝葉如

屢尾或時枯死遇鐵則拔根曬乾栽地便生眞怪樹也棕櫚上疎而無條葉如菖蒲狀如布扇身有絲毛如馬鬣可以作箒綯索且用細纖作布篩以爲冠其樹處處有之杉樹如檜植於庭營造之具器用之資多藉此木如我國之以松爲材也

所謂天皇者極尊而不與國事唯逐日三沐浴一拜天而已其長子則娶于其族諸子皆不娶皇女則悉爲尼不嫁以爲其尊無對不可適人也

【영인자료】

東槎日記

동사일기

여기서부터 영인본을 인쇄한 부분입니다. 이 부분부터 보시기 바랍니다.

▌김성은

연세대학교 국어국문학과, 연세대학교 대학원 국어국문학과 박사수료.
한국고전번역원 부설 고전번역교육원 전문과정 수료.
현재 성신여자대학교 고전연구소 연구원, 연세대학교 강사.

통신사 사행록 번역총서 6

동사일기

2017년 11월 21일 초판 1쇄 펴냄

지은이 박 재
옮긴이 김성은
펴낸이 김흥국
펴낸곳 보고사

책임편집 황효은
표지디자인 손정자

등록 1990년 12월 13일 제6-0429호
주소 경기도 파주시 회동길 337-15 보고사 2층
전화 031-955-9797(대표), 02-922-5120~1(편집), 02-922-2246(영업)
팩스 02-922-6990
메일 kanapub3@naver.com / bogosabooks@naver.com
http://www.bogosabooks.co.kr

ISBN 979-11-5516-751-9 94810
979-11-5516-715-1 세트

정가 23,000원